B. NİHAN EREN

Kör Pencerede Uyuyan

Öykü

YKY
YAPI KREDİ YAYINLARI

Yapı Kredi Yayınları - 4294
Edebiyat - 1205

Kör Pencerede Uyuyan / B. Nihan Eren

Kitap editörü: **Murat Yalçın**
Düzelti: **Ömer Şişman**

Kapak tasarımı: **Nahide Dikel**
Sayfa tasarımı: **Mehmet Ulusel**
Grafik uygulama: **Gülçin Erol Kemahlıoğlu**

Baskı: Altan Basım Ltd.
Yüzyıl Mah. Matbaacılar Sit. 222/A Bağcılar / İstanbul
Tel: (0 212) 629 03 74 Faks: (0 212) 629 03 76
info@altanbasim.com
Sertifika No: 11968

1. baskı: İstanbul, Ocak 2015
ISBN 978-975-08-3112-6

Yapı Kredi Kültür Sanat Yayıncılık Ticaret ve Sanayi A.Ş.
İstiklal Caddesi No: 142 Odakule İş Merkezi Kat: 3 Beyoğlu 34430 İstanbul
Telefon: (0 212) 252 47 00 (pbx) Faks: (0 212) 293 07 23
http://www.ykykultur.com.tr
e-posta: **ykykultur@ykykultur.com.tr**
İnternet satış adresi: **http://alisveris.yapikredi.com.tr**

KÖR PENCEREDE UYUYAN

B. Nihan Eren 1981'de Tekirdağ'da doğdu. Dokuz Eylül Üniversitesi Güzel Sanatlar Fakültesi Sinema-TV Bölümünü bitirdi. Yeditepe Üniversitesi'nde Karşılaştırmalı Edebiyat alanında yüksek lisans yaptı ve burada araştırma görevlisi olarak çalıştı. Halen, Marmara Üniversitesi'nde İletişim Bilimleri'nde doktora çalışmasına devam ediyor ve senaryo yazarlığı yapıyor.

Öyküleri *Adam Öykü*, *Notos* ve *Kitap-lık* dergilerinde yayımlandı.

Kitapları:

Öykü: *Yavaş*, 2008; *Kör Pencerede Uyuyan*, 2015.

B. Nihan Eren'in
YKY'deki kitapları

Yavaş (2008)
Kör Pencerede Uyuyan (2015)

İÇİNDEKİLER

Gece

Annem o gece ağlamıştı sanırım
Bu tıkalı küçük pencereye nasıl da boş bir aydınlık uğradı.
Furuğ Ferruhzad

Kaçak Çay

Sabahın uykusu derin uyku.

Melike'nin yastığa dağılmış güzel kahverengi saçlarının diplerinde terler birikiyor, burnunda boncuk olmuş onu bunaltıyordu. Çarşafı ıslak, kendisi sıcaktı. Rüyasında babasını görüyordu. Soğuk kışın alaca sabahı yavaş yavaş geliyor, uzaklarda köpekler havlıyordu.

Sokak lambaları söndü. Sabahın esintisi oyuklardan kayarak geçti.

Melike'nin uyuyan gözleri yuvalarında hafifçe döndü. Kıpırdandı, kurumuş dudaklarını yaladı. Onu böyle gören ona acır, bir bardak su getirir, uyandırıp içirirdi. Ama evdeki ya uykudaydı ya da çoktan ölmüştü.

Melike rüyasını görmeye devam edecekti. Bacakları kasıldı, sol eli kıpırdadı. Onu böyle gören, rüyasında kuyulardan aşağılara yuvarlanıyor derdi. Ama kimse onu görmedi.

Babası Melike'nin uykusuna girmiş, ona gökyüzünden yıldız koparıyordu. Elini uzatıp çekip aldığı yıldızı Melike'nin avcuna bırakırken, doğu yönünden bir ışık peyda olmaya başladı. Güneş, Çamoluk Sokak'la Narçiçeği Sokak'ın kesiştiği köşede boylu boyunca yatan babasının üzerine doğuyor, köşedeki kasaba doğru süzülen kanlarını pırıl pırıl parlatıyordu. Melike bunu bilse, koşa koşa babasına varır onu uyandırır, kanlarını silerdi. Ama Melike uykusunda avcunu sıkmış, babasının verdiği yıldızı tutuyordu.

İkisi de uyanmaya çalıştılar ama sabahın uykusu derin uykuydu.

•

Gözünde hâlâ uykular dolanır, uykusuz gecede kıvrılıp kaldığı kanepesi onu kendine çağırırken, Ilgaz soğuk banyo taşlarına çıplak ayaklarıyla basıp üşümüş, musluktan gelen demir gibi suyla yüzünü yıkayınca ayılmıştı. Giyindi. Kapı aralığından mutfaktaki cam kırıklarına baktı. Canı sıkıldı. Gece su içmeye kalktığında bardağı düşürmüş, kırıkları toplamamıştı. Akşama artık. Çalışma masasının üzerinde duran kitaplarını, otobüs kartını, bozukluklarını aldı. Çıktı. Geceki fırtınadan ağaç dalları kırık, sokaklar hâlâ ıslaktı. Devrilen çöp tenekesinden çıkmış bir cam şişe, rüzgârla bir o yana bir bu yana yuvarlanıp sabah sessizliğinde şangırdadı. Ilgaz'a göre dünya yine her zamanki gibiydi. Soğuk ve tekinsiz. Bir karga öttü de öttü. Karganın uğursuzluğunu çocukluğunda öğrenmiş bulunan Ilgaz, kendi bodrum katının karşısında büyük büyük dikilen Şenyuva apartmanının önündeki ağaca baktı, kargayı arandı. Ağacın dalları, paltosunun üzerine düşen güzel kahverengi saçlarının güzelliğinin farkında olmadan her akşam hızlı hızlı yürüyen o kızın penceresine uzanıyordu. Ilgaz, dün geceyi hatırlayınca yutkundu. Bodrum kattaki penceresinin demirleri önünde kara adımlar iştahla dolanmış, demirlerini yoklamıştı. Belinden kuyruk sokumuna doğru bir ürperti geldi, geçti. Çocukluğundan beri korku onu hep burasından yokluyordu. Eğer, karga kendini kaptırmış işte bu kendi halinde kızın evine doğru seve seve ötmeseydi, o kara bacaklı adamla bu kara karga arasında bir bağ aramayabilirdi. Ama aradı. Ilgaz adını bilmediği, ama kederinden emin olduğu kızın penceresine baktı. İçinden bir "hayır olsun" çekti. Çünkü Ilgaz, ev önlerine tüneyip vakitsiz öten kargaların ne için geldiklerini iyi bilenlerdendi. O karga sesi hayrın değil şerrin, dirimin değil ölümün sesidir. O bir habercidir. Kendisinde adı olmayan o kızın ölmüş olduğunu düşündü. Üzüldü. Teknik üniversitede bilimin, mekaniğin, rasyonelin peşine düşen Ilgaz, işte bir karga sesinde çarçabuk geçmişine dönenlerdendir. Şimdi memlekette sabah namazına kalkmış olan babaannesi onun kafasından geçenleri bir bilebilse, iki rekat da şükürden kılardı. Ilgaz kendi kendine güldü. Demek ki, rasyonalizm hemen gelmiyordu. Oysa karganın orda bulunması, karganın orda bulunmasından ötürüydü. Kendisine evde öğretilenlerin topuna birden bir küfür giydiriverdi. Şimdi babaannesi bu küfrü bir duysa, Allah'ına iki rekat da torununun affı için kılardı.

•

Melike'nin babası, yani zil ve faturalarda yazan ismiyle Tahir, maalesef Zühre'nin sevdalısı değildi. Zaten yattığı yer de, bir kadının sıcak koynu değil, sokağın ıslak soğuğuydu. Her daim şiddetten kaçınmış bu sakin ve iyi huylu adamın katilinin kim olduğunu ise çoğu kez olduğu gibi maktulden başka bilen yoktu. Olsa bile gören gözler kapanmış, kapılar kilitlenmiş, ağızlar mühürlenmiş, perdeler çekilmişti. Suskunluk ve korku, sokaktan boylu boyunca geçiyordu. Ilgaz, otobüs kartında kaç lirası kaldığını hesap etmeye çalışarak ve okulda Elif'i görme hayaliyle yürüdü. Soğuk bir rüzgâr esince paltosunun yakalarını kaldırdı. Pek de işe yaramadı. Soğuk yalnızca kötülük getirmedi, karşı fırından sıcak bir hamur kokusunu da taşıdı. Hayat her zaman kötü değil, diye buna mı deniyordu? Karşıya geçti. Fırına girdi. Bir poğaça aldı. Kemirerek yürümeye devam etti. Mühendislik Fakültesi'yle arasında bu kadar mesafe olmasa, Ilgaz da sokak boyunca ilerleyen evlerdeki insanlar gibi uyumaya devam ediyor olabilirdi. Gün ışırken uyanmaz, otobüslerden inip otobüslere binmez, fakülteye vardığında yorgun olmazdı. Oysa Elif yanında olsa, bodrum katı olmayan aydınlık bir evde birlikte uyansalar, güneş üzerlerine doğmuş olsa... Gülümsedi. Ilık ve uyumlu bu gelecek düşü, Ilgaz'ın uğradığı haksızlıkların hiçbirine uymuyordu. Güzel ve tatlı bir uyku, karanlık bir dünyanın ortasında ümitsizce debelenmeye hiç benzemiyordu. Uzaktı. İçi pişmeden kalmış poğaçanın hamuru midesine oturmuştu işte.

Ilgaz, kim olacaktı?

•

Melike sebebi bilinmeyen bir sıkıntıyla uyandı. Uykusunda sıktığı avucunu yavaş yavaş açtı, elinde tırnaklarının izini gördü. Bir rüya görmüştü ama hatırlayamıyordu. Dudakları kavrulmuş gibi yanıyordu, komodinin üzerindeki yarım bardak suyu aldı, bir nefeste içti. Yataktan sıyrıldı. Oda buz gibiydi. Hırkasını giydi. Banyoya gitmeden önce mutfağa çayı koymaya gitti. Hayatın küçük hesapları vardı. O banyodayken çayın suyu kaynayıveriyordu. Giderken babasının yattığı odaya doğru şöylece bir baktı. Yatak bozulmamıştı. Şaşırdı. Çünkü endişeden önce merak, meraktan önce de şaşkınlık geliyordu. Babasının eve gelmediği hiç olmamıştı. Sonra nerde kaldığını merak etti. Kimlerle olduğunu merak etti. Bir kadınla olabileceği korkusu onu ürpertti. Sonra durdu, mutfağın perdesine bakarken yutkundu. Ya dün gece şüphelendiyse babası. Onun peşinden yollara vurduysa kendini babası. Maç izleyecekti. Kahveye gidecekti.

Öyle demişti. Babasının bakışları, o tam evden çıkmadan önce, bir iz aranır gibi yüzünde dolanan bakışları... Mutfak perdesinde üç kış önce babasının sigarasının açtığı deliğe gelince gözleri, bir daha yutkundu. Yalanını öğrendiyse babası. İçinden bir kesik acısı geldi, geçti. Sırrı sır olmaktan çıktıysa. Karnı ağrır gibi oldu. Gelmesinden korktuğu şey, onu şöylece bir çekiştirdi. Başını çevirdi. Çay suyunu koyarken hatırladı, rüyasında babasını görmüştü. Ama nasıldı, bilemiyordu. İçi bir huzursuzlukla çalkalandı. Tatlı bir rüya olmadığını işte bu sıkıntıyla anladı. Banyoya gitti. İşedi. Yüzünü buz gibi suyla yıkadı. Aynada yüzüne baktı. Anladıysa babası. Kaşlarını alma zamanının geldiğini gördü. Hayatın oynak tarafları vardı. Böyle meraklar içindeyken bile insan kaşını, başını düşünebiliyordu. Hiçbir şey tek başına kalamıyordu. İşkillendiyse babası. Aynadaki ıslak yüzü uykulu, gözleri dalgındı. Hatırladı. Zihnin derinliklerinden yumuşak bir hayal uyuşukça gelip önünde dikildi. Rüyasında gökyüzünü görmüştü. Gökyüzündeki yıldızları görmüştü. Geceydi. Babası bir yıldızı çekip almış, eline bırakmıştı. Avucundan bir esinti geldi geçti. Daraldı. Mutfağa yollandı. Buzdolabından peynir tabağını çıkardı. Aklına getirdiklerinden korktu, bir "hayır olsun" çekti. Çünkü o, kötü rüyanın, kötülüğe malum olduğunu bilenlerdendir. Şerri değil, hayrı dilendi. İşte şimdi endişeden sonraki duygu geldi bütün evi çevreledi. Sadece Melike değil, çaydanlık, içinde kaynayan su, mutfak dolapları, bardaklar, yerdeki paspas, masanın üzerindeki elmalar, odalardaki karanlıklar, borulardaki tıkırtılar, soğuk duvarlar, koltuğun üzerinde kıvrılıp kalmış yarım bulmaca, üzerindeki kelimeler ama en çok da "felek" korkuyordu.

Kapı güm güm çalındı. Bir, "hayır olsun" daha çekti Melike. Kapıya koştu. Babasına sarılacak, hiçbir şey sormayacaktı. Ne söylese kabullenecek, isyan etmeyecekti.

•

Ilgaz, poğaçanın kâğıdını hazır sokaklarda kimsecikler yokken yola fırlatabilirdi. Gülümsedi. Kâğıdı buruşturup paltosunun cebine koydu. Böylece iyi biri olduğuna kanaat getirdi. Hayat insana ne de çabuk çıkarımlar yapabilme şansı veriyordu böyle. Susamıştı. Başı önüne eğik yürüyüp giderken, bir sert rüzgâr daha esiverdi. Filmlerde, felaketler olmadan önce esen şu rüzgâr gibi bir rüzgârın esmesi, Ilgaz'ın dört yol başında, iki sokağın kesiştiği yerde, öylece yığılmış yatan karaltıyı görmesiyle hemen hemen aynı âna denk geldi. Ilgaz yutkundu. Gözlerini kıstı. Bir palto, bir kafa, iki bacak ve bunların toplamından yola süzülmekte olan ince bir kırmızı yol yerde yatıyordu. Çocukken kavgada dalağına yediği yumruk, sanki seneler öncesinden gelip bir daha vurdu. Korku, kuyruksokumuna doğru ince bir yol oldu. Etrafına bakındı. Henüz onun gördüğünü kimsecikler görmemişken, gerisingeri dönüp gidebilirdi. Koşabilirdi. Tanık olmamak için, ölümü görmemek için, kendini korumak için, başını kurtarmak için, hayat öylece ilerlesin ve bir yarık açılmasın diye, sıkıcı iş günlerine ve Elif'le sürüp giden bir hayata varabilmek için, bütün bir hayat boyu sıkılıp ölümü bekleyebilmek için basıp gidebilirdi. Yapamadı. Bir karga başından bağırarak geçti. Ilgaz, evlere, damı teğelli hanelere, kedilere, geceki fırtınadan yollara dağılmış ağaç dallarına, kaldırımlara bırakılmış ve kedilerce eşelenmiş çöplere, kendisine alayla bakan apartmanlara ve daha bir sürü netameli şeye baktı, baktı. Poğaçanın kırıntısı sakalında tedirgin sallanıyordu. Burnunu çekti. Korku bütün gençliğine, yaşanmamış yıllarına yayıldı. Yürüdü. Yaklaştıkça karaltı belirginleşti. İyice baktı. Bir erkekti. Bir kolu bedeninin altında kıvrılmış kalmış, görünmüyordu. Öteki kolu yerdeydi. Avcu sımsıkı kapalıydı. Bacakları yaşamakta olan bir insanın döndüremeyeceği şekilde ters dönmüştü. Ilgaz'ın bacakları, kalçası, uyluk kemikleri çocukluğundan gelen bir hatırayla çıtırdadı. Babası onunla güreşe tutuşur, bacaklarını tutup belini şöyle bir çeviriverirdi. Bacakları belinden ayrılacak gibi olurdu. Sonra büyük büyük gülerdi babası, "erkek oğlum" derdi. Ilgaz yutkundu. Sakalındaki kırıntı paltosuna düştü. Ayakların ters istikamete dönüşüne hayretle bakarken, yere yapışmış başı gördü. Alnının çatında bir kara delik vardı. Delikten çıkan bir kırmızı yol ılık ılık akıyordu. Ilgaz'a bir ağlamadır geldi.

İşte, "erkek oğlum" buraya kadardı.

•

Melike babasına kavuşmanın hayaliyle, hararetle vurulan kapıyı açtı. Karşısında iki büklüm duran Meryemana'yı gördü. "Yardım et bana" dedi kadın. Bir eliyle şişmiş karnının altından tutmuş, öbürüyle belini kavramıştı. Yüzü acıdan kıvranan kadına Melike, bir süre şaşkınlıkla baktı. Alt katlarında tek başına yaşayan bu öğretmen kadının karnı sonbaharın başından beri günden güne şişer olmuştu. Baba ve koca olabilecek bir adamı yanında hiç görmediklerinden mahalleli şaşkındı. Onun arkasından, geçtiği her yer konuşmuş ama sonra sonra unutmuştu. Ona önce "Meryemana" denip gülünmüş, sonra konu Allah'a havale edilip, kapanmıştı.

"Sen hemşire değil misin?" dedi kadın. "Beni hastanene götür."

Melike yutkundu. Demek her şey buraya kadardı. Kadının apışarasından bir ılık su gelip bacaklarından süzülüverdi. Kadın inledi. "Yardım et nolursun." Şimdi bu kadına ben hemşire değilim, diye nasıl denirdi. Babası öğrenirdi. Komşular öğrenirdi. Bakkal öğrenirdi. Çakkal öğrenirdi. Akrabalar öğrenirdi. Akbabalar öğrenirdi. Bu ve öte âlem öğrenirdi. Allah baba öğrenirdi. "Babam eve gelmedi" deyiverdi.

— Ne?

— Babam dün gece eve gelmemiş. Gelmedi daha.

Kadın Melike'nin bunu neden söylediğini anlamadı. Omuz silkti.

— E gelir.

— Hiç yapmazdı böyle.

Melike kadına, kadın Melike'ye bakıyordu. Alt katlardan ayak sesleri duyuldu. Seher'in oğlu İbrahim sırtında ödevleri, boynunda suluğuyla merdivenlerden koşarak indi. Sümüğü yine burnunun ucundaydı.

— Allahının aşkına beni hastanene götür. Niçin bakıyorsun?

Herkesin derdi kendineydi. Biri çocuğunun, öteki yalanının çıkacak olmasından korkuyordu. Kadının beline sanki bir kazma vuruldu. İçine girmiş bir büyük el, rahmini aşağı doğru döndürerek çekiyordu. İbrahim son üç basamağı apartmanın paspasına kadar atlamayı bu sabah da başaramayıp dizlerinin üzerine düştü. Avuç içini tıraşlı başına sürterek kalktı. Burnunu çekti. Sokak kapısı kapandı. "Benim çalıştığım hastane uzak" deyiverdi Melike, bu yalanı buluverdiğine şükrederek. "Başka yere götürürüm ama." İnsanlık daha ölmemişti. Görev bilinci görev bilinci ve merhamet hâlâ merhametti. "Tamam" dedi kadın. Melike onu içeri alıp bir sandalyeye oturttu. Kadının bacaklarını ayırıp baktı, gördükleri onu korkuttu. Bir koşu gidip giyindi. Paltosunu, çantasını aldı. Çıktılar.

Mutfakta yalnız kalan çaydanlık, arkalarından kahkahalar atıyordu.

•

Ilgaz, burnunu çekti. Kolunu burnuna sürttü. Etrafına bakındı. Hayat başlıyordu. Elif işten yorgun argın eve dönüp bıkkınlıkla yemeği hazırlayacak, başlarından geçenleri yemekte şöylece bir anlatıp bitirecekler ve sonra birlikte bulaşıkları makineye dizeceklerdi. Elif'in salondaki masanın üzerinde çocukları ders çalıştırmasını, kanepenin üzerinden tembelce izleyeceği günler işte böyle başlayacaktı. "Hayır Ali, havuzun iki musluğu da açıkmış, soruyu bir daha oku" diyecekti Elif. Ayşe Türkiyemizin dağlarını ezberleyecek amma illâ ki birkaçını unutacaktı. Elif baştan saydıracaktı. Geri zekâlı nesiller yetiştireceklerdi. Memleket için hizmet işte böyle bir şeydi. Okuyup mühendis olmak, Türkiyemizi sanayiide ilerletmek, iyi evlatlar yetiştirmek işte böyle görüleni görmez olmakla başlayacaktı. Ahlakını bıraktığı dört yoldan bir daha geçmemek için bu boklu semte bir daha uğramayacaktı. Sessiz olacaktı. Şiddetten kaçacak. Şiddet büyüyecek. Şiddet dışarıda kalacak. Şiddet yüksek blokların ötesinde dizilecekti. Artarak büyüyecek. Kabaracaktı. Ama onların kapısı kilitli olacaktı. Televizyondan, patlamış bombalara bakacaktı, zayiatlara bakacaktı, ortasından boylu boyunca yarılmış bu ülkeye, ağlayanlara bakacaktı. Ölümlere bakacaktı. Babasının annesine, annesinin ona ve kardeşlerine yaptığı gibi yapmayacak, Elif'e hiç vurmayacaktı. Şiddet öte dünyanın pis bir işi olarak bellenilecek ve böylece o iyi bir aile babası olarak bilinecekti. Görmemek için hep gözlerini yumacaktı. Kendi dünyası aydınlık, öte dünyalar karanlıklarda kalacaktı.

Ilgaz'ın karnından bir korku sancısı geldi, geçti. Kanların üzerinden atladı. O üzgün kızın soğumaya başlamış babasını orada bıraktı. Koşarak uzaklaştı. Tepesinin üzerinden bir karga bağırarak geçti. Apartmanlar uyanmaya başlıyor, tül perdeler açılıp açılıp hemen kapanıyordu. Herkes kör olmuş, yerleşik bir ümitsizlik artık cisimleri olmuştu. Polis arabasının sirenleri uzaklardan duyulmaya başladı. Ilgaz, daha hızlı koştu. Dalağı şişti. Ben buradayım dedi. Durağa gürültüyle yaklaşmakta olan öksürüklü bir otobüse yetişebilmek için, ömrünün en hızlı koşusunu yaptı. Bindi. Otobüs kartı basılınca neşeyle kikirdedi. Ilgaz'ın dalağı, baldırları, şakaklarındaki terleri, avuçlarındaki üşümesi, patlayacak gibi vuran kalbi, nefesi, nefesi, nefesi, yenisi alınamayacak gibi sıkıştıran, yetmeyen nefesi... Hiçbiri artık düzelmeyecekti.

•

Melike ve Meryemana apartman kapısından çıktılar, Melike'nin babasının yattığı sokağın tam ters yönüne, taksi durağına doğru yürüdüler. Acı çaylı sigaralı öğünlerine şimdiden başlamış bulunan iki şoför, kulübenin içindeki elektrik sobasının ve sabah haberlerinin önünde memleketin ve ekonominin ahvaline küfürler ediyordu. Camdan, kadınları görünce ikisi birden ayaklandı. Doğuma yetiştirmek her zaman nasip olmuyordu. Kutsal bir görev insana verilmeyegörsün, hemen canla başla yapıyordu. Sıradaki koştu. "Geldim ablalar" dedi. Öteki, arkalarından baktı. "Allah yardımcısı olsun" diye mırıldandı. Kapıyı kapadı.

Ama Allah yardımcısı olmuyordu. Meryemana doğurmaktan korkuyor ama anlıyor ki bebek yine de geliyordu. Melike kadının karnını yokladı. Bebek aşağıdaydı. Korktu. "Biraz daha hızlı" dedi. Adam elini vitese attı. Bir yandan da karısının son doğumunu anlatıyor, kadınlar dinlemiyordu. İnsan, başkasının acısını görünce kendi hayatıyla illâ ki bir benzerlik aranıyor, bir kuple de kendinden sunmak istiyordu. Olanı kabullenemiyor, bir türlü susamıyordu. Dar sokaklardan geçtiler, köşeleri döndüler. Uzaktan polis arabasının sireni duyuldu. Melike'nin sıkıntısı büyüdü. Şoför siren sesine de söylendi "Bak daha sabahın körü, kimbilir gene n'oldu, memleketin iyice çivisi çıktı," dedi. Kadına çivi gibi bir acı daha saplandı. Eti kasılıp kalıyordu. "Nefes al" diye fısıldadı Melike. "Nefes almak zorundasın." Kadın nefes alamıyordu. Şoför, "Benim hanım ilkinde tam iki gün bas bas bağırdı ama üçüncüyü fırt diye çıkarttı, maşallah" deyip gevrek gevrek gülünce, Melike dışarı baktı. Onlar caddeye çıkarken, bir ambulans sokağa dönüyordu. Melike bakakaldı. Rüyasında yıldızlar... Kadın Melike'nin avcunu öyle bir sıktı ki tırnakları etine geçti. Avucundaki yıldız... Taksici "Bu ne şimdi? Bir doğum daha mı var nedir?" deyip gene güldü. Cevap vermediler. Bir otobüs yanlarından geçti. Ilgaz başını cama yaslamış, mide bulantısını bastırmaya çalışıyordu.

Taksi büyükçe bir hastanenin önüne çalımla döndü.

•

Ilgaz son durakta indi. Bir sürü otobüsün kızgın demir ve erimiş lastik kokusunun arasından geçip bir köşeye kaçtı. Kustu, kustu. Çömeldi. Yanından insanlar geçiyor, onu görünce uzaklaşıyorlardı. Ordan oraya koşturanlara, vapurlara, simitçilere, büfelere baktı. Herkes tıkınıyor, herkes koşuyor, herkes büyüyordu. Herkesin önemli işi vardı. Otobüslerden iniyor, vapurlara koşuyordu. Herkes yerleri çiğniyor, yerler herkesi yutuyordu. Dünya büyüdü. Ilgaz küçüldü. Neden büyünüyordu? Yıllar neden geçiyordu?

Ilgaz tamamlanmamış ve noksan kalktı yerden. Ağzında midesinin acı tadıyla yürüdü. Vapura bindi. Dünyanın bu güzel ama yağlı şehrinde, şehrin belki güzel ama dokunaklı yerinde, günün belki serin ama kıyım gibi geçen saatinde, martıların açlığıyla, güzel bir çay kokusu genizlerde dolanırken, karşı tepeler kendini gökyüzünden ayırıp kıvrımla sıralanırken, dünya billur bir güzellik ve puslu bir ışık içindeyken bir delikanlı Boğaz'ı boylu boyunca geçiyor ve hiçbirini görmüyordu. Ilgaz şehre küsmüştü.

Ilgaz'ın memleketteki annesi tam o esnada uykusundan uyandı. Hayat boyu didiştikleri kocasını dürtükledi. "Rüya gördüm" dedi. "İyi" dedi adam. "Ilgaz'ın sıkıntısı var" dedi. "Dün yatırdım ya parasını" dedi babası. Kadın tavana baktı. Oğlunun derdini, iliklerinde, karnında, kalbinde ve midesinde hissetti. Kalktı perdeyi açtı. Karşılardaki tepeler sıkıntıyla uzanıyor, ince bir yağmur kasabayı ıslatıyordu. Kadının şakaklarından kanı oğ-lum, oğ-lum diyerek geçti. Ellerini karnında kavuşturdu. "Ilgaz'ın yaşlılığını gördüm" dedi. "Meğer yaşlıymış ama sesi çocukluğundaki sesi. Benim ömrümü nereye koydunuz anne diyordu, hep soruyordu. Anne nereye koydun, nereye koydun diyordu" dedi. Adam yastığında şöylece bir döndü. Hâlâ uyuyordu. Ağzının içinde geveledi. "Bankaya yatırdık. Ordan çeksin." Kadın odadan çıktı. Yanan midesini iki yudum sütle bastırdı.

Ilgaz vapurun büfesinden bir ufak kutu süt aldı. İki yudum çekti. Bıraktı. İki yudum daha çekti. Gene bıraktı. Sakallarını sıvazladı. Vapur yanaşıyor, heyecanlı kalabalık ayaklanıyordu. En son Ilgaz, keskin bir soğuğa indi. Üşümek iyi geldi. Geriye döndü. Karşı tarafa baktı. Oynayan denizin ötesinde karşı kıyı uzaktan büyük bir güzellikle parıldıyordu. Boza gibi bir ümitsizlik, boğazdan kayıyor, tepelere varıyordu. Üşüyünce elini cebine attı, eline az önce yediği poğaçanın kâğıdı geldi. Elif'i düşünmeye çalıştı. Olmadı.

•

Seher'in kapısı vuruldu. Seher kapıyı mor gözüyle açınca, karşısında iki polis gördü. Dayakçı kocasını götürmeye geldiler sanarak sevindi. Ama polis ona Tahir Kuzu'nun evini soruyordu. İnsan her gün gördüklerini adıyla soyadıyla söylenince nasıl tanıyamazsa o da birden çıkaramadı. Sonra alt katta hemşire kızıyla oturan, kızına bir güncük olsun vurmadığı iyi huylu sakinliğinden belli olan Tahir Abi'yi sorduklarını anladı. "O altı numarada oturuyor" dedi. Polis, yanındakine "o daireden cevap alamadık komiserim" dedi. Komiser başını salladı. "Kızı evdedir" dedi Seher. "Gündüzleri evde o. Geceleri nöbete gidiyor. Hemşire." Polisler aşağı inerken Seher merdivenlere doğru seslendi. "Ne olmuş ki, hayırdır?" "Tahir Kuzu hayatını kaybetti" dedi genç polis. Komiser adımlarını hızlandırdı. Seher şaşakaldı. Hayatını kaybettiyi bir tek televizyonlarda duyuyordu, insanlar eldiveninin tekini kaybetmiş gibi ömürlerinden oluyor sonra ışıklar içinde uyumaya yollanıyordu. Seher onun öldüğünü idrak edince bir daha şaşırdı. "Neden ölmüş? N'olmuş?" diye aşağı doğru seslendi. Ses gelmedi. Kocası içeriden bağırınca çıktı, eve girdi.

Tahir Abi'nin altı numaralı evinde çaydanlık suyunu kaybetmiş, içi cız ede ede tıslıyordu.

•

Meryemana'yı aldılar, götürdüler. Ortada pusmuş bir karaltı vardı. Kara sarı benizliler, kolu bacağı kırık çocuklar, yaşlılıktan kokmuş yüzü acılı yaşlılar, sıra için kavga edenler, canı için tartışanlar, masalar arasında elinde idrar şişesiyle ordan oraya yollanan, yollandıkça yılan, sessiz bir öfkeyle pusan bir siyahlık. Et ve kan çirkindi. Ama hemşireler melek. Melike, ordan oraya süzülen saçı toplu genç hemşirelere özlemle baktı. Kendisi de böyle olabilirdi. Saçlarını toplayıp, elinde pansuman tabağıyla odalardan odalara girebilirdi. Gülümseyebilir. Serumları değiştirebilirdi. Kadınlara ıkın diyebilir, kaburgalarına, karınlarına bastırabilir, bebekleri anaların göğsüne koyabilirdi. Hemşirelik okulunda hep bunları öğrenmiş, ezberlemişti. Mezun olduğu gün, babası Tahir, kızı hemşire çıktı diye apartmana lokma dağıtmıştı. "Anası doğumda öldü ya, Melikem ondan hemşire çıktı" diyordu. "Ebe hemşire oldu" diyor, yüzü göğe eriyordu. Sonra sınavlara girdi, sınavlardan çıktı Melike. Hiçbirinde atanamadı. Camlı büyük kapının ardında bir ambulans bahçeye girdi. Melike kalktı baktı. Ambulans durmadı, hastanenin arkasına doğru devam etti. Melike çıktı, ambulansın arkasından yürüdü. Köşeyi döndü. Bir sezgi, bir içli merak, bir huzursuzluk insanı nasıl yürütürse öyle yürüdü, dünya bu merakın yavaşlığıyla nasıl birer birer açılıyorsa öyle açıldı. Ambulans hastanenin arkasında durmuş, içinden birileri iniyordu. Her gün diyordu Melike, her gün bana ihtiyaçları vardı. Bu memleketin bana ihtiyacı vardı. Gerisingeri dönmek istedi. Dönemedi. Birkaç adım daha yürüdü. Boyaları yer yer soyulmuş, açılır kapanır bir kapının üzerindeki yazıyı gördü. Bir ürperti sırtından başlayıp uyluklarında bitti. Bitti.

Melike ve Tahir'in sessiz evlerinde kaçak çaylı çaydanlık siyaha dönmüş, esmer esmer kavruluyordu.

Okul Çantası

Ben zaten gecenin arka cebinde falçatayım
Didem Madak

Seher, tencerenin kapağını açıp yüzünü etli patatesin buharına tuttu. Pişmesine az vardı. Kapağı kapadı. Az önce bulaşık makinesinden çıkardığı ve tezgâhın üzerinde duran iki çukur tabağı, üçüncüye gerek olmuyor, bir daha alıp bıraktı. İçindeki kaşık ve çatalı bir daha saydı, tamamdı. Bardaklar da çıkmıştı. Oğlan gelse... Vakit erkendi. Salona geldi. Pencereden baktı. Yağmur ince çiseliyordu. Daha dün tüneyip sildiği camlarda şimdi böyle böyle su izleri... Tavana baktı. Ortasından koyu bir çizgi geçen sarı lekeler almış başını gidiyordu. Derin bir iç çekti. Oğlan da ıslanacaktı. Taksidi yeni bitmiş halısının üzerine pembe terliklerini çıkarıp yalınayak basınca rahatladı. Ayakları içine gömülüyor, akşam çökünce içine bastıran kederini bile ona unutturuyordu. Koltuğun üzerindeki kırlentleri bir daha düzeltti. Sehpanın örtüsünü iyice bir yaydırıp kınladı. Televizyonda bir adam İstanbul'un köy ile biten ilçelerini sayamayıp tam tamına yüz bin teladan oldu. Seher bakakaldı. Her şey Allahu Tealadan dedi. Halının birbirinin içinden yuvarlaklar geçen deseninde, televizyonun durduğu sehpada, koltukların köşelerinde, duvardaki vazo resminde, ki Seher kızken gittiği resim kursunda yapmıştı, yapma çiçeğin yavruağzı göbeğinde, ki bunu da Seher yapmıştı, on parmağında on marifet, tek bir toz zerreciği yoktu. Evi tertemizdi. Yalnız şu köşedeki koltuk. O koltuk işte Seher'in tek tiksintisiydi. Elleyemiyordu.

•

Meryemana otobüsten keskin bir soğuğa, iğne iğne atan yağmura indi. Paltosunun yakalarını kaldırdı. Önünü ilikleyemediği paltosundan fırlayan karnı ayaklarının önünden gidiyordu. Karşıdan karşıya geçti, karanlık bir sokağa sapıp, ürkmeden yürüdü. Nasılsa birazdan bir dört yol ağzına varacak, esnafın ışıkları ile yolu aydınlanacak, içi daha çok kararacaktı. İçinde kitapları ve sınav kâğıtlarının olduğu çantası ağırdı. Karnı ondan da ağırdı. Hızlı hızlı yürüdü. Damı teğellenmiş hanelerin solgun ışıklı pencerelerinin önünden geçti. Burnunu çeken okul çocukları apartmanlara bir bir girip kayboluyordu. Köşedeki kasabı döndü. Kahvehanenin içinde hırıldayarak çay içen bir erkek kalabalığının, puslu camın ardından ona yine baktıklarını sezer gibi oldu. Önemsemedi. Bu çocuk babasız doğacaktı. Kurumlar ne derse desin. Hangi sarı nefes yüzüne neyi üflerse üflesin. Bir su birikintisinin üstünden atlarken bebek içeride zıpladı. Canı yandı. Bir an önce eve varmak, kapıyı kapayarak sokak lambalarını, kirli gülüşleri dışarıda bırakmak ve ders anlatırken şişmiş ayaklarını kaldırıp duvara yaslamak istiyordu. Bir ince sızı kasıklarını zorlar gibi oldu. Eczanenin beyaz ışıklı tabelasının önünde durup çantasını yere bıraktı. Belini tutup, duvara yaslandı. Az biraz soluklandı. Coğrafya önemli bir dersti. Uzanmış sıradağlarımız, üç tarafımızı çevirmiş denizlerimiz, yazları kurak, kışları sert geçen iklimimiz, hepsi şimdi mahallenin kaldırım taşında bir çantanın içinde bekleşiyor, hem yalnız hem öğretmen, bir de üstüne anne olmalara kalkışmış bir kadının ayakları dibinde uyukluyordu. Kalabalık sağından solundan yağmurda ıslanarak geçiyor, ona sanki çekil diyordu. Meryemana'nın soğuktan ve yağmurdan tel tel ayrılmış buğday başağı saçlarını eczanenin tabelası beyaza çevirmiş, yüzüne ölümün solgun rengini vermişti. Halbuki doğurmak üzere olan bu kadının çehresini dirim dolu bir al basacağı yerde... Tam yola devam edecekti ki kaşlarıyla gülümseyen babacan bir adam ona "İyi misin kardeşim" diye sorup gülümsedi. Meryemana adama baktı. Tanıdı. Apartmandaki hemşire kızın babası. Ama adını çıkaramıyordu. Konuşacak takatinin olmamasından çok, kendisine hal hatır sorulmasının verdiği şaşkınlıktan ona bir cevap veremedi. Baktı baktı. Adamın kara kaşlarının altında merhametle yanan gözleri onu az kalsın ağlatacaktı. Çünkü babasınınkilere benziyordu. Babası balkonda oturdukları bir yaz akşamı birdenbire demişti ki, "Kızım" demişti, "gel, geç bu sevdadan, evlenme bu adamla" demişti. O dinlememişti. Ağlamamak için yürüyüp gitti.

•

Seher ne yapacağını bilemeden ev içlerinde öylesine gezindiği bu akşam saatlerinde dönüp dolaşıp hep aynı yere varıyordu. Mutfak, salon, koridor, banyo, çocukların odası, mutfak. Tencereyi açıp bir daha baktı, patatesler etin suyu ile iyice helmelenmiş, yemek pişmişti. Altını kapattı. Tam çıkıyordu, bir çığlıkla irkildi. Çocukların odasına gitti. Akşam karanlığında oda iyice kararmış, Seher burayı sanki iyiden iyiye unutmuştu. Bir başkasının çocuğunun yanına gider gibi gitti beşiğe. Bir yabancı. İkisi de birbirine tümden yabancı. Memelerinin uçlarına doğru dolgun bir sızı yürüdü. Sütün sancısına aşina değildi, çıkaramadı. Bir yabancı, el kadar öksüz bebeleri nasıl pışpışlarsa o da öyle pışpışladı. Şaşırarak. Kendisinin değildi. Kendisinin değildi. Bu kucağında şapırdanan yalanıp duran şey, bu gözler, bu eller kimindi? Onları burada unuttular. Seher'i bu ev içlerinde bir bebekle, bir de garip oğlanla unuttular. Unutup gittiler. Bu kimin? Bu kimin? Bebeği bırakıp banyoyu ovmaya gitti. Lavabodan çıkan sesleri duydukça, elinin altında bir o yana bir bu yana gezinip duran fırçayı gördükçe az biraz ferahladı. Memeleri iyice dolmuş, kolları sallandıkça ona acı veriyor ancak o bu ağrının nereden geldiğini bulamıyordu. Derin bir nefes alıp ışığı kapadı. Tavanda gezinen sarı lekeler Seher'i takip ederek salona geldiler. Köşedeki tekli koltuğa gelmeden durdular. Çünkü burası kocasının koltuğuydu. Bu evin içindeki herkes, her şey ondan korkardı.

Seher'in ne ümitlerle kurulmuş evini yakan bir yalaz değildi, işte hep nasip dedikleriydi.

•

Meryemana da diğerleri gibi bir saçak altına girdi, yağmurun dinmesini beklemeye başladı. Bir kedinin, karşı köşede duran arabanın tekerleğinden atlayıp içeri girdiğini gördü. Isınıyor. Ama araba çalıştığında ölecek. Meryemana gözlerini yumdu. Açtığında şu her sabah gördüğü oğlanı gördü. Araba yerinde duruyor, oğlan sırtında çantasıyla yanında eğilmiş, kediyi çıkarmaya uğraşırken ıslanıyor ve üstelik bütün bunlar saçaktan süzülen suların ardında oluyordu. Şimdi kocası bu dokunaklı resmi görse kesin öyküsünü yazmaya çalışır, yazamadıkça suçu ona ve yaşayan her şeye atardı. "Hep," derdi, "hayat hep daha güzeli." Elini karnında gezdirdi. Paltosunu sanki çocuğunu örtecekmiş gibi çekiştirdi. Çıktı, yürümeye başladı. Hüzünle bakan o oğlanı ve diğer olanları ardında bıraktı. Babası demişti, "bu adamda" demişti, "yaşamaya göt yok" demişti. Sokağa saptı, apartmanın önünde bir kamyonet duruyor, içinden karton kutular iniyordu. İşte lojmandaki evi de böyle boşaltmıştı değil mi? Buraya işte böyle yanaşmıştı. Çeyizinden ne getirdiğini bilmeden ve bir çubukta uyanan çift çizgiyi daha tez görmüşken... Lojmandan getirdiği karnıyla apartmana vardığında kamyonetin yanında dikilmekte olan birbirinin tıpkısı fakat biri öbürünün tam üç kat yaşlısı iki kadın gördü. Derken apartman kapısı birdenbire açıldı. İçeriden sarı saçlı bir kadın çıktı, dudağındaki pembe ruj ona şöyle söyledi: "Ne yağdı be. Siz de bu yağmurda taşındınız, ha!" Meryemana daha anılardan sıyrılamamıştı bile. Şaşaladı. Neyse ki, kadın cevap beklemeden kırmızı şemsiyesini şak diye açtı ve karanlık sokakta kayboluverdi. Meryemana içeri girdi. İki benzer yüzü ve onların kutularını ardında bıraktı. Merdivenleri ağır ağır çıkarken, apartmanın duvarları dört numaradaki yaşlı adamın sonuna kadar açtığı televizyon sesiyle sallanır gibi oldu. Meryemana çıkarken aşağıdan otomata basıldı. Kapı önce dan diye kapandı sonra çocuk ayaklar merdivenleri koşarak çıktı. Meryemana kimseyle karşılaşmamak için acele etti. Son kata vardığında çoktan nefes nefese kalmıştı. Ama karşılaştı. Her gece dayakları gözyaşları içinde yiyip yine de bir yere gitmeyen o dili bağlı kadın, karşı kapıda donuk bakıyordu. Hafifçe selamlaştılar. Kapısını açtı. İçeri girince rahatladı. Örttü. Öyle bir örttü ki, o kapı bir daha açılmasa yeriydi. Çantasını yere bıraktı. Kapıya yaslanıp soluklandı. İşte gece başlamıştı.

•

Seher otomata basmış, kimin geleceğini merak ederken, gözleri kazağına takıldı. Memelerinin üstünde iki büyük leke vardı. Allah Allah, dedi. Ne dökmüşüm ki? Sütü iki yamacın üstünde kıvrılmış uyuyordu. Dudak büktü. Çarçabuk unuttu. Dul mu bekâr mı olduğunu kimselere demeyen o hamile öğretmen merdivenleri soluk soluğa çıktı, kısaca bakıp kendi dairesine giriverdi. Seher önemsemedi. Kayan tokasını çıkarıp saçını burdu, kelebek tokaya bir güzel kıstırdı. Ekrem Amca'nın kulakları bu gece de duymuyor, apartman boşluğunda sesler yankılanıyordu. İbrahim sırtında çantasıyla basamakları üçer beşer çıktı. Islanınca yana doğru yatmış koyu kahve saçlarından sular süzülürken, pabuçlarını çarçabuk çıkardı. Kara gözlerini pörtletip baktı. Gururluydu. "Anne" dedi. "Ben temin kedinin tekini kurtardım, ölecekti vallaha." Seher oğlana baktı. "İyi etmişsin" dedi. Kapıyı kapadılar. Oğlan okul çantasını köşeye bıraktı. Yerde nemli ayak izleri bırakarak karanlık odaya doğru gitti. Bu kimin oğluydu yarabbi? Kimin çocukları bunlar? Tencerede pişmiş etli patates, derli toplu tutulmuş bu ev, sehpadaki küllükler, üstünde kocası olmasa bile tiksindirip ürküten o tekli koltuk... Bunlar kimindi? Seher oğlunun yerdeki okul çantasına baktı, üstündeki araba resmini sanki bir yerlerden çıkaracaktı. "Etli patates var" diye seslendi. Oğlandan ses gelmedi. İşte gece başlamıştı.

Hırka

Gece. Şehir uyumuş. Kocaman pencerenin ardında
Can çekişen bir adam gibi
Sakin, heybetli.
Aleksandr Blok

Önce ses duyulurdu. Ilgaz'ın kurumuş dallarla dolu uzun yoldan koşar adım geçip gitmesinin üzerine bu ses, dokunaklı bir uyumla düşüyordu. "Hayatın fon müziği," dedi Ilgaz, "soğuk ve yağmurlu havalarda özellikle gerekli." Büyük bir kalabalık Ilgaz'a doğru hışımla geliyordu. Belli ki vapur çoktan yanaşmıştı. Akşamın bu saatlerinde şehirdekiler topyekûn yerini değiştiriyor, safını sil baştan tutuyordu. Koştururken saatine de bakabildi. Çeyrek kalaya son bir dakika. "Çok gerekli" dedi. "İnsan üşüyor." Ses, uğultulu kalabalığı, yağmurun şakırtısını, topuk tıkırtılarını, ıslak bir köpeğin kuru havlamasını, derinden duyulan bir gök gürültüsünü, arabaların telaşlı, taksilerin tacizci kornalarını, Ilgaz'ın koşarken cebinde şangırdayan bozukluklarını yararak geldi. Boşalan ve yetişen çift taraflı vapur kalabalığının ayakları arasında çömelmiş, bir bendire yağmur gibi vuran ufak tefek kızın görüntüsü de, işte böylece Ilgaz koştukça önünde belirdi. Eller vurdu, ses oldu. Ses dünyayı billurlaştırdı. Puslu manzarasıyla uzanan ve adına hayat denen bu katmanlı gerçeğin arasında her şey, elle tutulabilirdi şimdi. Soluklar, üşümüş ve kızarmış burunlar, kan toplandıkça morarmış eller, bedenin sıcak ve kanlı kıvrımlarından gelip dudaklardan çıkan dumanlar bu karanlığın içinde dirimle dolu, dopdoluydu.

Kız, boynuna doladığı gri atkısı, kat kat giydiği kazakların üzerine geçiriverdiği ve ona büyük gelen koyu kırmızı hırkasının altında belli ki, çok inceydi. İnce ve tarifsiz. Esintili ve kabuksuz. Küt ve kemikli parmaklar belli bir kararlılıkla vururken, Ilgaz vapuru kaçırmak istedi. Yavaşladı. Sürme iskele çekildi. Kapılar kapandı. Kader, insanın tayin ettiğidir. Ve böylece şehrin üstünde yanan bütün ışıklar, ben hayatım diyerek yandılar. Şayet, kız vurduğu bendire kendini bu kadar vermemiş olsaydı, arada başını kaldırıp bakınsaydı, Ilgaz "vapura yetişemedim" dercesine ellerini iki yana açıp gülümseyecekti. Kızların böyle sevimliliklere bayıldığını, fakültedeki akranlarından öğrenmiş ama hiç denememişti. Yine olmadı. Kız Ilgaz'ı görmeden vurmaya devam etti. Sesi, dünyayı sarıp sarmaladı ve vapur düdüğünün altında kalıp ezildi. Acımasızlık her yerdeydi. Kızın havlı gri atkısının altından çıkan kuyruğu rüzgârla havalanıyor, ince saç tutamları yanaklarına vuruyordu. Üşüyor, dedi Ilgaz. Soğuk, etten geçip kemiklere varıyordu. Ilgaz, burnunu çekti. Orta yaşlardaki bir kadın gelip kızın önüne plastik bardakta bir çay bıraktı. Gülümsediler. Merhamet, şefkat ve buna uyanan minnet Ilgaz'ı az kalsın ağlatacaktı. Ses hayatına devam etti. Çayın dumanı tüttü. Termosuyla her sabah ve her akşam gelip, vapur bekleyenlere çay satan bu kadın, zamanı kırıp parçaladı.

Memlekette, sokakta kitap sattığı liseli günler, sıkıntıyla gelip dizildiler. Annesi termosla çay getirip bırakırdı. "Eve dön oğlum. Kitap satmakla geçim olmaz. Babaya kızmakla evlat olunmaz."

Bendir, anıların üzerinde gezinirken, Felsefenin Temel İlkeleri, Kavafis'in dizeleri, Körleşme, Ailenin, Özel Mülkiyetin ve Devletin Kökeni kasaba kaldırımında eriyip mazgala doğru kıvrıldı.

Bu hatıraya, işte tam da şimdi bir sigara yakmak uygun düşerdi.

•

Tahir, alışveriş poşetlerini orta parmağına geçirip, sallaya sallaya evine getiren adamlardandır. Peyniri peynirciden, portakalı pazardan, kıymayı kasaptan, rakıyı bakkaldan alanlardandır. Tahir, dilenciye sadaka, ev sahibine kira verenlerdendir. Hastalara şifa, ölenlere rahmet verene duasını eksik edenlerdendir. Şükranını hayata, kendini evladına sunanlardandır. Çocukluğundan getirdiği mahcubiyetini tombulluğuna verip, bıyıklarını erdemden sayanlardandır. Akşamları televizyona bakıp, gündüzleri patrona içinden sayıp, midesini dertleriyle yandıranlardandır. İşte bu yüzden yolun sonunda Tahir'e arkasından, iyi bilirdik diye bağrılacaktır.

Tahir, otobüsten indi. Eczaneye vardı. Girerken kapının yanında dikilen hamile bir kadına, halini sordu. Simasına aşinaydı ama kimdi, çıkaramadı. Tahir durup dikilmiş, yorulmuş hamilelere, yüzünden kanı gözünden feri çekilmiş gibi bakan böyle

Melike saate baktı. Gece nöbetinin başlamasına az vardı artık. Duyduklarından sıkılıp televizyonu kapattı. Böylece apartman boşluğunun, duvarların, muslukların ve kalorifer peteklerinin, kornişlerin netameli sesleri bir anda evi çevreleyiverdiler. Tedirginlik ve korku en çok böyle zamanlarda suskun ev içlerini zaptediyor, insanı kendine yaban ve işkilli kılıyordu. Pencereye gidip sokağa bakındı. Karnı şiş Meryemana'yı yürürken gördü. Bir kamyonetin üstündeki çekyat ve karton kutuların önünde birileri sokağı yabancılayarak dikiliyordu. Belli ki alt kat tutulmuş. Melike kapıya kadar geldi. Meryemana'nın merdivenleri çıkışını dinledi, gözlerini kapının kirişinde, ellerini boynunda gezdirdi. İşte Melike Hemşire de böyle çift canlılara... Yutkundu. Bir küçük sinek konsolun üzerindeki annesinin fotoğrafına konup kalktı. Eğilip baktı. Sinek annesinin gülümseyen gözlerinin üstündeki kara kaşında biraz gezindi. Kalktı. Boynuna kondu. Annesinin, içinde Melike varken çekilmiş bu mutlu hali, Melike'ye çocukluğundan beri söylenen acıklı bir masalın, geceleri gördüğü hasret dolu rüyaların, ağlamaklı bulutların ve bir yumuşak sîne bulamamışların en kederli resmiydi. "Bak yavrum işte bu annen, sen daha doğmamıştın, annenin karnındaydın. Sonra sen doğarken, annen uyuyuverdi. Bir daha da uyanmadı yavrum." Melike eğilip fotoğrafa bir daha baktı. Sinek ve annesi arasında, sineği iyi tanıyordu.

"Ben senin hem babanım hem annenim Melikem."

Bir şimşek tül perdeden geçip çakıp kaçtı. Gök gürültüsünden önce zil neşeyle cikledi. Hem anne hem baba geldi.

•

Ilgaz, hatıralarının eşliğinde vapur bekliyordu. Kız vurdu, dünya inledi. Çay içilemeden soğudu. Bir gök gürültüsünden önce gelen şimşek, şehrin yüzünü bir anlığına aydınlatıverdi. İşte o zaman, bu tuhaf memleketin bütün hırsızları, âşık ve oynakları, eşraf ve zanaatkârları, sanatçı ve yalancıları, aptal ve korkakları da aydınlanıp kararıverdiler. Herkesin yıldızı bir anlığına parladı. O kısa aydınlıkta Ilgaz, kızın ürkmüş yüzünü gördü. Gök patladı. Ses kesildi. İşte şimdi, bir merhaba demenin, yağmurdan kaçıp çaycılara sığınmanın, anlatmanın ve anlattıkça ısınmanın tam sırasıydı. İşte şimdi bir kahkaha tufanı kopsa, Ilgaz hayat boyu seyredip de öğrendiklerini, kızın önünde hünerle oynasaydı. Kız, bendirini kaptığı gibi fırladı. Kadın, termosunu kapıp ağaç altına sindi. İnsanlık çil yavrusu gibi dağıldı. Ilgaz, kızın koşarken arkasında hoplayan atkuyruğuna bakakaldı. İskeleye girdi, koltuğa oturdu. İçerideki duvar işlemelerini, bir tiyatronun kenarı nemden kıvrılmış afişini ve yerdeki kahverengi karoları uzun uzun seyretti.

Uzakta beliren vapur, bu melodramdan habersiz, geliyordu.

Her şeyi aynı farz ediyordu.

•

Tahir, kırmızı kutusunu sol cebine koydu, az önce patlayan göğün şiddetinden kaçıp bir saçak altına sığındı, bir süre bekledi. Neden sonra çıkıp yürümeye koyuldu. Yolda, esnaf takımıyla sırayla selamlaştı. Selam verenin selamını aldı, onları da sağ cebine koydu. Kasaptan çıkan komşu Ersin'in gam kasavet yüklü yüzünü fark edemeden, bir selam verdi. Ersin küfreder gibi bakıp, yürüyüp gitti. Tahir, bıyıklarıyla herkese gülümsedi, gülümsemeyenleri garipsedi. Pek çok romanda ve filmde oldukça sıkıcı bulunup dudak bükülmüş Tahir ve gibilerinin, sıklıkla yaptıkları şey, iyiliğe, bir tek iyiliğe inanıp, onu beklemeleriydi. Ama iyilik bir türlü gelmiyor, kasvetli ve sinirli yüzlerde, sabırsız ve telaşlı yüreklerde, gergin ve asabi el kollarda gerisingeri gönderiliyordu.

Tahir, bu dünyaya inanamayanlardandı.

Melike, yalnız yazın kullandıkları sinekliği kapı arkasından aldı, şap diye indirdi. Sineği ve onun biçare yaşamını da anasının yanına yolladı. Rahatladı. Mutfağa gitti. Isındıkça tıslamaya başlamış dolma tenceresinin altını kapadı. En iyi yaptığı şeyi, yine başarıyla yapıyordu. Evdeki perdeler gibi sessiz, koltuklar gibi yumuşak ve sehpa gibi tozlu, gitme zamanını bekliyordu.

Sadece duruyordu.

Zil çaldı. Tahir, giriş kattaki Ersin'in tertipliliğinin önünden geçti, Seher'in burnu sümüklü bahtsız evlatlarının ve Meryemana'nın kırmızı kalemle okunmuş sınav kâğıtlarının ve yarın sabaha dünyaya gelecek evladının altında durdu ve Ekrem'in bangır bangır bağıran televizyonuna bu gece de şaşırarak evine vardı. Bir ılıklığa girdi. Rahatladı.

— Hoş geldin baba.

— Hoş bulduk yavrum. Oyalandım biraz, eczaneye filan uğradım. Seni geç bırakmadım inşallah.

Melike'nin kalbinin ortasına bir bıçak dokunup geçti. "Geç kalmadım" dedi. "Tek nöbetçi hemşire ben değilim ya."

"Olsun" dedi Tahir. "Şifa bekleyenlere derman sende. Babanın gezinmesi senin görevinden mühim değil ki evladım." Bıçak, Melike'nin kalbini hışımla deşti. İşte iyilikten doğan marazlar böyle böyle can alıyordu. Zar zor "Sen otur baba, geliyorum" diyebildi. Tahir, dışarıda çalışıp yorulmuş adamların açlığıyla sofraya oturdu. Melike banyoya girdi.

Ağladı.

•

Vapur yanaştı. Kalabalık indi. Kalabalık bindi. Ilgaz paltosunun yakalarını kaldırdı. Üşümek ne acıklıydı. Her gün, İstanbul'u boydan boya geçip, küflü bir bodrum katına inip de bölük pörçük uyumaya bir tek filmlerde katlanılabilirdi. Gençlik, Ilgaz'ı terk edip gideceği günü sessizce bekliyor, ıslak bir tedirginlik Ilgaz'ın paçalarından süzülüyordu. Askıdaki gri bulutlardan, eldivenin teki gibi bekleşen binalardan ve gide gele bir hâl olmuş dalgalardan geriye yalnız ses kalacaktı. Yalnız ses, hayatın sessiz ve karanlık güzelliğinin, dokunaklı bütünlüğünün üzerini örtecekti. An geçecek, dünler dökülecekti. Elini kolunu nereye koyacağını bilemeden, nereye oturacağını, kime gideceğini hiç bilemeden, Ilgaz'ın kendi, kendinin üzerine ağır ağır çökecekti. Cama vurmuş damla gibi, onu kırık bırakacaktı. Fakülte bitip de alınmış mühendislik diplomasından sonra girilmiş fabrika, fakültenin en güzel kızı Elif'le kıyılmış bir nikâh, biri büyük biri küçük iki çocuktan sonra bile Ilgaz, bilmiyor, görmüyor ama el yordamıyla ilerler gibi seziyordu ki yine eksikli kalacaktı.

Gerçek, Ilgaz'ın kanlı ve ılık bedenine doğru keskin keskin gülümsüyordu.

•

Melike, yüzünü yıkayıp geldi, babasının karşısına, ona bakmadan oturdu. Babası, dolmalarını yuvarlarken, dünkülere ve yarınkilere benzeyen bugününü anlattı. Aynısını Melike'den bekleyince, onun kırmızı gözlerini gördü.

— Bir kırıklık var üstümde baba. Üşüttüm herhalde. Ondandır.

"Terzi kendi söküğünü dikemiyor mu güzel kızım" deyip güldü Tahir. Bazen insan ne de güzel komiklikler bulduğunu sanıp aldanıyordu. Melike zoraki gülümsedi.

— Sıhhatine dikkat et, evladım.

— Ederim baba.

Duvar kâğıtlarının soluk yüzleri bile bu son akşam yemeğini kederle izledi. Halıların güldalları, hatıraların dokunaklı sessizlikleri, ölülerin gözleri ve ürkütücü gölgeler, hepsi birlikte Melike ve babasının arasında her gün büyüyen bir büyük yalana, ah ettiler.

•

Ilgaz, kaburga kemiklerinin hemen altındaki o boşluğu yine duydu. İnce ince gelip, bir anda bastırıveriyordu namussuz. Ilgaz cevap veremiyor, karşı koyamıyor, teslim oluyordu. Vapurdan sıkıntıyla indi. Herkes gibi yürüdü. Bankamatik kuyruğuna herkes gibi girdi. Herkes gibi bakındı. Cüzdanını herkes gibi çıkardı. Heyecanla ekrana baktı. Ama bursu bugün de yatmamıştı. Dünyaya bir küfür giydiriverdi. Dünya bunu önemsemedi, olduğu gibi kalmaya devam etti. Haydarpaşa kederlenmiş çatısıyla yine bulutları deşiyor, çiçekçiler bu yağmurda bile bağrışıyor, otobüsler öksürüyor, herkes herkes gibi yürümeye devam ediyordu.

Boş cüzdanını cebine öfkeyle koyacaktı ki, yere düşürdü. Eğildi, aldı.

Fiyaka nerelerdeydi?

•

Melike gideceği nöbetin adresini bir kez daha kontrol etti. Bu akşam uzaklara gidecekti. Tahir bulaşıkları yıkamış, mutfak tezgâhını özenle siliyordu. Olduğuna kanaat getirince bezini ve ellerini yıkayıp işini bıraktı. Titiz olmaya çalışan yalnız adamlardandı Tahir: ödevlerini dikkatle yapar, aynı dikkatle, üstü örtülmüş bir telaşı yakalardı. Melike paltosunu giyerken, o ellerini kuruluyordu.

"Çıkıyor musun yavrum?"

"İnsanlık bu soruyu bıraktığı an, ilerleyebileceğiz" demişti bir hastası. Her zaman gülmez aslında ama o zaman buna gülmüştü Melike. Şimdi hiç gülemedi. Sadece "evet" dedi. Beresini taktı. "Çayı koymamışsın" dedi. "Bu akşam maç var ya kızım, çıkacağım ben de birazdan." Melike babasının çıkacak olmasından tedirgin oldu. Yolda karşılaşma ihtimali bile onu yıpratıverdi. Gözlerini kısarak sordu, "Nerede izleyeceksiniz maçı?" "Bizim kahvede işte canım, İsmet amcanlar da gelecek, aynı." Tahir bu soruyu anlamsız buldu. Birazdan bu an üzerine düşünürken anlamlı bulacak, şaşıracaktı. Şimdi yapamadı. Derdi vardı. "Midem fena be Melikem. Yarın senin hastanene gideceğim. Aslında şimdi maçı falan boş verip seninle gelsem de bi baktırsam iyi olurdu ama..." Melike'nin gözleri büyürken, babası anlamasın diye durdular. Yalanları bir güzel sıraladı Melike, seke seke yalanlara yalan kattı Melike, hiç utanmadı sıkılmadı Melike, hem annesine hem babasına hainlik etti Melike. Kapıyı kapattı. Merdivenlerden koşarak indi Melike. Yüzüne bir soğuk çarpınca utandı Melike.

Allah onu affetsin.

•

Oturacak bir yer bulabildiğine şükrettiği otobüste Ilgaz'ın midesi guruldavordu. Evine kaç durak kaldığını hesap etmeye çalıştı. Hemen bir makarna suyu koyacak, o kaynayana kadar bir duş alıverecekti. Sonra da oturur, çalışırdı. Yarınki sınavı da bir verirse, Allah'ın izniyle. Ilgaz aç aç güldü. Geçmiş zihindeydi. Kaybolmuyordu. Bildiklerinin üzerini kendi istedikleriyle doldursa bile, öncekiler hep alttan sırıtıyordu. "İnsan denilen varlık," dedi Ilgaz, "değişmek istedikçe değişemiyor, istemeyince değişiveriyor." Hayatın en anlamlı hakikatine erişmiş gibi gururlandı. Yağmurun yollardan kıvrım kıvrım kayışına bakakalınca, unuttu. Otobüs, yağmurları, yolları yara yara gitti, dizi dizi arabaların ardında bekledi, durdu kalktı ve Ilgaz iyice acıkmışken, Melike ve Tahir'in hayli tuhaf mahallesinde durdu. Ilgaz indi. Sokağa girdi. Yürüdü.

İşte yolun sonuna geldi. Apartmana girerken, karşı apartmandan çıkan o üzgün kızı her zamanki gibi bu gece de gördü. Kız, yüzünü soğuğa verdi. Gök yüzüne, evin önündeki ağacın kurumuş dallarına bakındı. Kederli kederli yürüdü. Adımlarını hızlandırdı.

Ilgaz, bodrum katına girince, gelirken kafasında kurduklarını bir bir yaptı. Üşüyordu.

Kitaplarını açtı. Termodinamik II ile ısınmaya çalıştı.

İş ve ısı.

Kütlenin korunumu.

Entropi.

•

Tahir, yüzüne örtülen kapının önünde ne kadardır beklediğini bilmeden duruyordu. Kalbinin kıvrımlarına ince bir merak yerleşiyor, merak onu tılsımlı bir şüpheye doğru ağır ağır çekiyordu. Her zaman gülerek, "ne maçı varmış ki" diye bilmez bilmez soran futbol fakiri kızı, şimdi sadece nerede izleyeceğini soruyor, dışarı çıkmasından, olur da yanına gelmesinden imtina ediyor, yalan söylerken yaptığı gibi telaşlı telaşlı tavanın köşelerine bakıyordu. Onu hastanesinde resmen istemiyordu. Tahir, aynada kendine, bir kütle gibi bu dünyaya bırakılıvermiş bedenine baktı. Merak ve şüphe hafifliyor, hayatın, üzerine türlü sorumluluklar yıktığı bütün yorgun adamlarda olduğu gibi, yerini üzüntüye bırakıyordu şimdi. Gömlek cebindeki sigara paketine, Anadolu'dan getirdiği kaşlarına, kendisine babacan bir adam denmesine neden olan bıyıklarına, pütürlü ellerine baktı. "Beni beğenmiyor" dedi. "Utanıyor benden."

Üzüldü.

Melike, uzun uzun yollar gitti. Işıklı tabelalar, yeni yıl ağaçları, süslü camekânlarla alev alev yanan tertemiz bir mahalleye gitti. Güzel apartmanların numaralarını tek tek saydı, hastanesini buldu. Zili çaldı. Yukarı çıktı. Kapı açıldı. Melike içeri girdi.

Gözlerini yumdu.

•

Kahvehanedeki kocaman ekranın içinde, yeşil bir sahanın içinde adamlar oradan oraya koşuyor, Tahir görmüyordu. Tahir'in gördükleri, Melike'nin tuhaf halleri, defalarca girip çıktığı hemşirelik atama sınavlarından sonra en sonunda dediği Acil'de akşam hemşireliği çıktı lafı ve sonra giderek artan, birbirine eklenen ama Tahir'in duyduğu gurur yüzünden görmeyi hiç istemediği bütün sessizliklerdi.

Şüphe, beliriyordu. Yavaş yavaş sızıyor, parçalar birleşiyor ve Tahir'i kıvrandırıyordu. Gözlerini kısıp da sormuştu, "nerede izleyeceksiniz maçı?" Annesinin gözleri gibi incelmişti onun da gözleri. Yalan söylediklerinde, kötülük ve tedirginlik onlara geliyorum dediğinde, yüzlerine korku yerleştiğinde, kadınlar hep böyle bakıyordu. Her bir seste ipuçları aranıyor, tehlikeyi sezinledikçe elleriyle örtmeye çalışıyorlardı.

Bir şey vardı. Anlıyordu. Bir şey vardı. Üzüntüden şüpheye işte böyle varılıyordu. Kahvede adamlar hop oturup hop kalkıyor, birazdan atılacak golün yasını şimdiden tutuyor, küfrünü şimdiden sallıyordu. Yürekler ağızdaydı. Tahir ellerini yüzünden geçirdi. Bir şey vardı. Bir şüphe Tahir'in gönlünden damarlarına hızlıca yayılıyor, ona olduğu yeri, olduğu kişiyi unutturuyor, geriye yalnızca anılarını bırakıyordu. Tahir anlıyordu. Bir pide kuyruğunda ona sıra gelene kadar pidenin biteceğini anladığı gibi anlıyordu. Beklenmedik bir masrafla karşılaşıverdiğinde arkadaşlarının mesela "vallahi Tahir bende de yok be kardeşim" dediklerinde ceplerinin dolu olduğunu anladığı gibi anlıyordu. Bir piyango bileti aldığında amorti bile vurmayacağını anladığı gibi. Karısı onun ellerine yapıştıkça onun öleceğini anladığı gibi anlıyordu. Top direkten döndü. Yürekler kahvehanenin sobasının önüne düşüp düşüp çekildi. Tahir hiçbirini görmüyordu. Anlamıştı.

Melike'ninki, babasından utanmak değildi. Kendinden utanmaktı. Yalan söyleyip de bundan utanmaktı. Tahir'i bir içli merak ve sisli bir sezgidir aldı götürdü. Melike'nin, mezuniyetinden tamı tamına iki yıl sonra atandığı yerde aslında nasıl günden güne suskunlaştığını düşündü. Evin ve Melike'nin her tür ses ve sedadan nasıl korkar olduğunu, hiç ses çıkarmadan nasıl yaşayıp gittiğini, konu komşuya kızının hemşireliğini anlatıp gururlandıkça onun gözlerini yere devirip kaçtığını, kabuğuna nasıl çekiliverdiğini düşündü. Mahcubiyetine ilikli olanın tevazu olduğunu düşünmüştü hep. Ama şimdi kavrıyordu ki, değildi. Parça parça resimler, uzun sessizlikler, tuhaf ve geniş başka anlar düşündü. Başka ipuçları, konduramadığı bazı uçucu gerçekler arandı. Avuç içiyle yüzünü uzun uzun sıvazladı. Sessizce kalktı, çay ocağına gitti. Bütün erkekler salyası akarak ekrana bakarken, telefonu eline aldı. 118'i çevirdi. Kızının hastanesinin numarasını aldı. Aradı. Telefon ince ince çalarken, şüphesinden utanmak istiyordu. Şüphesinden utanmak ve sabah evine varan şifacı kızını pamuklara sarmak istiyordu. Otomatik bir ses, Tahir'e nereyi aradığını söyledi. Tahir tuşlara bastı, bastı ve en sonunda bir insan sahiden "alo" dedi. Tahir'in konuştuğunun bundan sonrası bulanıktı artık. Kupkuru ağzıyla yutkunuyor, kendi sesini bile duymuyor, kulakları yanıyordu. Tahir utanmak istiyordu. Yanılmak istiyordu. Gol atıldı. Adamlar bağrıştı. Küfürler gırla gitti.

"Melike Kuzu'yla görüşebilir miyim? Hemşire. Acil'de hemşire."

Ses ona beklemesini buyurdu. Tahir beklerken, midesi yandıkça yanıyor, dizleri titriyor, bütün bir hayattan, kızını anasız büyütüp okutmasından, onun hemşire çıkmasından, geceleri Melikesinin hastaneye gitmesinden, derman ve şifa vermesinden yine sevinmek, yine gururlanmak istiyor, sezgisi ve bu garip his ve korkuları için, bu açtığı telefon için, hayattan ve biricik kızından özür dilemek istiyordu. Ses geri geldi.

Burada o isimde biri çalışmıyordu.

•

Ilgaz, bir çay daha doldurdu. Enerjiyi de dinamiği de bilmesi gerektiği şekilde kavrayamıyor, izlerini hayatın kendinde arıyor ve her seferinde hayrete düşüyordu. Babaannesinden öğrendiği Allah'ı, anılar içinden gülümsüyor, yüzü gitgide siliniyordu. Dairesinin parmaklıklarından süzülen damlalar, duvarında belirmiş ince bir yeşil yol, ufak mutfaktaki kirli tenceresi, ocağın yanındaki çay poşeti, kibriti, odası ve masası, masanın yanında birazdan kıvrılacağı kahverengi kanepe ve üzerindeki battaniye ve bütün bu soğuk, gerçekti. Yağmurun sesi, uzak mahallelerin uzun uzun uluyan köpeklerinin bu kederli sesleri, pencerenin önünden gelip geçen adımlar, üst katlardan gelen boğuk bir televizyon sesi, Ilgaz'ın sessizlik sandığı her şey işte şimdi buradaydı. Küllük ve izmaritleri, cam bardak, kitaplar, aldığı ve bir zaman almaz olacağı nefesi, elleri, üzerindeki el örgüsü hırkası ve bu gece, her şey burada, kendiliğindendi, rastgele ve düzensiz.

Bu gecenin son sigarasını içmek için koyduğu demli çayın buharı duvarları yalayıp geçti.

Balık

Gece camların ardında kayıyor
Furuğ Ferruhzad

Ekrem pencereden çekildi. Televizyonda eşler seçiliyor, bir adam dünyaya sertçe bakıyordu. Kanalı değiştirdi. Şimdi Konya'ya gidilmiş, etli ekmek yapılıyordu. Yağlıydı. Bir daha değiştirdi. Haberler çıktı. Duymayan biri için katlanılır betlikteydi. Yeniden pencereye döndü. Birinci kata taşınan vardı. Kutular indirilmiş, apartmana girilip çıkılmıştı. Kim acaba? İnsanın bu merakları. Yaşlansa da azalmayan bu heyecanları. Sabahın köründe evden çıkıp gece karanlığında bodrumuna dönen o zargana oğlanın penceresine doğru baktı. Işığı yanıyordu. Rahatladı. Çünkü geçen gün idareden geldiler, kesiverdiler. Neyse ki açtırmış. Oğlan okuyor. Çalışacak. Ülkeyi ilerletecek. Azim, kararlılık ve çaba... Oğlan ona bütün kaybettiklerini hatırlatıyordu. Şimdi kendi gençliğini düşünecekti. Kendi oğlunu düşünecekti. Vazgeçti. Televizyonun başına döndü. Çocuklar çamurlarda debeleniyor ama bir deterjan her şeyi hallediyordu. Ekrem az biraz rahatladı. Gitti kanepeye yayıldı. Hiç kalkmayacakmış gibi. Bu gece diğerlerine benzemeyebilir, az daha kolay geçebilirdi.

•

Televizyonda yine çamurlar içinde debelenen birileri, açlıkla sınanıyor, seyredenler bunu görmeye bayılıyordu. Ekrem, kumandayı arandı. Bulamadı. Sesini açacaktı. İnsanlık nasıl birbirini yiyor, görmelere doyamıyordu. Ayağa kalktı, kalkınca kumanda koltuk minderinin kenarından, "nasıl da kaldırdım seni yerinden" der gibi kıh kıh güldü. Ekrem, işlerini birlikte yapmayı sevenlerdendi. "Kalkmışken, su içeyim bari" deyip mutfağa yollandı. Ölmemek için, haşlayıp zeytinyağı ve yoğurtla yediği karnabaharların kalanı, su dolu tencerenin içinde mutfağı osuruk gibi kokutmuştu ama yaşlılığın çoğu yorgunluk ve beklemek, azı kokuydu. Bu yüzden

Ekrem, evinin kokusunu almadan mutfaktan çıktı. Geldi, oturdu. Sesi, daha da açıp, komşuları azdırdı. Şimdi bir adam canhıraş bağırıyor, herkesi programı izlemeye davet ediyordu. Ama Ekrem, duymuyordu. Duymuyor ama görüyordu. Gençten bir delikanlı büyükçe bir balığı, kayalara vura vura öldürüyordu.

•

Meryemana ağlayacak gibi oldu. Alt kattaki görünmez amca televizyonun sesini yine sonuna kadar açmış, apartmanın temellerini bile titretmişti. Boğuk iniltiler, heyecanlı ve davetkâr sesler, karşı dairedeki kadının inlemelerine karışmış, altında dönüp duruyordu. Hayat, çok sesliydi. Meryemana'nın sessizliği içinde fazlasıyla sesli, ince bir keder verici. Yaz akşamı balkonları gibiydi, karman çorman bir kalabalık. Çekirdek çitlemeler, mutluymuş gibi gülmeler, okey taşları, bira şişesinin masaya vurması, çay karıştırmalar, çocuklara kızmalar, şıpıdık terliklerin ucuz sesleri, balkon kapılarının gıcırdaması. Meryemana'nın üzerine bu kalabalık ağır ağır çöktü. Üniversiteyi kazanamadığını öğrendiği o yaz bu sesleri bir daha duymamak için çalışmış, şıklı sorular çözmüş, ertesi yaz şıkır şıkır bir öğretmen olacağını öğrenince sevinmişti. Ama talihin kolayca değişebilir olmadığını anladığında bir kasabada öğretmendi ve kiralık evinin balkonunda tek başına oturmuş, düğün davetiyesine isimler yazıyordu. Annesi telefonda söylemişti: "önce kadınların sonra erkeklerin adı yazılır." Şaşırmıştı. Böylece isimleri sıralı bazı kadın ve erkekler arasında suskun kocasıyla evlendi. Sonra Karadeniz'in önünde hırçın hırçın uzanmış bir küçük kasabadaki lojmana yerleştiler. Yazları sevmemesi, yalnızca yazın terk edilmiş olmakla alakalı değildi.

Şimdi düğün fotoğraflarına baktıkça görüyor, komşuların, aile dostlarının ve akrabalarının yanında bir kitap ayracı gibi duran kocasının donuk gülümsemesini.

•

İnsanlık karnını öyle veya böyle doyurmayı iyi beceriyordu. Ateşi buluyor, bir pula değer atfediyor, makine icat ediyor, yazılar yazıyor, birbirini sömürüyordu. Bu kelimenin bile bir gün tozlanacağını Ekrem, imkânı yok aklına getiremezdi. Oysa oğlu ölmeden önce hep bundan dem vurur, işçilerden, bazı haklardan, sendika ve grevlerden bahsederdi. Bıyıklıydı. Türkü söylüyordu. Oysa Ekrem ve karısı Nahide, Türk sanat müziği sınıfındandı. Oğullarını anlamıyorlardı. Ekrem ile karısı "Sana ne oğlum bunlardan" demişlerdi. "Sen teknik üniversitendeki derslerini ver" demişlerdi. Hak yoktu. Ödev vardı. Herkes çalışmalıydı. Daima çalışmalıydı. Ekrem'le karısı böyle bellemişlerdi. Ülkemiz kalkınacak, sınaide gelişecekti. Modernlik biraz gelmişti, sıra refahındı. Ama ülkeleri kırık, oğulları genç ve tatlıydı. İyimser ve delişmendi. Yediği önünde yemediği ardında olduğundan vicdan azabı çekiyor, gecekonduları geziyordu. Ne güzel gülümsüyordu oğlu, dudağının sol kıvrımı hep aşağı bakar, gülse bile gülmüyor gibi olurdu. Oğlu, kendindeki güzellikleri saklamayı iyi bilenlerdendi. Bunu bıyıklarının altına bir güzel saklamış, Ekrem, morgda soğumuş telleri kaldırdığında son kez görmüş, dokunmuştu. Ekrem yaşayabildi. Ekrem, o günden sonra bile yaşayabildi. Ülkenin üzerinden tanklar ve oğlunun üzerinden onun vurulup düştüğü yaşından bile daha çok yıllar geçip gitti. Ekrem bunca sene boyunca yaşamaya, uyuyup uyanmaya, yemek yemeye devam etti. Karısıyla beraber emekli oldular, buna da alıştılar. Sonra karısını da kaybetti, bunu da kabullendi. Onu da gömüp döndü. Çırpınsan da boş.

Şimdi televizyona bakıyor bakıyor Ekrem ve ordaki gencin hiçbir şeyinde oğlunu görmüyordu. Ölüler hiç yaşlanmıyordu. Tozlanarak bekliyordu.

•

Meryemana ile kocası âdetten olduğu üzere balayına gittiler. Ama maaşlarından geri kalan, onlara, eskiden önemli ama artık değersiz bir yerin, eski odalarına girmeye izin veriyordu. Artık Alamancı turistlerin bile dönüp de bakmadığı bu yerde kocası, limonata bardaklarına, Otel Rüya'nın çay pullarına, sıra sıra uzanan ve kapitalizmin uğramadığı dükkânlardaki şişmiş can simitlerine, deniz kabuklu şıpın işi bilekliklere bakmış ve "Müzelik bile değil" demişti. "Yalnızca kiç." Meryemana gülümsemişti. Bilmediği kelimeler çıkınca kocasının ağzından, hep bunu yapar, ilk iş bunun anlamını öğrenmek diye düşünerek hafızasına yazardı. Hafızası, sevilmiş sevilmemiş ne varsa her şeyle doluydu şimdi. Hatırlatan nesneler, acıtan nesneler, kıyım gibi gelen nesneler, bazı kelimeler ve onların anlamları ama sonra gene nesneler, kokulardan çok hep nesneler, Meryemana'nın çeyizi bunlardı. Hepsi sandıktaydı.

Kafaların içi, en büyük çöplük.

Bir yer aranıyordu Meryemana, onu hatırlatmayan tek bir yer varsa bu dünya üzerinde, oraya gidip kaybolmak istiyordu. Olmuyor, karnı nereye gitse büyüyordu.

•

Ne zaman dışarıya adımını atacak olsa evin içinden, koca kafalı irin suratlı gulyabaniler, boyunun küçüklüğünden sırımlara hasetlenmiş hırıltılı nefesli gücükler ve çirkinlikte birinci dev dâbbetü'l-arz çıkıverir. Hepsi bir olup onu zayıf kolundan bacağından tutar, senelerden geriye kalmış az ve beyaz saçını tutam tutam çekerlerdi. Bir de bütün bu felaketlerin üstüne karabasan bir anda peyda oluverip omuzlarına çökmesin mi! Ekrem, işte böyle böyle dışarı çıkmayı bıraktı. Çünkü duymayan kulakları, onu bazı tehlikelerden korumayı başaramıyor, araba kornalarını, ona seslenen insanları, kamyonların motorlarını, motosikletlerin hırlamalarını imkânı yok ki duymuyordu. Hayat yaşlılara göre kurulmuş değil. Onlar âtıl, mutlak surette kenarda duracaklar. Bir patates çuvalı gibi duvar dibine yığılacaklar. Demode eşofmanlar giyip park boyunca hızlı adım yürüseler liseli sevgililer; yelek giyip torunları okuldan almaya gitseler torunlar; bir küçük valizle oğullarının evine misafir olsalar gelinler rahatsız olur. Sigorta reklamlarında toprak kazan, ağ ören, deniz kenarında rahat ve uyumlu oturan güleryüzlü yaşlılar, bu siyatikli yılların ancak makyajı olabilir, ince bir kenar süsü. Gerçeklerini ise dünya hep bir kenarda, bir salonda unutuveriyor; hele ki bazı müzmin hastalıkları ve kederi hiç geçmemiş bazı acı hikâyeleri varsa kimilerinin, bir anda görülmez kılınır, paketleniverirler. Ekrem'in tuzlu yerse fırlayan tansiyonunu, onu kemirip duran kireçlenmelerini ve bir kör kurşunla düşüp kalıvermiş oğlunu kimler duymak ister? Ekrem'in bacaklarında derman bırakmadılar. İşte bu yüzden evin köşelerinden, kalorifer peteklerinden, yorgan hurçlarından, banyo deliklerinden, musluklardan, perde arkalarından, gardırop kapaklarından, ıslak ve kımıltılı birtakım kurtçuklar, ağır yürüyüşlü kocaman hamamböcekleri, bok kokulu fareler gece oldu mu çıkıveriyor. Hepsi bir olup kapıları pencereleri zaptediyorlar. İşe yaramazlığını insana, hızla akıp giden zaman durmadan hatırlatıyor. Ekrem, yerinden olmuş bir kaldırım taşı, sokak ortasında bir köstekti kim bilir ne zamandır, artık kendi de hatırlamıyor. Apartman yöneticisi olmayı bile evvelki sene bıraktırdılar. Artık sen derdine yan Ekrem...

Yağmur da dinmiyor. Delikanlı yaktığı ateşte balığı çeviriyor. Böyle yağmurlu gecelerde daha çok düşünür oğluyla karısını, yan yana uyurlar, serviler altında ana oğul, koyun koyuna.

Susurluk'ta lojmanda otururlarken, Şeker Fabrikası'nda şef olduğu kış, oğlu beşinde olmalı yahut altı, girişte portmantonun dibinde dikiliyordu. Sofraya çağırıyorlar gelmiyordu. Kızmıştı. Sofraya beraber oturulacak, beraber kalkılacak. Babaların bazı kuralları vardı. Hâlâ öyle midir? Hışımla kalkmıştı. Tokat atacak. Sofraya oturtacak, kıymalı ıspanaktan zorla yedirecekti. İştahsızdı biraz. Söz de dinlemiyordu. Bu çocuk adam edilecekti. Adam edilecekti bu marazlı çocuk. Koridorun başındayken görmüştü ki, oğlu paltosunu kokluyor, baba kokusunu içine çekiyordu. Kızamadı. Oğlu tıpış tıpış gelmiş, iri gözlerini açıp ıspanağını yoğurtla bulamaç etmişti. O gece, Nahide, oğlanı yatırdıktan sonra paltosunu giymiş, giyerken oğlunun arandığı kendi kokusunu içine çekmiş, bir şey duyamamıştı. "Biraz yürüyeceğim" deyip çıkmıştı. İçi acıyordu. Kar atıyor, tüten bacalardan kesif bir koku yayılıyordu. Sokaklarda dolanmıştı. Ay bulutların arasına girip çıkıyor, çocuk parkındaki demir salıncak kendi kendine gıcırdıyordu.

Yağlanması lazımdı. Ekrem'in kalbinin yağlanması lazımdı. Çocuk nasıl sevilir bilemiyordu. Şef olmuş, yuva kurmuş ama baba nasıl olunur bilememişti. Eğer o gece, kokusunu içine çeken oğlunu gördüğünde kucaklasaydı, oğlu yine kendi varlığından suçluluk duyar gibi gider de bütün insanlığı kucaklar mıydı?

Gereği var mıydı bütün bunların? Lüzumu var mıydı?

Televizyondaki oğlan ve beraberindekiler, balığı parçalayarak yediler.

•

Yağmurun şakırtıları altında, uzaklarda bir köpek acı acı havlayınca Meryemana kısa bir ferahlık hissetti. Ağaçların hışırtısı, yağmurun tıpırtısı, o güzel kıvrımları yalayıp geçen esintiler, köpeklerin havlayışları, insan işte tüm bunların bir parçasıydı. Ayrıldıkça yalnızlaşıyor, kavuştukça ılınıyordu. İnsan toprağındı. Bulutlu gökyüzünündü. Kuşların ve çalılarındı. Yeri onların yanıydı. Meryemana, kasabada geçen yıllarını düşündükçe, –ama terk edilişini değil– hep iyi hisseder, iyi hatırlar orada geçen serin akşamlarını. Yağmurdan sonra bir koku duyulurdu. Yazları evin önündeki dereden bir koku duyulurdu. Okula giderken önünden geçtiği ekmek fırınının önüne yığılmış odunlara kar yağmıştı. Günlerce kesik kesik kokmuşlardı. Bacalara leylekler yuva kurardı. Yumurtladıkça ve üzerinde oturup bekledikçe tüyleri kan kokan kuşların o keskin kokuları yuvalarına sinerdi. Kış gelip de bacalar tütünce üstündeki yuvalar bu kez isli isli kan kokardı. Sonra hepsi ertesi bahara kadar dağılır giderdi.

Ah bu kurulup kurulup dağılmış yuvalar... Yuvasızları ne çok sızlatırlar.

Bir sabaha karşı kocası terle uyanmış, Zeynep'in ellerini sıkı sıkı tutmuştu. "Çok iyisin," demişti, "o kadar iyisin ki ben hep yanında mahvoluyorum." Zeynep düşünmüştü, düşünmüştü bunu neden söylediğini, rüyasında ne gördüğünü. Hâlâ düşünüyor. İyilik nedir, nerelerden gelir? Neyle beslenir? Zeynep hiç farkında değildi ki; dirimle doluydu, hep dopdolu. Sakin ama canlı yaşıyordu. Canla başla yaşıyordu. Gündoğumlarını bir vecd ile izliyor, pijamalarını katlayıp yastığın altına bırakıyor, kocasınınkileri ise kokluyordu. Pazarda domatesleri koklayarak seçiyor, balkon yıkarken ıslanmış ayaklarını güneşte kurutuyordu. Sonra başka kenarlara takılıyor, asılmış çamaşırların rüzgârda dansını izliyor, ayın parlaklığına gıpta ediyordu. Banyodan çıktığında saçlarını yavaş yavaş tarıyor, üşümüş ayaklarına hemen bir çorap geçiriveriyordu. Kocası uyumadan yazarken, Zeynep süzülerek geliyor, omuzlarına bir hırka bırakıyor, sonra gidip uyumaya kaldığı yerden devam edebiliyordu. Gökyüzünün pembeliklerini görüyor, gördükçe sessizce seviniyordu. Bazı kedi yavrularını uzaktan seviyor, eski bir yoğurt tasına süt bırakıp kayboluyordu. Zeynep gördüğü bütün güzellikler ve bütün parıltılı kenarlar için kocasına hiç "bak" demiyordu. Ne de güzel yaşadığını, bu işi pek güzel becerdiğini kanıtlamaya girişmiyordu. Kendini bir başkasına, kocasına zalimce bastırmıyordu. Göstermiyordu. Zeynep mutluydu. Kendi kendine de mutluydu.

Şöyle yazmıştı kocası rüyasının sabahında, "yaşamak böyle olur." Devamını getirememişti. Yazarlığı işte bu kadardı. Karısını sevmesi işte bu kadardı. Bir şeyleri sevmesi hep bu kadarla kalıyordu. Nasıl yaşanacağını Zeynep'te görüyor ama kendisi yapamıyordu. Devam edemiyordu. Öyküler hep yarım kalıyordu.

Meryemana'ya sancı bu kez belinden geldi. İçinde bir yerler kamaşıyor, acısı haz veriyordu. Demek doğum dedikleri böyle oluyordu. Sanki yağlı ve pullu bir balık kayar gibi iniyordu.

Küllük

Her gece ve her sabah doğar bazıları acıya
doğar bazıları sonsuz geceye
William Blake

Ilgaz, çoktan soğumuş çayının kalan son yudumunu çekip masasından kalktı. Artık çalıştığı kendine yeterdi. Her şey olduğu kadardı. Yarınki sınavı verirse okulu uzatmayacak, yazın memlekete gittiğinde babası onunla ilgili yergilerini kısa kesecekti. Mühendis çıkmasına ramak kalacak oğlunu annesi, komşular ve hısım akrabanın önünde yere göğe sığdıramayacaktı. İçi bulandı, muhtemel ki, olacaklardan ziyade, içtiği sigaraların odasını bunaltmasındandı. Küllük, hava almayan bu bodrum katını isli isli kokutuyordu ama Ilgaz götürüp dökmedi. Odanın ortasında öylece durdu. Şimdi, her şeye yalnızca bakıyordu. Masanın üzerine yığılmış kitaplara ve kütlenin korunumuna, kabak çekirdeklerinin dağılmış kabuklarına, dışarıda göğün yırtılmasına ve şakırdayan bütün sulara, kedilerin pencerenin parmaklığına sürtünüp geçmesine, doğa yasalarına ve dünya üzerinden geçip gitmiş bütün kanların ve çirkin ve güzel bedenlerin şerefine bir şişe şarap içememiş olmasına uzun uzun baktı. Duvarlar soğuk, gölgeler lekeliydi. Kanepedeki battaniyesinin üstüne sinmiş terli ve ekşi kokusunu, teki kayıp çoraplarını, boş sigara paketini, parmak izli bardağını ve ortada bekleşen bütün perişanlığını saran bu duvarlar, sapasağlam duruyor, içinden kayıp geçilmeye imkân vermiyordu. Sessizlik sanılan bütün ümitsizlik, gençliğin kıvamlı ağırlığı önünde dikiliyor, onun taze başını ürkütüyordu.

Ilgaz, böyle ayakta dikilmiş, kumral sakallarını uzun uzun sıvazlarken, birdenbire durdu.

Gitti kanepeye kıvrılıverdi.

•

Tahir, kahveden ruh gibi çıktı. Yağmurlu sokaklardan bir ruh gibi geçti. Büyük bir yalanı az önce öğrenmiş bulunan bütün sakin ruhlar gibi, o da işte şimdi zıvanadan çıkmış, kayıyor, kavruluyordu. Kızı hemşireyim demişti. Ben buraya atandım demişti. Gececiyim demişti. Geceleri çıkıyor, sabaha karşı dönüyordu. Kızının ortak etmediği bu sırrında Tahir, bilmiyordu ki, neler yapılıyordu. Hasta kim, kime derman götürülüyordu? Gece başlayıp da sabaha erene kadar, kızı nerede duruyordu?

Evinde, odasında, kahvesinde, işinde, sıkıntısında, ferahlığında yaşayıp giden bütün bu beşerin ortasında Tahir, sokaklardan eserek geçti. Karısının ölümünden beri, kalbinin böyle yandığı hiç olmamıştı. Yol boyunca, kimi mutlu kimi mutsuz ışıklar pencerelerde yanıyor, Tahir de tüm insanlık gibi, en büyük dert kendininki sanıyordu. İnsan bir kötülük, bir hainlikle yüzleşmeyegörsün, hemen kendiyle karşılıyordu onu. Yalanın büyüklüğü, söylenenin iyiliğiyle büyüyor, onunla perçinleniyordu. Tahir de böyle düşünüyordu şimdi, "bana" diyordu, "tek başına evlat büyütmüş bu babaya" diyordu, "kimseye kötülük etmemiş, hıncını bu âleme bir kerecik batırmamış bu adama" diyordu, "nasıl yapılır" diyordu. Kızını unutup, sanki daha çoğu kendine acıyordu. Kızı Melike, anasını melekler aldı götürdü diye, melek gibi olsun da kötülüğe bulanmasın ve hep pûr-i pak yaşasın diye adını meleklerden alıp da verdiği bir tane evladı, yalnızlığından kaçıp da anlamlı saydığı meşguliyetlerle büyüttüğü bu çocuk, şimdi nerelerde, hangi şeytanın, hangi karanlığın, hangi kuytunun dibindeydi. Ondan başka yoktu ki. Büyüttüğü bu çocuktan, çocukken ak pak edip saçlarını tarayıp da yatırdığı bu çocuktan bir tane daha yoktu ki. Gözlerden sakınılıp büyütülmüş bu anasız çocuktan, binlerce emek ve uğruna uykusuz kalınmış gecelerden, kalkıp kalkıp örtülmüş yorganlardan, ateş ve öksürük dolu geceler boyu alnına konmuş nemli bezlerden ve büyüsün diye yedirilmiş lokmalardan gelecekte birkaç tane daha yoktu ki, onun için bu kadar yanılmasın. Vazgeçilsin.

Başka yoktu ki.

Tahir felaketi de sevinci karşıladığı gibi karşıladı. Melikesinin nerede olduğundan önce Tahir, kendi yaptıklarının, kendisinden alınanların ve kendisine yapılanların muhasebesini tutuyor, doğruluk ve vicdan budur sanıyordu. İşte ancak böyle sevebildiği Melikesi şimdi nerede, hayatı ne sanarak yaşıyor, kime ne söylüyordu? Bu dünyanın başına, kurulalı beri musallat olmuş kötülerin karşısında Melikesi, nasıl içi acımadan duruyor, irade ve gülümsemesini nasıl gizliyordu? Ne yapıyordu? Nerede, ne yapıyordu?

Yarın sabah uyanacaktı Tahir, sanki dünkü sabaha uyanmış gibi içi bir anlığına rahat. Sonra ayıldıkça başına geleni hatırlayacak ve içinden bir bıçak boylu boyunca geçip onu gerçeğe uyandıracaktı. Dünya üzerindeki bütün felaketler işte böyle geliyor, insanı kendine işte böyle yavaş yavaş inandırıyordu. Ölümü görenler, soğukluğu tadanlar, felaketten kaçamayanlar, evlat acısıyla kavrulanlar, uykuya hıçkırık ve gözyaşıyla dalanlar, delikli uykularından hep böyle uyanıyordu.

Önce iyi, sonra noksan.

•

Ilgaz, üzerindeki hırkasıyla kanepeye uzanmış, debeleniyordu. Battaniye ona yetişemiyor, uzun bedenini boylu boyunca örtemiyordu. Aşağıdan çıkan kemikli ayaklarını şöylece bir oynattı. Çocukken, dedesinin ıslak ayaklarından iğrenip gözlerini yumardı. İnsanın bazı yerleri vardı ki, sanki üzerinde hiç özenilmemiş, öylesine oluvermişti. Çalakalem ve baştan savma ayaklar, binlerce yıldır yeryüzünü dövüp duruyordu. Kendini buraların tek hâkimi sayan ve ölümü bir türlü kabullenemeyen insan ise, bununla durmadan gururlanıyordu. Denizdeki balıkları, dağdaki bulutları, meradaki kuzuları, haradaki atları emrinde biliyordu. Yalan pek kolay söylenir, kötülük harikulade gizlenir sanıyordu. Korku bulanık sular içinde saklanıyor, sevimli bir iyimserlik her zaman camekâna konuyordu. İyi işleyen bu makine aslında pek bozuk, baştan ayağa çürüktü.

Ayaklarının önce duvarda büyüyen aksine, sonra kendilerine uzun uzun baktı. Başparmakları, dedesinin toprak altında çoktan erimiş ayaklarındakinin aynısıydı. Çirkinlik soydan soya akıyor, tarifsiz bir çığlık insandan insana hiç durmadan geçiyordu. İçi bulandı. Kitaplı masasında koktukça kokan küllük onu bunalttı ama kalkıp boşaltmaya üşendi. Mutfak taşı şimdi kimbilir ne soğuktu.

Gökyüzü bir gürültüyle yarıldı. Yağmur pek yükseklerden geldi, boşandı.

Ilgaz, bir kadına, ya annesine ya sevdiğine sarılır gibi yastığa sarıldı. Uyumak istedi. Olmadı.

•

İçinden boylu boyunca nehir geçen ve herkesin pek bir güzel kaybolduğu bu büyük şehrin içinde Tahir, kızını nerede bulacağını bilemeden, sırılsıklam olmuş yürüyordu. Şimdi ne olacaktı? Kızına ne hesap soracak, sırrını bildiğini nasıl söyleyecekti? İlk laf ne olacaktı? Sabahlar nasıl olacaktı artık, yemekler nasıl yenecekti? Birlikte çıktıkları pazarlar, haftalık aldıkları zerzevatları, kızının pişirdiği yemekler, Tahir'in bulaşıkları yıkaması, arada sırada gidip gördükleri komikli yerli filmler, karşılıklı içtikleri kahveler, birbirlerine dertlerini anlatıp derman bulmaları, bulmacada bilemedikleri kelimeleri bulunca sevinmeleri, kızının nöbeti olmadığında seyrettikleri televizyon programları, –nöbeti... kimin nöbeti, kime nöbeti?– Ah Melike! Babanı yaktın Melike. Gidip de hangi canların başını bekliyorsun Melike! Ateşi düşürdüğün yeri yaktın Melike. Şimdi ne olacak Melike? Canlarının birlikte sıkılması, beraber ferahlamaları, kader ortakları gibi sessiz sessiz yürümeleri, konuşmadan oturmaları ve yalnız ömürlerine teğellenmiş bütün meşguliyetleri, şimdi bunlar hangi anı çuvalına girecek, hatırlandıkça sızlatacaktı? Yaz akşamları çıktıkları akşam yürüyüşlerinde pencerelerden gelen kızartma kokularını duyunca önce kim diyecekti artık, yaz güzel diye? Bütün bunlar şimdi nereye gidecekti? Tahir ve Melike'nin hayatlarının ortasından bir terzi makası cart diye geçmiş, Tahir'i soluksuz bırakmıştı.

Tahir duruverdi. Midesinden bir alev ağzına doğru acı acı geliyor, kalbiyle birlikte onu yakıyordu. Tepesindeki saçlarından alnına doğru süzülen suları elinin tersiyle sildi. Çaresizlik başından topuğuna doğru aktı.

Artık nasıl yaşanabilecekti?

•

Ilgaz, penceresinin önündeki mazgaldan heyecanla aşağılara kıvrılan yağmur sesini duymak istemiyor ama tabiat kendini Ilgaz'ın üzerine bastırıyordu. Ilgaz hemzemin penceresinin köşelerinde büyüyen yeşilli morlu lekelere baktı. Geleceğin korkusu habis bir ur gibi içinde günden güne büyüyor, gölgesinin bile belini büküyordu. Tekinsiz bir muğlaklık yüzünde asılmış duruyordu, en çok da uyumadan önce, böyle gecelerde. Kedilerin bağrışını, üst katlarda birbirine karışan boğuk televizyon seslerini, bir çocuğun vakitsiz ağlamasını ve sonra bir sifon sesini arka arkaya duyup dinledi. Bir an önce uyumak istiyor, istedikçe olmuyordu. Çocukken babaannesi, "yattım sağıma döndüm soluma sığındım sûbhanıma" der, çarçabuk uykuya geçiverirdi. Uykular ülkesinde insanlar hafifti ve uçuyordu. Herkes iyi, herkes merhametliydi. Bedenin ağırlığı uykuyla siliniyor, geriye bulutlar kalıyordu. Adımlar bitiyor, uçmaklar başlıyordu. "Uyurken" dedi Ilgaz, "insan kendini pek rahatlıkla sevebilir."

Sevgiyle hiç işi olmayan bir karaltı, Ilgaz'ın demirlerinin önünde birdenbire durdu. Ilgaz, sokak lambası vurmuş hemzemin penceresine doğru korkuyla baktı. Karaltının elleri eğilip, demirleri tutup yokladı. Ilgaz'ın battaniyeye sığmamış ayakları, bu kez büzülüp kıvrımlarda kayboldu. "Kim var orada" diye yalnız Red Kit bağırabilir. Yoldaşı Düldül'üyle karanlığın üstüne bir tek o yürüyebilir. Ilgaz dedesinden gelen açık kahve gözlerini kırpıştırdı. Adımlar pencerenin önünde oyalandı, eğilip içeriye bakındı. Ilgaz'ın başparmağı çocukluğundaki gibi iki üç kere seyirdi. Toramanlar üstüne yürüdüğündeki gibi, "ne çok kitap okuyan len sen, âlim" deyip güldüklerindeki gibi, abiler "şşt çocuk git bize tekelikibin al getir" dediklerindeki ve o sigara parasını yolda düşürdüğündeki gibi, babası gündüzleri işine öfkelenip akşamları evde annesine fazladan alınmış yumurtaları, sehpada duran cam sigaralığı fırlattığındaki gibi sessiz sessiz seyirdi parmak.

Karaltı, aldığı fakir kokuyu beğenmeyip uzaklaştı. Ilgaz'ın korkusu tatlı bir mayışmaya doğru gidebilirdi artık. Yaşamak yeterince kolay olmasa da, belki fazla zor da sayılmayabilirdi.

•

Tahir bu büyük şehrin yedi koca tepesine doğru bir küfür giydirip hıçkırdı. Arkasından gelen karaltıyı hiç fark etmeden durdu, sokak lambasına tutundu. Bu aydınlıkta Tahir, tepesine nur inmiş gibi görünüyor, birazdan ölecekmiş gibi ışıkla parıldıyordu. Tahir bunu da fark etmedi. Yanan midesini tutarak, yürümeye çalıştı. Sokaklar birbirini kesiyor, Tahir hangisine sapacağını bilemeden şaşalıyordu. Melike neredeydi? Hangisindeydi? Kasabın, dükkânı kapatırken bile cümle âlem bu gündelik vahşeti görsün de özensin diye camekânda asılı bıraktığı derisi yüzülmüş kuzulara baktı. Satılık etler, Tahir'in içini bulandırdı. Karaltının adımları yaklaştı yaklaştı ve Tahir'in ensesinde durdu. Sokaklardan serin bir ürperti gelip geçti. Eselekli çığlık hırıltı olup kalacağını bilmeden Tahir'in boğazında şimdilik sessiz bekliyordu. Tahir'e boynuna sanki bir kedinin kuyruğu değmiş yahut biri üflemiş de kaçmış gibi geldi. Hışımla döndü. Karşısında o ufak tefek karaltıyı gördü. Karaltı gülümsedi. Çirkinlik, gülümseyişle düzelmiyorsa, bu Tahir'i genelde ürkütürdü. Sessizlik uzun sürdü. İşte kötülük buydu. Kötülük ölüm getiren kuru ellerdi. Kötülük öfkeli çipil gözler korkuturken, ağzın hınçlı hınçlı gülmesiydi. Kötülük ağızlara iliklenmiş yalan, kandırılmış gözlere fırıl fırıl bakan gözlerdi. Kötülük çiçeklerin hiç açmaması, açmışken solmasıydı. Kötülük çocukların güneşi tanımaması, yarından mahrum bırakılmasıydı. Kötülük sabahın olmamasıydı. Kötülük çevre çevre sokaklar ve o sokaklara damlayan kirli sulardı.

Tahir, adamın saçlarına, saçından damlayan sulara, elinin tersiyle alnını silmesine, yılışık seyirmesine uzun uzun baktı. "Melike nerde?" dedi. Kötülük anlamadı. Karanlık sokakta aklı başından gitmiş bir sarhoş bulduğuna sevindi, bu işini kolaylaştıracaktı. "Melike nerde ulan, nerde?!" Tahir, böyle bağırmalı konuşmaları, gözdağı vermeli çıkışları hiç yapmamışlardandı. "Nereye götürdünüz onu?!" Kötülük sesini çıkarmadı. Tahir'in, yârin koynu, tatlı bir ekmek gibi sevip benimsediği iyimserlik, talih kuşu konmamış bir piyango bileti oluverdi, sokakta savruldu. Doğru bilinip sahip çıkılmış ne varsa, sıkı sıkı tutulmuş ne kadar inanç varsa, ne kadar gülümseme ve ne kadar nezaket varsa, günaydınlar ve kızına yaptığı sıkı tembihler, iyi günler ve allah korusunlar hepsi paçavraydı şimdi. Bütün iyilikler ve merhametler sokakların karanlıklarından alay ederek ona doğru bakıyorlardı. Tahir ömrünün üstüne bir bardak soğuk su içebilirdi şimdi. Evine varabilseydi içerdi de belki. Melike! Hangi kuytudasın Melike! Bu kötüler seni nerelere götürdü Melike! Neredesin?! Ses ver Melike! Tahir bütün hastaneleri dolaşmak, kızını elbet birinde bulabilmek istiyordu. Yeni doğurmuş taze anaların başında Melikesini görmek istiyordu. Oradadır belki ha deyip kırıntı kalmış umutlarla avunmak istiyordu. İyimserlikle umut kol kola verip mazgalın altından Tahir'e doğru güldüler. Kundaklı bebekler, emzikli anneler, kanlı canlı rahimler, parlak güneşler, tatlı gülümsemeler, tatlı tatlı tüten çorbalar, fedakârlık ve inanç, aydınlık yarınlar, sandıklar, dirhem acı vermeyen tatlı hatıralar, düğünler, dernekler, bayramlar ve istikbal hepsi birer birer yok oluyor, Tahir'i karanlıklarda bırakıyordu.

Gece simsiyah uzanmış, sabahı iteledikçe seviniyordu.

Kötülük sinsi sinsi gülüyor, bir keskin acı ve irinli bir bulantı, bu biçare adamın gönlünü kırıp geçiriyor diye, içten içten seviniyordu. Şeytan sağlam bacaklarla koşup geliyor, yalan ve hıyanet bacalardan kara kara tütüyordu. Başaksız tarlalar uzaklarda çorak uzanıyor, gökyüzü yetmez oluyordu. Sular kuruyor, toprak çatlıyordu. Gözleri fersiz apartmanlar, inançsız kargalar, yapraksız ağaçlar ve bu âlemin bütün cehennemi Tahir'in önünde dalga dalga kabarıyordu. İnsanlık sırtını dönüyor, gözlerini yumuyordu.

Karaltı, bir piştov patlattı. Tahir'in uykusu geldi. Düştü. Yastığı sokaklar oldu.

•

Ilgaz uyandığında gece bitmiş olacak ve Ilgaz'ın sancısı geçmeyecekti. Ilgaz bunu bilmeden ama sezerek uyuyor, rüyasında ayakları demir gibi bir suyun içinde, bir şeyin peşinden bata çıka yürüyordu. Bir hayal vardı. Büyük bir amaç, rüyasında Ilgaz'ı diri tutuyor, kararlı ve kendinden emin yürütüyordu. Ilgaz suyun kaynağına doğru giderken gözleri uzaklara keskin bakıyordu. Yeşil filizler yaşlı ağaçların peşinden uzuyor, toprak her şeyi kendine saplamış güvenle uzanıyordu. Rüyasında güçlüydü Ilgaz, hakikat, göğsünün tam ortasında, güm güm vuruyordu. Soğuk sulardan geçiyordu Ilgaz ama bu onu ne yoruyor ne de çirkin ayaklarını üzüyordu. Bir amaç uğruna Ilgaz, ne adımlar atıyordu.

Ilgaz annesinin sandıktan çıkarıp verdiği battaniyesinin altında büzülmüş uyuyordu. Ayakları dışarıda kalmış, nemli odanın ortasında buza çalmış duruyordu. Duvarlar büyümüyor, pencere genişlemiyordu. Kitaplar suskun yatıyor, sırrını da yalanını da içinde saklıyordu. Değişen hiçbir şey olmuyor, her şey aynı kalıyordu.

Küllüğün yanından bir hamamböceği ağır ağır yürüdü. Yere indi. Biraz da oralarda gezindi.

•

Karaltı, Tahir'in cebinden parasını alıp koştu. Apartmanların oturma odalarında televizyon eğlenceler içinde bağırıyor, birtakım kahkahalar ve yarışmalı şarkılar ona bakanları eğliyordu. Perdeler daha da sıkılanmış, insanlık koltuklara mıhlanmıştı. Karaltının adımları karanlık sokakta kayboldu gitti.

Tahir'e ılık bir uyku tatlı tatlı bastırıyordu. Çocukluğunda baktığı karlı dağlar memleketten gelip önüne dikildi. Annesinin sesini duydu. Bir elinde nohut mayalı ekmek, öteki elinde birkaç yıla kuyuya düşüp ölecek kız kardeşinin eliyle evin önünden ona sesleniyordu. "Gel oğlum" diyordu. Sofra hazır, herkes onu bekliyordu. "Uyan oğlum" diyordu, "kalk" diyordu. Çocuk Tahir bahçedeki ağacın altından kalktı, üzerindeki damatlıkla karısının koynuna girdi. Karısı ürkek ürkek saçlarını okşuyor, "beni hiç bırakma" diyordu. Tahir, karısının elini bırakıp bir koğuşa girdi. Devresi gençlik Tahir'e nöbette bir sigara veriyordu. Tahir sigarasını yere atıp, kuyu başına vardığında çocuktu. Herkes toplanmış, kuyu taşından aşağı "Fatmaaaaa", "Fatmaaaaaa" diye bağırıyordu. Soğuktan mora çalmış kız kardeşini kuyudan çıkarıp yere yatırdıklarında Tahir, incirin dibinde öğürüyordu. Elinin tersiyle ağzını silen yeni evli Tahir, trende karısının yanında oturmuş koca İstanbul'a doğru yürüyordu. Haydarpaşa Garı'ndan küçük ve nemli odalara, oradan küçük evlere adım adım geçen Tahir ve karısı, büyüyen bir göbeğe bakıp bakıp gelecekten korkuyor, ekmek kavgasına hemencecik tutuşuyordu. "Beni hiç bırakma" diyordu kadın, Tahir karısının elini tutuyordu. Annesi küçük oğlu Tahir'in yanına geliyor, haşlanmış bir yumurta ile ılık süt verip gidiyordu. Tahir arkasından sesleniyor ama annesi onu duymuyordu. Nerede kaldığı bilinmeyen ağaçlar Tahir'in tepesinde hışırdıyor, başından parmak uçlarına kadar onu ürpertiyordu. Tahir'in ağzından ılık ılık bir demir gelirken, patronu onu yine azarlıyordu. Bir müşteri onun kanlı ağzına bakıp, "nerede benim arabam" diyordu. Bir başkası "marş basmıyor" deyip anahtarını Tahir'in yağlı ellerine tutuşturuyordu. Tahir'den hep hesap soruluyor, ölüm onunla birlikte büyüyordu. Beyaz kundağa sarılmış tek evladını kucağına veriyorlar ama karısının kefenlenmiş yorgun bedenini ona gösteriyorlardı. Tahir köşeye yığılıp kalırken bebeği ağlıyordu. Tahir'in içinden bir rahatlık, ömrü boyunca görmediği bir parıltı yumuşak kıvrımlarla geçiyor, onu şaşırtıyordu. Dünya puslu bir güzellikle parıldıyor, buraları bırakıp da gitmek zoruna gidiyordu. Giymeyi pek sevdiği pijamasını sıkı sıkı tutuyor, evin küçük balkonunda oturup bir tek atmak istiyordu. Mahcubiyeti ilk kez unutuyor, âleme yapışmak istiyordu. Uyku hem ılıktı hem ürpertiyordu. Melike daha uyanmamıştır diye pazar gününün kahvaltısını Tahir, pek sessiz hazırlıyordu. Tahir çay bardaklarına yapışıyor, bırakmak istemiyordu. Kaşıklar ve tabaklar onu yabancılıyor, git diyordu. Tahir, evin odalarında Melikesini arıyor, bir türlü bulamıyordu. Yalanı affetmek istiyor ama buna zamanı kalmıyordu. Koltuğun üstünde kalmış hırkası ona üzgün bakıyor ama yine de yanına gelmiyordu. Yağmur diniyor, yıldızlar onun haline acıyordu. Tahir "Melike" diyor, sesine ses veren çıkmıyordu. Küçük kız kardeşi Fatma elini tutmuş bırakmıyordu.

Allah'ın emriydi. Zor olan ayrılıktı.

•

Hamamböceği yerde aheste aheste yürüdü. Ne yana gideceğini kestirememek ona da zor gelmişti.

Yağmur dinmiş, pencerenin önündeki mazgalın şıkırtısı kesilmişti. Ilgaz koltukta uyuyor, yatışı duvarlara bile keder veriyordu. Sanki Ilgaz, kendisi değildi.

Bir şeylerin yankısıydı.

Portakal

Bu gece, bu hat üzerinde
iyileşen zamandır. İnsan iyileşmez
Birhan Keskin

Seher, yapmayı en iyi bildiği şeyi yapıyor, uyum sağlıyordu. Televizyonun karşısındaki koltukta oturmuş, portakal soyuyor, arada saate bakıyordu. Bir kadın, "çocuklarımı almadan asla asla gitmem, gitmemmmm" diye bağırdı. Bu sahnenin ortasında yaylılar içli içli yandılar ve işte o zaman kadının feryat ve figanı gitmesi gereken yere yollandı. Seher, televizyona bakıp iç geçirdi ve yan odada biri uyumakta öbürü ödevini yapmakta olan iki çocuğunun çıtlarının çıkıp çıkmadığına kulak kabarttı. Ses gelmeyince rahatladı.

İşte Seher buydu. Salon, çocuklarının odası, perde ve düdüklü tencereydi. Kışın dizlerine örttüğü battaniye, yazın açtığı pencereydi. Seher, kâsenin içindeki portakal kabukları, kırlentlerdeki tedirginlik ve fotoğraftaki sessizliklerdi.

Göklerden bir gürültü koptu ve televizyondaki ağlayan kadın kayboldu. Seher daha büyük sıkıntılarla cebelleşmeye alışkın olduğundan, yayının kopmasına pek aldırmadı. Çünkü, devamında olacakları biliyordu. Kadın, çocuklarını bırakamadığı için evden ayrılamayacak, sonra günler günleri, bölümler bölümleri kovalayacaktı. Seher'in yaşamı ve gözyaşları, her zaman çok izleniyor ama gerçek olduğunu kimse bilmek istemiyordu.

Seher, her gece aynaya bakıyor ve bakarken portakal soyuyordu.

•

Meryemana, başını, okuduğu sınav kâğıtlarından kaldırdı. Kırmızı kaleminin kapağını kapadı. Yerleri yanlış bellenmiş dağlarımız ve göllerimizin üstü hep kırmızı çizgiyle çizilmiş, bir türlü doğru yerlere geçememişlerdi. Meryemana, mesleğindeki ilk sene, buna hep şaşmış, sonra sonra şaşmayı bırakmıştı. Çizdi üstünü, verdi sıfırı. Yarınlar karanlıktı. Meryemana uyuyamayacağını biliyor. Bu yüzden kalktı, ıhlamur demledi, içine portakal kabukları bıraktı. Yüzerlerken izledi. Karnının içinde bir tekme vuruldu. Tekme gezindi. Bu kez de kolunu uzattı. Meryemana bir eliyle karnını tuttu. Sevinse mi üzülse mi bilemediği durumların hayatındaki bolluğu onu genelde ürkütürdü. Bu kez öyle olmadı. Bir canlı vardı işte. Kendinden başka bir varlık daha vardı. Bu kadar olağandı. İnsanlık ürüyor, sadece çoğalıyordu. Yazın ortasında gelip içine yerleşmiş bu ılıklık, aslında bu kadar basitti. Yazın bitmesi, sonbaharın bile geçmesi ve sonra kışın başlaması, olması gerektiği içindi. Zaman geçiyor ve buna herkes başka bir şey diyordu.

Ama kocası dönmüyordu.

•

Seher, kapı kilidinin döndüğü geceler, o gecenin sessizlikle geçeceğini bilir. Ama kilit dönmüyor da kapı güm güm vuruluyorsa, başına gelecekleri sezen elleri, tedirginlikle seyirir. Eskiden, radyodan şarkılar tutardı. Çeyiz parası biriktirmek için girdiği sekreterlik işinde, bir bir dinlediği şarkılara anlam atfederdi. Bunları artık bıraktı. Nikâhtan sonra mobilyacıdaki telefonlara alo demeyi de öyle. Oysa Seher, mobilyacının karısına sanki patronu yollamış gibi çiçek göndermeyi akıl ettiğinde, sevinçliydi. Filmlerde gördüklerini bir bir yaptığı ve birilerinin de yapmasını beklediği yıllardı. Patronu Salim, kocasının yeni âdetine şaşırıp sevinen karısının yüzü suyu hürmetine, Seher'i sevip kollamış, Ramazan geldiğinde dağıttığı erzak torbalarından Seher'e düşeni, artırmıştı. Herkesin teşekkürü, bildiği yollarladır. Seher'in annesi mercimek ve bulguru şükranla kavanozlara doldururken, Salim'in karısı çiçekleri vazoya koyuyordu. Seher'e yine bir şey olmuyordu. Ay ortasında aldığı maaşıyla edindiği mutfak aletlerini, annesinin evine kutu kutu istiflemeye devam ediyordu.

Derin bir nefes aldı Seher, "elektrik kesilmese bari" diyerek soluğunu verdi. Böyle yağmurlu gecelerde televizyon ne zaman gitse, peşinden ışıklar da giderdi. İkisi birbirini hep çok severdi.

Ve kapı güm güm vuruldu. Gece karardı.

•

Meryemana, portakal kabuklu ıhlamurunu masaya bıraktı. Karşı dairede kapı yine dövülüyor, seziyor ki, içerideki kadın pek korkuyordu. Kalktı, kapıya doğru yürüdü. Delikten baktı. Yüzüne düşmüş ince bir perçem, ince soluğuyla inip kalkıyordu. Soluk, askıdaki paltosunu, yerdeki pabuçlarını diken üstünde tuttu. Meryemana'nın büyüyen delikte gördüğü, ayakta zor duran, kapıyı gümletirken kendi sallanan, ufak tefek bir adamdı. Kapı açıldı. Adam girdi. Kapının dan diye örtülmesiyle, Meryemana'nın göğsündeki kalbi, masasındaki sınav kâğıtları, fincanındaki portakallı ıhlamuru, taksidi iki kış önce bitmiş koltukları ve bütün bir apartman, erkek öfkesiyle sallandı.

•

Seher'in meşe sehpalı salonu, çocukları için ayrılmış bir odası, banyoda yumuşak paspası, ince cam bardakları ve kimseye elletmediği birtakım eşyaları vardı. Ve bir de kocası... Seher, akrabalarının soydan soya akmış çirkin ketumluklarını ve barut fıçısı tokatlarını kendinde bir bir toplamış bir adamla evlenmiş bulunduğunu anladığında, daha yeni gelin sayılırdı. Kocası pijamasıyla salonda oturuyor ve hiç gülmüyordu.

Seher'in kocası nasıl gülümsenir, bundan haberli değil. Gülümsemek ve sevmek, bir cenazeye gözyaşı dökmek, bir çocuğu sevmek ve aşk, sanılır ki hep içten gelir; oysa bunlar hiç sezilmeden öğrenilir. Ya yâr ya toprak olan kadınların diyarında Seher de, annesinin korktuğu gibi korktu. Annesi koltuğundan ecel teriyle nasıl kalkmışsa öyle kalktı, evliliğine doğru yürüdü. Kapı çalıyor, Seher kendine yine yaban oluyordu. Korkuyor ve kimselerini kaybediyordu. Seher buharlaşıp uçuyor, evin karalığında kayboluyordu. Evler kara. Evler kara. Kapı tokmağı Seher, yavaş yavaş döndü. Gelen içeri buyur edildi. Kapı önü yolluğu Seher'in, üzerine basıldı. Sonra sütlü kahve koltuk Seher'in, üzerine oturuldu. Kahve istendi. Cezve Seher'in içine, iki kaşık Seher kahvesi kondu, karıştırıldı. Mutfak masası ve üstündeki elma kâsesi korkuyla sallanıyor, güzel günlerin ve mutlu bir evliliğin ümidini çoktan kaybetmiş olmanın yinelenen acısıyla kararıyordu. Çünkü evler kara. Tepsi Seher'in üstüne, ecel terinden köpüğü sinmiş bir fincan Seher kondu. Hiç gülmeyen o adama sunuldu.

Dizinin her gece tekrarlanan bölümü, böylece başladı. Bir yumrukla devrilen tepsi Seher'in üzerindeki acı Seher kahvesi, güldallı Seher halısının üzerine bir nakış olup süzüldü.

•

Meryemana, hüzünlü kocasının onu yaz başının pırıl pırıl bir sabahında, karanlıklarda ışıksız ve inançsız bırakıp, bir yazma hevesi uğruna ya Rab, ne güneşler doğurmak için, yürüyüp gitmesinin hemen üzerine, âdetten kesilmişti. Bir koşu eczaneye gidip, bir çubuk almış sonra ona işemişti. Meryemana başına geleni anlamış ve banyonun fayanslarına, sabunluğun altından kayarak giden bulamaç bir çizgiye ve çamaşır makinesinin kapağında taşınırlarken olmuş ince bir çiziğe uzun uzun bakmıştı. Hayat kötü değildi ama sıralaması yanlıştı.

Meryemana o yazın yapış yapış öğle üstünde, askısı omzundan kaymış tişörtüyle banyodan çıkmış, uzun uzun ve soluksuz ağlamış ve bunu kimse bilmemişti. O gün, sinekler sinekliğe vuruyor, tül perde kımıldamadan duruyordu. Duvarlar ağlıyor, kitaplar terliyordu. Yaz sonunda Meryemana tayinini istedi. Sonbahar başında soluğu bu ücra İstanbul'da aldı, kayboldu. Hayatın melankolik kederleri kocasının omuzlarındaydı. Sevinebilirdi. Meryemana'nın payına ise, gündelik telaşeler ile bir melodram düşmüştü. Ayakta kalma çabasının ağırlığı, okula gitmek ve günaydın demenin zorluğu, taşınmak ve bürokrasi, faturalar ve pazar poşetleri, ağrıyan bel, bozulan musluk, patlayan ampül ve kanlı ve acılı bir doğum, Meryemana'nındı.

Karşı dairedeki kadın bu gece de ağlıyor, Meryemana'yı üşütüyordu. Taşındığı ilk ve hep ağladığı gecelerde, kocasının sevdiği şarkıları açardı. Ne kendi sesi duyulsun, ne kadınınkini duysun isterdi. Bunu artık bıraktı. Bir şeylerin devrilmesini, yerde yuvarlanmasını, boğuk sesleri ve hıçkırıkları duyarak, yarınki derslerine bakabilmeyi o da öğrendi. Coğrafya kitabındaki Türkiyemiz haritasının engebelerine bakarken, her sabah çantası omzunda merdivenleri koşarak inen o oğlanın, şimdi annesinin yanında mı yoksa odalarda saklambaçta mı olduğunu bulmaya çalışıyordu. Hayat bir oyundu. Bir radyo tiyatrosu.

Artık kocası uzaklarda, pek rahatlıkla yazabilir, dünyanın acısını üzerinde toplayabilirdi.

•

Seher genelde ağlayıp ağlamadığını bilmeden, ağladığını fark etmişse neden ağladığını anlamadan ağlardı. Yaşamak zorsa bilmek neye yarar? Bilmek, boş yere oğlu İbrahim'e düşüyordu. Zamanla öğrenmek, mutlulara mahsustu. Hayat Bilgisi kitabındaki evde büyüyen Mete'nindi zaman. İbrahim'de yaş yoktu. Annesinin çığlıklarına, sehpanın devrilmesine ve hiddetin sesine kulaklarını tıkayıp ödevlerini yapması, bundandı. Çünkü bir gün İbrahim, büyük adam olduğunda annesini de alıp uzaklara yürüyecek, annesi böyle söyledi. Böyle istedi. İbrahim annesine söz verdi. Avukat olacak. İçinde sadece kadınların olduğu büyük bir ev kuracak. Karlı bir gece yarısı annesinin İbrahim'i kolundan tuttuğu gibi fırlayıp ayaklarındaki ev terlikleriyle içine koştukları ev gibi. Şaşırmış ve ayakkabısız kadınlarla, hiç konuşmadan duran çocukların olduğu ev gibi. İbrahim, onları koruyacak ve kışın eli kolu dolu ziyarete gelecek. Onlara portakal getirecek. Annesiyle sözleştiler. İşte o yüzden, şimdi cümle içinde kullanılacak kelimeler var. Bunlar büyüyünce geçecek.

Portakal, iki nokta üst üste: "Portakal ağaçta yetişir. Ama ben görmedim."

•

Bazı hisler vardı. Bazı gülümsemeler ağırdı. Bazı sessizliklerin bu dünyada yeri fazlaydı. En çok da, Meryemana'nın, bilgisayara baka baka yaptığı şu peynirli pastayı, kocasının tattığı ve bir şey demediği hafta sonu öğleden sonralarında, kasabadaki öğretmenliklerinin üçüncü yılında ağaçlıklı yoldan eve hiç konuşmadan döndükleri bahar aylarında, lojmanın kaloriferinin bozulduğu ve Meryemana'nın iki kat çorap giyip sınav kâğıdı okuduğu gecelerde, "bir çay daha içer misin?"e bir cevap gelmediği akşamlarda, kocasının pencereye sineklik gerdiği o 19 Mayıs tatil gününde, defalarca yıkanan ıspanakların dibe çökmüş topraklarına kocasının uzun uzun baktığı pazar günlerinde, küçük ve ılık anları, tatlı ve serin yaz gecelerini tekinsize çeviren, bir felaketi korkuyla bekleten işte bu sessizliklerdi. Hep aralarındaydı. Hiç geçmiyor, bozulmuyordu.

Bazı hisler çoktu. İnsanı noksan kılıyor, yerine mıhlıyordu. Bazı anılar üzüyordu. Bazı geceler bazıları için fazla karanlıktı. Mevsimler fazlaydı. Sıcak ve gevşek öğlenler, palamutlu kasımlar, sabahı durmadan iteleyen kış geceleri, yağmurlu geceler, ıslak geceler, fırtınalı geceler, portakallı geceler, duvarlar, Meryemana'ya bir öğrencisinin verdiği ve çaydanlıkta kaynayan akşamın kaçak çayı, köşedeki tozlar, bazı ağır birikintiler, hepsi, yaşamaya devam edebilmek için çoktu. Ortalığa bir kütle gibi yığılıyordu.

Adına gerçek denmiş bu sayfalar, çevrildikçe bitmiyordu.

•

Seher yanılmıştı. Hayatın, mutluluğu gelecekte vereceğini sanarak, yanılmıştı. Çocuklarını çok seveceğini sanmış ama simalarında babalarını gördükçe onlardan soğumuştu. Tanımıyordu. Onları bir türlü çıkaramıyordu. Mutfaktaki yuvarlak masalara hep özenmiş, ama afiyetle yemek yemenin güç olabileceğini görememişti. Seher, tongaya düşmüştü. Bütün çeyizler dağılabilirdi artık.

Eğer Seher, kelimelerden biraz anlasaydı arkadaşına şöyle dert yanardı: "Pişmanlık ve hayat... İkisi benim için sanki aynı anlamdalar." Sonra kahvesinden bir yudum alır ve uzaklara gamlı gamlı dalar, arkadaşının onu teselli etmesi için beklerdi. Ama Seher'in arkadaşı yoktu, dışarıda kahve içme âdeti de. O yüzden Seher, elektrik süpürgesini çalıştırdığında, klozeti ciflediğinde, yıkanmış perdeleri kornişe geçirdiğinde genellikle şöyle diyordu: "Allah benim belamı vermiş."

Seher, bir gece yarısı tepesinde keskin bir bıçağın ışıldadığını görünce can havliyle kırkı taze çıkmış bebeğini evde unutarak merdivenlerden inmiş, oğlu İbrahim'le bağıra çağıra ve karlara bata çıka sokaktan geçmiş, bir taksiye binmişti. İşte feryat ve figanın gerçeği buydu. Perdeler açılıp açılıp bu diziyi izlemişti. Parası yoktu. Taksici onu polise, polis onu bir eve götürmüştü. Seher, kendisi gibi kadınların çokluğunu görünce, içinden tatlı tatlı sevinmişti.

İnsanın insana hissettiğini, imkânı yoktur ki, hiçbir kurt bir başka kurda hissetmiyordu. Terledikçe bozuk süt gibi, öldükçe bir dışkı gibi kokan insanın güzelliğini, nedense bir tek kutsal kitaplar yazıyordu.

•

Bilgisayar hep kocasındaydı. Kocası, dersten çıkar ona sarılır, Meryemana'dan kaçar ona koşardı. Güzellik onun içinde, orada doğanlardaydı. Tahayyül ve tasavvur beyaz sayfalarda uzanıyor, oradaki ekmekler daha güzel kokuyor, sokaklar daha bir kıvrımla uzanıyor, ay daha parlak oluyor, bazı güzellikler nedense orada daha kıvrımlı oluyordu. Yazı makbul, günler yalandı. Meryemana'nın perdeyi açıp izlediği, derenin üzerine hafif hafif değip sonra ince ince kalkan sazlıkları, yazın sivrisinek gelmesin diye ışığı kapatıp balkonda uzun uzun oturmasını görmüyor ve elmanın soyunurken çıkardığı pütürlü sesi duymuyordu. Meryemana dişçiden geldiği o gün, ağzındaki kanlı pamuğu çıkarınca kocası almış uzun uzun bakmıştı. Kuruyordu. Kan bile kuruyor, pasa dönüyordu. Kocası yatak odasına kaçmış, yatağa yatıp uzun uzun düşünmüştü. Ölünecekti. Kocası o gün yaşamaya derman bulamadı. Hayatın anlamsızlığı, kaçıp sığınılacak ne de güzel bir limandı. Kuytu bir merdivenarası...

Ertesi gün, bir mektup bırakıp ortadan kayboldu. En dokunaklı romanı işte böylece yazmış, Atatürk büstlü bir taşra lisesinden, öğrencilerinden ve öğrettiği dilbilgisi kurallarından azade olmuş, yola revan olmuştu. Geride bir pıhtı ile, evinin seslerini bıraktı. Derenin üzerinde vızıldayan sivrisinekler, mutfakta homurdanan bir buzdolabı, karpuzun tezgâha sızmış şekerli suyu ve acı dolu bir keder ile nereye yöneltileceği kestirilememiş bir isyan, orada duruyordu. Portakalı soymuş, karısının başucuna koyup gitmişti. Zeynep, bedeninden bir haber aldı. Bir süre, hiçbir romanın anlatmaya yetmeyeceği kadar derin bir kederle bekledi. Sonra lojmanı boşalttı. O artık, Meryemana'ydı.

•

Köpekler uzun uzun havladı. Seher eski bir ninniyi, Meryemana çocukluğunu hatırladı. Henüz büyükşehirlere yürümemiş, sıralarda dirsek çürütmemişken, kocasıyla tanışmamış, onun kederli gözlerinde kaybolup erimemişken, babannesinin koynunda uyuduğu ve uzaktaki köpeklerin havladığı gecelerde, nasıl güvendeyse, sıcak ve korunaklı, bir an, küçük bir an, aynı sessizlik ve sıcaklıkla yine çevrili olduğunu düşündü. Kasıklarından ince bir sızı gelip geçti. Aynı sızı belini yokladı. Anladı. Çocukluğu artık bitiyor, belki yarına, belki sabaha çocukluğunu çocuğuna veriyordu.

Seher, yerde kanlı kıpırdandı. Acıyan gözlerini yumdu.

Oğlu büyüyecekti.

Oğlu büyüyecekti.

Oğlu büyüyecekti.

Uzaklarda bir silah sesi duyuldu. Üçü de kalkıp pencereye koştu.

Ayna

Elbet kendisi korkar gecenin karanlıktan
Çünkü korkusu karanlıktandır her gecenin
Turgut Uyar

Şerife anahtarı çevirdi. Çıplak bir hole açıldılar. Yaşlı Şerife kapının dışında duruyor bekliyordu. Elini tuttu. Onu da içeri aldı. Artık burada yaşayacağız dedi. Genç olanın burnundan içeri nemli bir toprak, çiğ bir sıva kokusu girdi. Duymamaya çalıştı. Yaşlı Şerife'nin gözü duvarın aşağısından başlamış, salona doğru yürüyen bir neme takıldı. Burası, dedi, burası kimin evi? Şerife bir iç çekti. Bizim, dedi. Spotçudan alınmış bordo desenli çekyat, orta yerde onları bekliyor, etraftaki kutular oraya buraya atılmış duruyordu. Genç Şerife perdesiz salonda insanın içini acıtan bir yan olduğunu bilmezdi, şimdi öğrendi. Yağmur vurmuş pencerenin ortasındaki büyükçe yazıda "kiralık" yazıyor, salon bir şimşekle kararıp aydınlanıyordu. İki Şerife de öylece dikildiler, ne yapacaklarını bilemeden beklediler. Demek buydu. Gerçekleşmişti. Şerife'nin özlemini duyduğu bir şey sonunda olmuş ve onu bitkin düşürmüştü. Ellerindeki çantaları bıraktılar. Bir birlerine hoş geldik, dediler. Yaşlı Şerife dedi ki, bir bahçeye girdik, durduk seyran eyledik. Genç olanı duyduğuna şaşırdı. Babaanne, dedi. Burası çok soğuk. Yaşlı olanı onu duymadı. Gitti kanepeye oturdu. Torun Şerife etrafına ne yapacağını, nereden başlayacağını bilmeden bakınıyordu. Temizliğe çarçabuk başlamak için, burayı, eve pek çabuk çevirmek için banyoya gitti. Çamaşır makinesinin çıktığı boşlukta bir saç lastiği gördü, fenasına dokununca çıktı. Boğazında yumruyla mutfağa gitti, dolap kapaklarına dalgın baktı. Çekmeceleri açtı kapadı. Üsttekinde ucu körleşmiş bir kavanoz açacağı, alttakinde çoktan bayatlamış bir paket kakaolu puding buldu. Şerife salonda türküsünü tutturmuş, nerede nasıl olduklarından bihaber oturuyordu. Genç olan Şerife kakaolu puding çekmecesine yaslandı, bir ağlamadır geldi.

Evde geçecek ilk gece baş üstünde bir damın derdine düşmüşlere bile iyi gelmiyordu.

•

Ekrem kalktı, bir elma ve bıçakla salona geri döndü. Nahide alıştırmıştı onu bu gece meyvelerine. Senelerce soyup soyup önüne bıraktı. Nahide ah, kız sanat okulundaki öğretmen karısı, elleri kim bilir hangi sandıklarda duruyordur. Gençliklerinde üzdü onu, şimdi şimdi görüyor marifetlerini, ketumluğunu, bencilliğini, sebepsiz keçiliklerini. Hakkını helal etmiştir inşallah. Özlüyor. Odadan çıkıp gelişini, tam oturacağı sırada şöyle bir ürperip, "serin bu akşam" deyişini. En iyi yaşlılıklarında anlaştılar, gençlikleri zayiatlarla talan olmuştu. Tayinleri çıkıp da bu mahalleye geldiklerinde, Nahide'nin emekliliğine üç yıl, oğlunun sene-i devriyesine elli altı gün vardı. Bir daha da kaldılar burada. O zaman buralar yeni kuruluyor. Yollar hep çamuuur. Karşıki blokların yerinde bostanlar... Nahide "evim" diyordu. "Evim burası, bu kızlar benim çocuklarım" diyordu. Şehrin merkezindeki dairelerine imkânı yok bir daha adım atamadı Nahide. Her yerde oğulları vardı. O evde çürüyüp gitti oğlanın hatıraları. Kiraya da vermediler. Gece yarısı, paltosunun iç cebine koyduğu bazı kâğıtlar ve elindeki statik kitabıyla bir apartmanın çatı katından çıktığında oğlu, sadece yirmi üç yaşındaydı. Paltosunun yakalarını kaldırmış, Talimhane'den geçiyordu. Arkasından adını seslenmişler. Durmamış. Bir sokağa sapmış sonra. Sapmayaydı. Harbiye'ye kadar çıkabileydi. Belki...

Elma Ekrem'e gaz yaptı. Artık yatmalı, dedi. Kaç zamandır, kanepede kıvrılıp kalıyordu. Televizyon izlerken içi geçiveriyordu. Sonrası sabaha kadar karanlık. Ekrem kalktı, televizyonu kapatıp fişi çekti. Eski alışkanlıklar. Tuvalete gitti. Döndü. Işığı kapadı. Kanepedeki hırkasını kenara koydu. Devrildi, yattı.

Sokaktan geçen bir arabanın farı, karşıki duvarı yalayıp geçti. Ekrem, bir yumuşaklığın içine ağır ağır gömülüyordu.

•

Şerife, camdaki "kiralık" yazısını çıkarıp attı. Üst üste istiflenmiş kolilerin arasındaki çekyatta babannesi Şerife, kınalı saçlarını taramaya devam ediyordu.

"Yeter artık babanne, tarana tarana saçlarını yolacaksın" dedi Şerife, viledanın sopasını yerde biraz gezdirdi. Babanne Şerife, "Bugün gelecekler inşallah" dedi. Şerife derin bir iç çekip sopayı bıraktı. Camı silmek için hazırladığı su dolu kovayı ve bezleri, pencerenin önüne çektiği açılır kapanır masanın üzerine koydu. Bir çocuğu eğler gibi şöyle dedi; "Gece oldu babanne, gelmezler artık."

— "Babanne" deme bana. Ben Şerife'yim, "Hancıların Şerife"yim.

— He he.. Ben de Şerife. Torunun Şerife.

Bu iki Şerife'den genç olanı gündüzleri okula gidiyor, akşamları insanın yüreğine sıkıntı salan bir alışveriş merkezindeki parfümeride çalışıyordu. Sonbahar başından beridir artık geceleri de bir işi vardı; hatıralarını yitirip bebekleşmiş öbür Şerife'yi avutacaktı. Yurt odalarının kokulu akşamlarından iyice bunalan Şerife, geçen yaz annesine babasına ölüm ölüm yalvarmıştı, ne olurdu ki eve çıkaydı, ne olurdu yani? Kendi yemeğini kendi yapardı, daha bile azalırdı boğaz masrafı. Tost yemekten, ekmek arası köfte yemekten vallahi de billahi de içi kurumuştu. Yurtta da çalışılmıyordu ki gürültüden canım, nasıl avukat çıksındı. Eve kapanır, derslerini yalar yutardı. Şerife, annesinin babasının başının etini böyle böyle yedi. Bolu dağlarının kıvrımındaki köyünde yapış yapış geçen o gereksiz uzun yazın sonunda izni kopardı. Ama bir şartları vardı. Babannesi de onunla gelecek, biricik kızlarının başını bekleyecekti.

— Bak bakalım, geldiler mi?

— Bu yağmurda kimse çıkmaz babanne. Baksana dışarıya, tufan kopuyor.

— E sen neden cam siliyorsun? Yağmurda cam mı silinir?

Bugün taşındıklarını bilmiyordu. Bugün taşındıklarını, gazın bile henüz açılmadığını, üşüdüklerini bilmiyordu. Soğuğun ve şimdinin farkında değildi. Şerife'nin evin kaba tozu gitsin diye gece yarısı temizlik yaptığını görmüyordu. İstanbul'u görmüyordu. Şerife cevap vermedi. Bezi pervazdan şöylece bir geçirdi. Kovaya daldırınca, su bulandı.

— Ört camı, ört. Esti.

— Bıraksam da yarın sen yapsan keşke babanne.

— Babannen kim senin?

— Bak orda oturuyor.

Yaşlı Şerife, omzundaki kınalı tutamı, işveyle geri attı.

— A-a, geldiler mi? Hani?

Şerife, kutuları eşeliyor, aradığını bir türlü bulamıyordu. Üzerinde eti petibör yazan bir kutunun içinden çıktı tül perdeler. Uzun uzun çıkardı. Silkeleyip sandalyenin arkalığına şöyle bir atarken, gelinlikmiş gibi üzerine tutmadan edemedi. Çocukluktan gelen alışkanlıklar... "Babanne bi dakka kalk sen şimdi. Çekyatı pencerenin önüne çekelim." Yaşlı Şerife üstü cam boncuk işli bez çantasını açmış, karıştırıyordu. "Nerede benim aynam? Gene almışlar benim aynamı." Şerife'ye bir yılgınlıktır geldi. "Gene mi ayna babanne?" Şerife çantayı sallıyor, bir türlü aradığını bulamıyordu. "Sen aldın di'mi kız? Kimin kızısın sen? Babana söyleyeceğim. Hırsız." Çantayı ters çevirdi. İçinden, doksandokuzluk bir tespih, yarısı içilmiş bir tablet tansiyon hapı, küçük bir şişe limon kolonyası, kâğıda sarılmış bir simit ile dışı bayatlamaktan çatlamış akide şekeri poşeti çıktı, kim bilir kimin mevlidinden kalma... "Babaanne n'aptın ya, susamları döktün, batırdın her yanı."

"Aynamı veremeyecekler bunlar bana. Vermeyecekler."

Gerede'deki teyzesinden Kıbrısçık'taki dayısına, oradan köydeki annesinin başına atılmış, ayna da ayna diye tutturan babanne Şerife'yi, Şerife'nin başına vermişler, iyilik güzellik marifet yaptık sayarak döşeklerinde bir güzel uyuyorlardı şimdi. Bazı hatıralar neyse ki vardı. Şerife, babannesinin serin hayatında uzun uzun oynamamış olsaydı, muhtemel ki onu eylülden beri yanında gezdirip dolaştırmaya tahammül edemezdi. Bazı güzellikler vardı. Hatırlandıkça gülümseten anlar, uyku getiren mahmurluklar vardı. Geçmiş, vefa taşıyarak uzuyordu.

Şerife, elinde tüllerle masaya çıktı, kornişlere eremedi. Neyin üstüne çıksam diye bakındı. Yazın karneleri alır almaz köye gelen dayısının iki oğlan çocuğu içerideki divanda kestirmekte olan Şerife'nin tepesine dikilmişler, "tüfeğimizi çatıya attık alamadık" demişlerdi. Seyyar merdivenin boyu kısa kalınca bir kovayı ters çevirip üstüne de merdiveni koyup çatıya çıkan Şerife, çatıda kuş teleğiyle pisliğinden başka bir şey görememişti. Aşağıdaki çocuklar, büyük büyük gülüyorlar, ellerindeki tüfekle Şerife'ye dıştırra! ateş ediyorlardı. Babanneleri bahçe kapısından görününce oğlanlar kaçışmışlar, çatıda kabak gibi duran Şerife ise öyle kalakalmıştı. Babanne Şerife, torun Şerife'yi azarlamıştı. Eskiden. Eğer bu olay böylece kapansaydı Şerife babannesine gönül koyar, küserdi. Ama gece yatmadan babanne Şerife, torun Şerife'nin saçlarını uzun uzun taramış, tararken "onlar misafir" demişti. "Şimdi kızılmak onların hakkı ama üstümüzde misafirlik hakları var. Kızamam. Kızarsam bana gönül koyarlar. Büyürler hatırlarlar. Koca sene içinde bir yaz gelmiştik de bizi böyle böyle gücendirmişti babannem diye ömrü billah anarlar. Ama biz seninle yoldaşız. Bugün kızar, yarın barışırız." Şerife başını sallamıştı. Haksızlığa uğramışlık keskin bir bıçaktı. Ama anlaşılmak ne tatlıydı. Gücenmenin üstünü siliyor, gülümseme, kederi bile parlatıyordu. Babanne Şerife, duvardaki aynasını alıp torun Şerife'nin yüzüne tutmuştu. "Şimdi," demişti, "benim gümüş aynam olaydı, onunla bakardın kendine. Çeyizlik aynamdı. Deden bir gün tuttu kumara götürdü. Kaybetti."

Şerife hiç sormamıştı. Çünkü adaletin, Şerife'nin hukuk kitaplarında bile eksik oluşu, tek bir soruyu bile kaldıramıyordu.

"Vallahi de billahi de aynam yok. Şuraya koyuvermiştim. Te burdaydı."

•

Ekrem yağmurun tıpırtısıyla ağır ağır uykular ülkesine doğru gidiyordu ki duymadığı ama üzerini aydınlatıp geçen bir şimşek ile geri geldi. Kenarına sokak lambasının ışığı düşen sehpaya, üzerindeki kumandaya uzun uzun baktı. "Açmayacağım" dedi. Gözlerini yumdu. Banyo tarafından kötü bir koku geldi yine. Her yağmurda böyle oluyor, şehrin bütün pisliğinin kokusu yağmurla coşup coşup tepiyordu. Ne yaptılarsa çare bulamadılar buna. Alttan alttan bastırıyordu namussuz. Susurluk'tan İstanbul'a taşındıkları sene, oğlanın beşi bitirip ortaya geçtiği yaz, Nahide, mutfakta balık kızartıyordu. Mutfak aydınlatmaya baktığından bütün koku salona dolmuştu. O evde hep böyleydi. Ne pişse kokusu salondaydı. Ah bu evlerin dertleri, tasaları. "Camı açsana yahu, hepimizi balık kokutacaksın" diyerek hışımla mutfağa girmiş, açık pencereyi görünce burnundan kıl aldırmamıştı. Nahide, bir şey diyecek olmuş, Ekrem mutfak kapısını çarpıp çıkmış, salona radyoya ajansa dönmüştü. Oğlan odasından gelmişti. Ona gözlerini dikip bakmıştı. Neler neler diyen öfkeli çocuk gözleri, ağzı dut yemiş bülbül.

Arkasından koşup yetişmişler önce, karanlıkta durdurmuşlar. Kitabına bakmışlar. Üzerinde "statik" yazıyormuş, fakültedeki ders kitabı. İçindekileri hatmettiğinde memleketi kalkındıracak.

"Stalin'in mi bu?" demişler, sonra da vurmuşlar. Boylu boyunca yatmış oğlan, ağzı dut yemiş bülbül.

Toruna torbaya bile karışırlardı muhakkak. Nahide'yle "biz de bu ömürde torun sevdik" der gibi birbirlerine konuşmadan bakar, mağrur gülümserlerdi, torunun yüzünde kendilerini, soylarını, izlerini ararlardı. Biliyor. Hep böyle bakıyor yaşlılar torunlarına hafta sonları parklarda, bahçelerde, yılın en güzel zamanı bahar aylarında. Ortalık tomurcuğa kesiyor. Kuşlar, kediler, domates fideleri herkes, her yer pörtlüyor.

Salonun kapısı ağır ağır aralandı. Gölgesi, hem kitaplı hem fincanlı vitrinin üzerinde büyüdü. Bakakaldı Ekrem. Biliyor. Böyle birdenbire açılan kapılardan kimleri alıp da götürmeye geldiklerini. Yutkundu. Kalktı. Kalbi hızlı hızlı atıyor, can korkusu insanı alıp götürüyordu. Biliyor Ekrem, bir bayram günü öğrendi. Çocuk Ekrem'in üzerinde haki renkli askılı kısa pantolon, saçları yandan taralı, dedesinin ahşap evinin önündeki asmanın altında oturuyor, ayağıyla yandaki sardunya tenekesine pıt pıt vuruyor. Can sıkıntısı en çok çocuklukta bastırıyor, böyle bayram günleri, yaz öğleden sonraları. Evde dedesinin akrabaları, çünkü babannesininkiler İstanbul'dan çok uzaklarda. İçeriden bazı ölçülü sesler geliyor, bazı konuların büyükler üzerindeki önemi. Güneş, asma yapraklarının arasında kıpırdıyor. Annesi bazen kapının kenarında görünüyor, bazen pencerede, Ekrem yerinde mi diye bakıyor. Ekrem yoklama verir gibi hareketini kesiyor ayağının, duruyor. Burdayım. Misafirlerden birinin yeniyetme oğlu dışarı çıkıp yanına geliyor. Yanına oturuyor Ekrem'in. Uzun pantolon giymiş, Ekrem'in içinden bir hoşnutsuzluk, boylu boyunca bir kıskanma yürüyor. Terli bıyıkları oynuyor oğlanın, üst dudağındaki çukurun üzerine mini minicik bir baklava kırıntısı şerbetle yapışmış. Ekrem görüyor. Sorularına cevap verirken gözü hep bu kırıntıda. Uzun hayatı boyunca ne zaman baklava yediyse, ki çok da fazla değil –hep Nahide'nin zorlamaları– bu kırıntıyı hatırladı Ekrem. Dudağının üzerinde kalmasından korktu. Sıkıldığı misafirlik tam bitmiş, çıkacaklarken, portmantonun önündeki aynaya muhakkak ki, kaçamak bakmıştır. Ve hep şunu hatırlamıştır. "Sen hiç ölü gördün mü?" Çünkü yeniyetme birdenbire söyleyiveriyor, "Sen hiç ölü gördün mü?" Çocuk Ekrem kısa pantolonun askısının düğmesine yapışmış, döndürüyor. Bir korku bahçeye doluyor, armut ağacının arasından esiyor. Bayram gününe netameli anlar serpiliyor. "Görmedim" diyor, yutkunuyor. "Ben dedemi gördüm" diyor oğlan. "Gece evin kapısı kendi kendine açılıverdi. Sabaha dedemi yatağında bulduk. Soğumuştu." Ekrem en çok soğumuştuya takılıyor. Soğumuştu; top oynadım, denizde taş sektirdim, güneş battı, bugün biraz keyifsizim gibi bir sıradanlıkla güzeller güzeli hayatın içinden geçip gidiveriyor. "Böyle oluyormuş" diyor oğlan, "ölü çıkacak evde kapılar açılıp kapanırmış." Ekrem'in yüzündeki yankısını okuyunca bastırıyor; "mutlaka." Bağırarak içeri koşmalı Ekrem, giderken sardunya tenekesini de bir güzel devirip. Kalkamıyor. Hiç ağlamıyor. Aylar sonra, boza almak için pencereyi açıyor dedesi, kar bastırmış, cereyan yapınca odanın kapısı ağır ağır gıcırdıyor. İşte Ekrem yerinden o zaman kalkabiliyor. "Ölüm geliyor dede" diyor, "kapatın kapıları." Bağırıp ağlıyor.

İşte bir de şimdi.

•

"Ben bir kumaş aldım. Onu dikineceğim."

Şerife kolileri açtı, babannesini hiç duymadan, kitaplarını masasının üzerine dizi dizi dizdi. İşte adalet getirecek bazı mekanizmalar. Buna kim inanır, ancak kadirinanır. Yarın da dükkânda parfümleri dizecek, dizi dizi. Şerife, işe başladığı ilk gün, şaşkınlıktan ölecekti, parfüm kutusunun üzerinde yazan, Şerife'nin maaşından fazlasıydı. Ve çalışabilmek için bunları unutmak gerekiyordu.

Bir şimşek patlayıp iki Şerife'yi de yerinde zıplattı. İkisi de baş parmaklarını ağızlarına koyup, damaklarını kaldırdı, ikisi de ellerini yüreklerine koyup gümlemesini bastırdı.

"Sen biraz odun getir. Adın neydi senin? Soğuk oldu vallahi."

Şerife'nin uykusu gelmişti. "Odunlar bitmiş babanne. Burda odun kalmamış" deyip esnedi. Kınalı Şerife saçlarını çabuk çabuk ördü. Başında çevirip topladı. "Elimiz ayağımız donacak, babannene söyle de üstümüze bir şey atsın" dedi, kıvrıldı yattı. Şerife, çift kişilik bir battaniyeyi ikiye katlayıp babannesinin üzerine örttü. İşlerinin başına döndü. Şerife, akrabalarının evinde şu yarım akıllı yoldaşıyla geçen uzun misafirliklerinden bir an önce kurtulmak istemişti ama iş ve okuldan arta kalan zamanında, bu daireyi ancak şimdi bulabilmişti. Soğuğa kalmışlardı işte, babannesi başına kalmıştı işte. Çantaları eşeledi. El örgüsü bir hırka bulup giydi. Soğuktu.

Babanne Şerife uyuyor, torun Şerife'nin namusunu bekliyordu. Bazı yanlışlıklar vardı. Bazı punduna getirmeler, bazı haksızlıklar vardı.

Şerife rüyasında terziye gidiyor, elbise dikiniyordu. Gençti. Yaşlılık uzakta, tazelik başında, ölüm yalnızca atalarındaydı. Yaşamanın müptelası, gülmelerin kendisiydi.

•

Ekrem, yutkundu. Açık bir pencere yoktu. Kapının altında boşluklar yoktu. Pencereleri zaten her kış başı çekomastikler. Duvarlarda boşluklar yoktu. Yerde delikler yoktu. Kapalıydı Ekrem. Duvarlar, kapılar ve pencereler, tepesindeki katlar, kiremitler çepeçevre sarıyordu onu, yabanlara salmıyordu. Şimdi bu kapının hiç yoktan oynaması, Ekrem'in kalbinden seneler evvel yürüyüp gitmiş korkuları yeniden yürütüyor, ona ecel teri döktürüyordu. İnsan hiç büyümüyor, garipliklere hep inanıyordu. Demek böyle oluyordu. İşte böyle bitiyor, ölüm böyle geliyordu. Yutkundu. Evin karanlıkta kalmış köşelerine, perde kıvrımlarına, küllüklerin ağırlığına, halının köşesine uzun uzun baktı.

Delikanlılığında babasının önünde nasıl durmuşsa süklüm püklüm, bir kalem tepesi, ceket kenarı, mendil oyası aranmışsa tutuk tutuk, yine öyle oynadı kırlentin büzüşmüş köşesiyle. Alt dudağı aşağı sarkıp yere düştü.

Kalktı. Kapıyı örtmek istiyor, sonsuza kadar bu salonda kalmak istiyordu. Bir çuval gibi onu bir çukura atacaklardı ve elmalar her kış olmaya devam edecekti.

Büyük haksızlıktı.

•

Şerife yorulunca bir köşeye oturuverdi. Camı silmiş, perdeleri takmıştı. Yolu uzundu. Herkes her şeyi önceden yaşayıp bitirmiş, Şerife'ye hiçbir şey bırakmamıştı. Okulu bitirecekti, herkes gibi. Herkes gibi uyanacaktı. Kayıplar herkesinki gibi. İşte yaşana yaşana eskimiş bu hayatın içinde Şerife dikilip duracaktı. Her şey önden gidecekti, peşi sıra Şerife. Elmalar yaz sonunda olacak, yağmur sonbahara kalmadan dökülecekti.

Bir silah sesi duydu. Sıçradı.

Kanepede uyuyan Şerife'ye korkuyla baktı.

•

Ekrem, kalktı. Bir bardak su içecek, yüzünü yıkayacak, sonra da televizyonunu açacaktı. Ses lazımdı. Geceleri ses lazımdı. İçinde bazı fısıltılar olan bu saçma sapan geçmiş, önce fotoğraflardan sonra duvarlardan kayarak geçtiler. "Öleceğim" diyordu. "Bu gece kesin öleceğim." Karanlık bir yoldan ama iyi ama kötü, el yordamıyla tek başına ilerlemiş, yolun sonuna gelince ürpermişti.

Bir silah patladı. Ama Ekrem duymadı.

Mutfağa doğru gidecekken, yemek masasının arkasındaki duvarda birini gördü. Dönüp baktı. Duvardaki büyük aynada gördüğü, Ekrem değildi.

Bir şeylerin hikâyesiydi.

Çukur

Susuyorum dinliyorum
Kimseler geçmiyor, gecemizin karanlık sokağından.
Yannis Ritsos

Ilgaz, denizin dibinde havasız kalmış gibi, boğularak uyandı. Kalbi gümlüyor, bir avuç tuzlu mısırı soluksuz yutmuş gibi susuzluktan kavruluyordu. Nerde olduğunu unutmuştu. Etrafına bakındı. Parçası olduğu yerde, nemli bodrumundaydı. Göğsü inip kalkarak, kanepeden kalktı. Mutfağa gitti. Bir bardak su koyup içti. Hâlâ canlıydı. Vardı ve yaşamaktaydı. Sevindi. Rüyasında toprağa boylu boyunca ve sıkıntıyla yatmış, sesleniyor, sesine ses veren çıkmıyordu. Elini kolunu kaldırmak istedikçe yapamıyor, ağzına toprak doluyordu. Elinin tersiyle ağzını sildi. En derin nefesi almak isteyince hırıldadı. Mutfak dolabının kapağında endamlı yürüyen hamamböceğine kayıtsızlıkla baktı. Bardağı tezgâha vurur gibi bıraktı. Bardak sinirlendi. Hiç yoktan gitti devrildi. Kırıldı.

•

İbrahim, babası gelince odasına kaçan çocuklardandı. Netameli durumları sezip içine çekilmenin, hayatta kalmanın tek yolu olduğunu içten içe bilmek canlılığın kurallarındandı. Kapı güm güm vurulunca İbrahim odanın kapısını örttü. Derslerine kapandı.

Annesinin kestane rengi saçlarının yanaklarına düşüp yaşlarıyla ıslanacağını İbrahim, kollarının, bacaklarının varlığını duyduğu gibi duyuyor. Ezberledi. Kendi tenindeki morluklara bastırıp canını acıtmayı nasıl sever, kendi terini koklamaktan nasıl haz duyarsa insan, İbrahim de işte öyle benimsiyor, gecelerin bu bağırışını. Çünkü burası kendisinin evi.

Beşiğinde uyuyan kardeşine baktı. Yorganı tepikleyen bebek, huzursuzca yatağında döndü, başparmağını yakalayıp emince rahatladı. İbrahim kalktı, kardeşinin üzerini örttü. Adına sorumluluk denen bir acı yazgı, insanlığı boydan boya besliyor, buralarda tutuyordu. İbrahim derslerini neden çalıştığını hatırlayıp yeniden kitaplarının başına döndüğünde, sanki güçlü biriydi. Bir çocuk değil. Eğildi okudu. Dağlarımız Trakya'da Yıldız Dağları'yla başlıyor, Doğu'da Ağrı'ya kadar uzanıyordu. "Büyüyünce beni deniz kenarlarına götürecek misin oğlum?" demişti annesi bir gün. İbrahim kucağına yatmış, susmuştu. Üç tarafımız denizlerle çevrili ama içlerimiz hep çoraktı.

•

Ilgaz çirkin ayaklarını sürüyerek geri döndü. Yatak niyetine yattığı kanepe, yorgan niyetine örtündüğü battaniye, masa ve kitapları, hepsi yerli yerindeydi. "Karabasan oğlum" derdi babaannesi, "seni karabasanlar basmış evladım" derdi, bir bardak su verir, karşıki divandan alır, koynuna yatırırdı. Babasının annesini hırpaladığı bazı gecelerde Ilgaz işte böyle hep kestirmeli ve yarım uyuyordu. Babaannesi küt parmaklarını onun bal rengi saçlarında gezdiriyor, "Allah seni sıkmasın evladım, iç rahatlığı versin" diyordu. İki okuyup üflüyordu. Ama karabasan uyansa bile üzerinden kalkmıyordu Ilgaz'ın. Ilgaz sabahı zor ediyor, babaannesinin horultusuyla, saçları diken diken, onun bedeninin yanında kendi bedeni aşağı çekiliyordu, hep aşağılara, çukurlara çekiliyordu. "Ben çok mutlu bir çocukluk geçirdim." Ilgaz belli belirsiz gülümsedi. Elif böyle demişti. O, kendisi ve birkaç kişi daha, fakültenin karşısındaki kafede oturmuş eski günlerden, eskilerin kurallarından, birbirlerini tanımadan geçirmiş oldukları çocukluklarından bahsediyorlardı. Biri o günler hakkında, mahrum bırakıldıkları bazı şeyler hakkında, yazları gidilen o zavallı kamplar hakkında espriler yapıyordu. Onlar da gülüyordu. Neyse ki, bunu yapan birileri hep var. O bazen gülüyor, bazen gülmüyor. Elif karşı çıkar gibi yapmış, örtbas etmek istemişti. "Niye öyle diyorsunuz? Ben kampı çok severdim. Hem annem de babam da çok severdi beni. Ne istesem yaparlardı." Böyle demişti Elif ve Ilgaz işte o zaman gülmüştü. Elif kızmış, masadan kalkıp gitmişti. Ilgaz, Elif'in yalan söylediğine böylece emin oldu. Taze bir sarmalanma ile büyüyenler, ne olursa olsun sıkıntısız oturuyor, kendilerini bu dünyaya kıpırtısız bırakabiliyordu. Geri kalanlarsa dünyaya dağılmış, öyle böyle avunuyordu.

Ilgaz elektrik sobasını açtı. Kâr etmeyince, kazağını giydi. Bir süre bekledi. Karabasan, nemli bodrumun duvarlarında geziniyordu. Ilgaz, yerde istiflenmiş kitaplardan en sevdiğini alıp rastgele açtı. Okudu. Gülümsedi. Ilgaz'ı her şeyle ilişkili ama yaban kılan günleri önünde tekinsiz uzanıyor, onu uykusuz bırakıyordu. Ilgaz derin bir nefes aldı. Tedirginlik ve korku elindeki romandan bile taştı. Kitabı bıraktı. Çocukluğunu unutmaya çalıştı.

•

İbrahim bir çığlık duydu. Hemen okudu. Adana'nın denizden yüksekliği yirmi üç metre, nüfusu iki milyon yüz yirmi beş bin ve geçim kaynakları endüstri ve tarımdı. İbrahim küsuratlı iki milyon kişinin toprak sürdüğünü, fabrika bacalarında tüttüğünü düşünmeye çalıştı. Olmadı. Denize girip yüzdüklerini düşündü. Pamuklar denizdekilerin üzerine yağıyordu. Bunu sevdi.

İbrahim'le annesi, kardeşini evde unutup can havliyle koştukları gece, tepelerine beyaz pamuklar düşüyordu. Kar, terlikli ayaklarını üşütüyor ama onlar bunu anlamıyordu. Kalabalık bir eve vardıklarında annesi titriyordu. "Dönmeyeceğiz, dönmeyeceğiz" diyor, ağlıyordu. "Öbür çocuğum orada kaldı," diyordu, "daha bebek, emzikli." Bir kadın gelmiş, annesine su ve bir pembe hap vermişti. Annesi uzun uzun uyumuş, İbrahim sadece dikilmişti. Annesi uyandığında şişmiş memelerini tutmuş inliyordu, sonra kucağına ağlayan başka bir bebeği vermişler ve ikisi de susmuştu. Bebeğin karnı doymuş, annesinin memesinin acısı dinmişti. İbrahim hep pencereden bakmış, köşede eriyen karları uzun uzun seyretmişti. İşte, İbrahim kitaplarındaki bilgilerin bir işe yaramayacağını aslında böylece kavradı. Ama önemsemek istemedi. Unuttu.

Annesi yere düştü. Bağırdı. "Yapma" dedi. İbrahim, okumaya devam etti. Giresun fındık. Adana pamuk. Çanakkale anzak. Antep fıstık. Tekirdağ ayçiçeği. Cizre linyit. Bursa ipek. Batman petrol. Edirne ciğer. Bilecik ceviz. İşte kitaplardaki Türkiyemiz.

Okula gittiğinde İbrahim, sırasına oturduğunda, hep aynı günü baştan yaşadığını sanıyor. Afferimler almak için uyandığı sabahlarda öğretmeni onu bir kerecik görsün istiyor. Pencereden dışarı bakan öğretmeni, sınıfa yeniden döndüğünde gözleri önce illa ki Gürbüz'ü arıyor. Kelimelerin bile taksitle kullanıldığı devlet okullarında Gürbüz, öğretmene yardım için oradan oraya koşulan işte o çocuktur. Tebeşir gerektiğinde, öğretmen ezca dolabına erişemediğinde ve ülkemizin fizikî haritasını fiziken taşıyamadığında yola yoldaş edilen hep odur. İbrahim'in yarenliği yalnız annesinedir. İşte bu yüzden İbrahim, büyümeyi unutarak yaş alacak. Aynı gün, hep baştan yaşanacak. İbrahim başarmak istiyor. Güzel günlerin, yarında olacağına inanmayı icat eden insanlık, bugüne katlanmayı başka nasıl başarır? İbrahim de inanıyor. Olmadığını görene kadar inanacak. Sonra gerisi karanlık.

Coğrafya bitti. Sıra Güzel Türkçemiz'de. İnsan kendisine değil de yalnızca kitaplarına baksa pek makbul bir memlekette yaşadığını sanır. İbrahim'in odası anlık bir ışıkla aydınlanıverdi. İbrahim peşinden gelecekleri biliyor. Ağzının içinde geveledi. "Korkmayacağım, korkmayacağım." Şimşek patladı. Gökler yeniden yarıldı. İbrahim korktu. Okudu. "Cümle içinde kullanınız. İki nokta üst üste: Portakal."

Düşündü.

•

Ilgaz, sakalını uzun uzun kaşıdı. Altındaki yara azıyor, kaşındıkça daha çoğunu istiyordu. Yerdeki kitabın üzerinde belli belirsiz bir delikanlı buluta uzanıyordu. Hemen üstünde harfler uzanıyor, gölgeler büyüyor, anlam kayboluyordu. Gözlerini kapadı ve kâbusunda üzerine yığılan toprak, yeniden boynuna devrildi. Nefes nefese kalktı. Gitti, işedi. Böyle çişe kalktığı bazı gecelerde, annesini salonda otururken bulurdu. "N'apıyorsun karanlıkta anne?" diye sorar, ses gelmeyince gider yatardı. Bir gece rüyasında, çocukluktan çoktan çıkmış, genç ve mutlu bir adam olmuş güçlü Ilgaz, gülümseyen annesinin elinden bir gündoğumunda tutmuş, bir tepenin üstünden ona hayatı gösteriyordu. "İşte anne," diyordu, "bu yamaçlar hayattır. Hepsi benim." Ne tatlı uyanmıştı. Ferah ve çevik. Hemen topa koşmuştu. Bir gece uyandığında annesini koltukta ağlarken buldu. "Neden ağlıyorsun anne?" dedi. Annesi boşluğa doğru şöyle söyledi: "Geçip giden yıllara ağlıyorum." Bazı talihsizlikler oluyordu. Sonra bunlar düzelmiyordu.

Ilgaz, gurur duyulacak bir şeyler arandı. Hiçbir yerde yoktu.

•

İbrahim'in gördükleri boyunu aşıyor, tepesinde sallanıyordu. Nasıl yaşanacağı bilinmeden, hasbelkader gelinmiş bir ömrün içinde, örselenerek büyümek, elbet İbrahim'e mahsus değildi. Ama zorluğunu en çok büyüdüğünde anlayacaktı. İbrahim'i yarım, İbrahim'i eksik bıraktığında, sevmek isteyip de sevemediği zamanlarda, bir amaç arandığı ama bulamadığı gecelerde, ömür yapış yapış uzayıp bitmek bilmediğinde, İbrahim soluksuz kalacaktı. İbrahim büyüdüğünde, annesinin yaşlandığını fark edecek, onu kurtarıp mutlu etmeye geç kaldığı için isyan bile edemeyecekti. Bazı doğa kanunları var. İbrahim bundan habersiz çalışıyor derslerini. Amacının büyüklüğü, hayatın kendisine ters. Bilmiyor. Öğrendiği zaman hayat başlamış olacak. Bazı oğlan çocukları görecek. Gelecekten habersiz, efendi duruşlu. Saçı taranmış. Gördükçe içi illâ ki cız edecek. Doğmuş olmak bile başlı başına talihsizlik, bir acı yazgı. Karanlık sokaklar önünde uzayıp gidecek İbrahim'in, yürümek ona hep zûl gelecek. Burada kalacak İbrahim. Bu gecede kalacak. Derslerini çalıştığı uzun ve yapışık geceleri, bu gecelerdeki bazı hatıraları, hatıraların bazı kıvamlarını düşünerek cezasını çekecek. Çünkü yeryüzü uzun, ömür geniş. Şaşkınlık içinde bırakıyor büyüklüğü insanı. Bazı kokuları hatırlayacak İbrahim de şaşırarak, boğulduğu zamanlarda ellerini sıkışını, bazı renkleri hatırlayacak. Tavandaki çatlakları. Ve böylece büyüyecek İbrahim de.

Sesler kesildi. Babası gidip işedi. Tamam. Bitti. Şimdi annesi içini çekerek ağlayacak. Sonrası, ertesi geceye kadar rahatlık.

İbrahim evde kalmadıkları o gecelerde hiç uyumadı. Pencereden köşedeki sokak lambasına bakıp bekledi. Olur a, babası gelir de onları geri götürmeye kalkarsa, diye bekledi. Annesinin başını bekledi. Nöbet tuttu. Bırakmadı. Bazı ümitler vardı. İbrahim geleceğin peşinden tutmuş, bırakmıyordu. Bazı güzel günler vardı. Muhakkak yaşanacaktı. Annesine iş bulunacak, İbrahim yeni bir okula başlayacaktı. O günler çok yakında gelecek, mutlu olunacaktı. Babası onları bulamayacak, zaman birazcık geçince, her şey yoluna girince kardeşi de alınacaktı. Dayanışma dayanışma ve umut hep umuttu. İbrahim okula, annesi işe gidecekti. "Hafta sonları hamburger yemeye gider miyiz anne?" demişti İbrahim, filmlerde böyle oluyordu. Annesi susmuştu. Verilen çarşafı uzun uzun katlamış, "Biz mi?" demişti.

O akşam annesi İbrahim'in elini tuttu, çıktılar. Eve döndüler. Gelecek üzerlerine kapandı. Korku her zaman korku ve uzaklar her zaman belirsizdi.

Bir silah patladı. İbrahim pencereye koştu.

•

Ilgaz sifonu çekti. Bütün eskilikler pek gürültülüydü. Bu sesin ardından bir ses daha duyar gibi oldu. Bir patlayış. Bir yarılma. Kınından ayrılma. Ama nedir, anlamadı. Ellerini yıkamadan yeniden odaya döndü. Ayakucunda yükselip penceresinin demir parmaklıklarının ardından baktı. Önündeki mazgalın üzerinde bir çikolata kâğıdı, gıdıklanır gibi bir oraya bir buraya kayıyordu. Yağmur, camını iyice çamur etmiş diye biraz kızdı. Karşı apartmanın en üst kat penceresinde bir oğlan gördü. Çocuğun gözleri sokağı boylu boyunca yarıyor, şüpheli bir merak yüzünde sallanıyordu. Gülümsemiyor, sadece duruyordu. Neler olacağını kestiremeden uzaklara bakıyordu. Ilgaz çocuğun gözlerini görünce ürperdi.

En gerekli anlarda sigara paketinin boş olması, büyük acımasızlıktı.

•

İbrahim şaşırmıştı. Babasının ve göğün gürlemesinden korkan ama silah sesiyle meraklanan çocuklardandı. Sokağa uzun uzun baktı. Rüzgârla yıpranan ağaçlar, bazı pencerelerdeki kuşkulu yüzler ve balkonlardaki büyük turşu kavanozlarından başka bir şey göremeyince gidip yattı.

Pencere pervazından gelip tavana doğru yürüyen nemli yarığı seyretti.

Ceviz

Bir gül biter içimde
Gecenin tam üçünde.
Fikret Kızılok

Şerife uykusunu bastırmaya çalışarak oturuyor, pencereye gitmeye korkuyordu. İstemiyordu. Görecekleri sonradan pişmanlık verecekse, işte burda böyle otururdu. Gözlerini bağladı. Şerife'nin inip kalkan omuzlarına baktı, derinden gelen soluğunu dinledi. Şerife sevilir gibi uyuyor, belli ki uzaklara dalıp çıkıyordu.

Şerife, Şerife'nin kaymış battaniyesinin altından çıkan omzunu, çocuğunu örter gibi örttü, anneler örtüyü çocuğun altına nasıl kıstırırsa o da öyle sıkıştırdı. Yağmur, hiç dinmeyecekmiş gibi yağıyor, çatılar artık isyan ediyordu.

Şerife uyudukça gençleşiyor, ölemedikçe bebekleşiyordu. Şerife bir hukuk kitabı alıp karıştırdı. Henüz bilmiyor ama el yordamıyla seçer gibi hissediyordu ki, bunlar beyhudeydi. Bazı haksızlıklar vardı. Bazı çileler çekmekle bitmiyor, bazı çocuklar yarım uyuyordu. Cennetten çıkma bütün dayaklar küçük büyük herkesin üstünden geçiyordu. Karanlık sokaklarda işte böyle silahlar patlıyor, birileri kanlar içinde boylu boyunca uyuyordu. Bir sopa herkesin başından estirerek geçiyor, baykuşlar kahkahalar atıyordu. Cefalar sefaya eremiyordu. İçi daraldı. Nasıl olacaktı? Nasıl yaşanacaktı?

Soğuk, duvarlardan geçmiş en çok da ayak parmaklarını uyuşturmuştu. Büyünecekti. Çaresi yoktu.

•

Meryemana dişlerini sıktı. Ne yapacağını bilmiyordu. Giden kocasının arkasından kendisiyle epey dalaşmış, bu tümsekle ne yapılır bilememişti. Düşünmemişti. Gidip yatmak istedi. Belki uykusunda doğurur, bu iş hiç anlamadan bitiverirdi, altına çiş kaçırır gibi. Bir darbe daha aldı, belinden. Eğildi. Biraz geçer gibi olunca kalktı. Salonun ortasındaki sehpanın etrafında dört dönüyor, yürümekle geçer sanıyordu.

Çocukların sınavları... Yarın sınavları açıklayacak ve Karadeniz Bölgesi'ni anlatacaktı. Karadeniz'de takalar ve deli dalgalar vardı. Yağmurdan önce deniz kararıyor, bulutlar üstüne düşüyordu. Bir ufak dere, Karadeniz'in bir kasabasının ortasından ve öğretmen lojmanlarının önünden boylu boyunca geçiyor, gidip Karadeniz'de kayboluyor, ölüyordu. İşte hayat buydu. Çürük bilgilerin içinde parıldıyor, acıtıyordu. Öğrencileri sıralarından el salladılar. Hepsi sınıfı geçmişti.

Meryemana uyumak istiyordu. Sadece uyumak istiyordu.

Meryemana aranacak kimsesi olmadığına hiç şaşırmıyordu. Gözlerini kapadığında uzaktaki annesini değil, o güzel kasabanın üzerini örten kara bulutları görüyordu. Korkmuyordu. Yalnızca beklemiyordu. Fark ediyordu ki, içinde dolanıp duran ne kadar kanı varsa şimdi yalnızca karnına yürüyordu. Gerçeklik burada, hayat buradaydı. Bir sıcaklık, elleri ve ayaklarından karnına doğru hiç durmadan geziniyordu. Her şey her şeyin tam ortasına doğru çekiliyordu.

En olmaması gereken şey daima oluyor; zaman geçiyordu.

Kapalı bir kutu, kabuklu bir ceviz tanesi gibi avuca bırakılan bu hayatı başkasının eline verme sırası şimdi onundu. Meryemana'nın çocuğu da önce cevizi sallayacak, tıkır tıkır sesi ona uzaktan hoş gelecekti. Onun çocuğu da düşe kalka yürümeye çalışacak, bu kadar düşmeye göre yürümekten cayıp ömür boyu oturması gerekirken, hayatta yollar arşınlayacaktı. Diş çıkarmak acı verecek, onu ağlatacaktı. Böylece diş çıkarmaktan cayıp hep sütle beslenmesi, âlemin türlü nimetlerinden nasiplenmemesi beklenirken, ağlaya ağlaya dişlerini sıra sıra dizecekti. Keder ve ıstıraplar, gereksizce yuvarlanan zaman onun da alnından çizgiler geçirecek, ağır yükler belini bükecekti. Tek bir gün sektirmeden doğup da batmayı başaran güneşi, bir pusup bir kabaran denizleri, çayırlar üzerinde yürüyen bulutları, deniz kenarlarındaki kum tepelerini, kumlukların içindeki şeytanminarelerini, tepeleri, yamaçları, ekinlerin yüzünü güneşe dönebilmesini, boy vermesini, bereketini sunduktan sonra kurumasını, çorak uzanan toprakları yani dünyanın bütün kıpırtılı hallerini önce o da fark etmeyecekti. Dünyanın güzelliğine kapılıp da mest olmak, ölüm diye bir sonun varlığını idrakla başlıyordu. Meryemana gibi sessizlerle, yaşlıların, köşedeki saçaktan süzülen yağmur sularına, kar tutmuş ağaç dallarının birkaç aya kalmadan çiçeklerle donanabildiğine durup durup da şaşması bundandı. İşte Meryemana hayatı, aslında yok olacağı için bu şekilde sevdi, coşku içermeyen tesellisini böylece buldu. Şimdi sıra çocuğundu. Bir gün yok olacak bir insanı kanlı yollardan getirip burada bırakmak aslında pek hazin şeydi. Şikâyet ve hayaller arasında gelgitlerle yorulacak bu yeni insan da, herkes gibi, yaşamanın verdiği keder ve sevinç içinde debelenip duracaktı. Meryemana feryat etti. İçinden tırmık gibi bir acı geçmiş, bebek kendini aşağı çekmişti.

Hayat, bu kabukla örtülü cevizin, içeride tıkır tıkır oynamasıyla geçen zamandı. Ceviz tıngırdadıkça meraklanan çocuğu, hep içindekini isteyecekti. Yaşanan her gün, içindekine ulaşabilmek, orada ne olduğunu görmek içindi. Herkes gibi onun çocuğu da sanacaktı ki, oraya ulaşınca anlayacak. Herkes gibi o da anlamakla kavramayı birbirine karıştıracaktı. Yiğit ve zeki diye kendisiyle gönenen insanoğlu, aslında zavallıydı, çünkü o müphem geleceğin sonunda ölüyordu. Bazı boşluklar vardı. Hep göğüsle karın arası bir yerde duruyor, yıllar geçerken batıp acıtıyordu. Betimlenemeyen, anlatılamayan, anlaşılamayan o ömrün içinden seneler, tedirgin bir rüzgâr gibi esip geçiyordu. Bunu bilmeden geldiği bu hayatın ortasında çocuğu da pek zavallı olacaktı, herkes gibi. Neden olduğunu bilmeden gülecek, nasıl olduğunu anlamadan âşık olacak, niye olduğunu bilmeden okuyacaktı. Bilgiler kafasından geçecek, tabiat kendini onun üzerine bastıracak ve o neden gelmiş olduğunu bulamadan, hayran kalacaktı. Bütün bunları yapabilmeyi, atılgan ve çevik olmayı, istikameti sağlam kurabilmeyi de makbul kabul edecekti. Öyle olacaktı. Yoksa buna dayanamaması, bir kan pıhtısıyla kayarak çoktan düşmüş olması gerekirdi. Ama düşmüyor, doğmaya can atyordu.

İnsan hayret edilesiydi. Dünya büyüleyici.

•

Şerife'nin yaslandığı yerde içi geçer gibi oldu. Elleri dermanını yitirip gevşeyince, kitap, kucağından yere düştü. Hukuk parçalandı. Şerife'nin içinden kaygı dolu bir keder boylu boyunca geçip onu gerçeğe, soğuk odaya uyandırdı. Eğilip kitabı aldı. Yaşlı Şerife, omzu ine kalka uyuyor, geride bıraktığı yıllarından bihaber yaşıyordu. Yaşlı Şerife'nin takadi vardı. Yaşanıp bitirilmiş, sonra da unutulmuş bu hayat içinde hâlâ çevik, hâlâ canlıydı. "Unutmak gerek," dedi Şerife, "her şeyi unutmak gerek." Hırkasına sarındı. Henüz yaşanmamış yıllar, Şerife'nin üşüyen bedeni önünde, belirsiz ve kaypak uzanıyor ve bu gerçek kendini sıklıkla hatırlatıp Şerife'yi ara sıra ağlatıyordu. Mağazada sayım yaptıkları akşamlarda, rafların tozunu alıp, parfüm şişelerini parlattığı sabahlarda, okuldaki sınavlarda başını kâğıdından kaldırıp kalabalık sınıfın kaşlar bazen yukarıda bazen çatık ıkına ıkına sorulara cevap verişini izlediğinde, geçen yıl kaldığı yurdun önünde uzanan ağaçlıklı yolu aydınlatan sokak lambalarına bakakaldığında, sinemada gözlerini perdeden çekip koltuklarında sinemanın ay ışığıyla yüzleri aydınlanıp eblehleşen kalabalığa baktığında, göğsünden boğazına doğru bir yumru yürüyordu.

Sızlanmak yersizdi. El yordamıyla, körlemesine yaşanacaktı, herkes gibi... Bu kabuk elbet kırılacak, bir cevizin kabuğundan çıkması gibi dışarı çıkılacaktı. Doğulacaktı.

Yağmur Şerife'nin az önce sildiği camları dövüyor, pencere pervazlarından geçen bir sızıdan, yeni asılmış tül perde ince ince kabarıyordu. Şerife kalktı. Kitabı diğerlerinin yanına koydu. Pencereye gitti. Apartmanlar toprağa çıban gibi saplanmış uzanıyor, sokak lambasının altındaki çöpler böbürlenerek yatıyordu. Şerife, televizyon ışığıyla hâlâ kıpraşan bazı pencerelere, balkonlarda istiflenmiş turşu ve reçel kavanozlarına, içindeki yoğurt kabı bile seçilen yerdeki çöp torbalarına, uzun uzun baktı. Sokaktan ufak tefek ve sıçan gibi ıslak bir adam öksürerek geçti. Şehir çirkindi.

Kimse yardımcı olmuyordu. Şerife'nin kim olacağını kimse söylemiyor, nerede ne söyleyeceğini kimse kulağına fısıldamıyor, içindeki sıkışmayla nasıl baş edeceğini kimse öğretmiyordu. Korunmasız gençlik bitip de hayata kök salana kadar geçen o işkilli süre, tedirgin bir şüphe estiriyor, yürekleri çalkalıyordu. Gençlik, bu yükün elbet geçeceğini bilse epeyce rahatlardı ama deneyimsiz ağaçlar hep kördü. Şerife de herkes gibi aşk istiyordu. Aşkın ıstırabı bile gecenin dolup da boğduğu yürekleri hafifletmeye yetebilirdi. Sınıfındaki çocukları bir bir aklından geçirdi. Hiçbirinin, Şerife'nin hatırında kalmış bölük pörçük gülümsemesi, Şerife'nin içini ısındıramadı. Esmer, kumral ve sarışın oğlanlar, uzunlar ve kısalar, şişmanlar ve zayıflar saygıyla kenara çekildiler. İnsanlık bir sonsuzluk gibi Şerife'nin arkasında sere serpe uzanıyor, onun deneyimsizliğini görmüyor, bir teselliyi bile ondan esirgiyordu.

Tülü çekti. Işığı kapadı. Babanne Şerife'nin sıcağıyla ısınmak için gitti, yanına kıvrılıverdi. Tavanda bir çatlak pencereye doğru yürüyor, iki Şerife'yi de görmüyordu.

•

Meryemana ağlıyordu. Ortadan ikiye bölündüğünü sanıyor, can acısıyla kıvranıyordu. Meryemana iki kişiydi. Yalnızca doğurmak üzere olduğundan değil; bugüne kadar hep, biri hatırlayan öbürü yaşayan iki kişiyle yaşadığından. Biri yaşayan, öbürü seyreden iki kişi, biri söyleyen, öbürü susan iki kişi, biri bakan öbürü yürüyüp geçen iki kişi, biri düşünen öbürü gündelik hayatın içinde istikrarı sağlayan iki kişi Meryemana'nın içinde yaşayıp durmuşlardı. Bugüne kadar birbirlerine dokunmadan ama belki uzaktan kollayarak yaşayıp gitmeyi becermişlerdi. Şimdi her şey birbirine giriyor, Meryemana'yı bir belirsizliğin ortasında soluksuz bırakıyordu. İnsan ve onun içindeki sesler zamanla yıpranıyordu, bunu öğrenmişti. Bir tek nesnelere bir şey olmuyordu. Onlar çekmecelerde geriye götürme gücü kazanarak bekliyor, aniden ortaya çıktıklarında insana yumruk atıyorlardı. Bir sağdan bir soldan. Kokular. Kokular. Anımsanan geçmiş. Geçmiş, geceleri uyutmuyordu. Meryemana belini doğrultamadı. Terliyordu. Avcunu açtı. Üzeri mavi şeritli beyaz bir bebek çorabı teki, buruşuk yatıyordu. Yolda bulmuşlardı. Balayındalarken, yazları insana uzun gelebilecek ağaçlıklı bir patikada yürüyor, kumsala iniyorlardı. Meryemana denizden gelen esintinin kocasının kokusunu burnuna çarpmasıyla mest oluyor, martıların seslerini duyabiliyordu. Denizdekilerin, dalga ve rüzgâra çarpan uğultusu onlara kadar geliyordu. Meryemana'ya göre işte mutluluk buydu. Kocasının o an ne düşündüğünü bilememek tek kederiydi. Bununla baş etmeyi de zamanla öğrendiğini sanmıştı. Meryemana güneşin yapraklardan aşağıya dökülmesine şaşarak yürüyordu. Bir bacağında, bir kolunda, bir kocasının yüzünde, bir kendisinin saçlarında oynaşan güneşin altında Meryemana sessizlik ve mutluluk ışığı içinde yürürken, yerde bir bebeğin çorap tekini görmüştü. Beyazdı. Bilek kısmından ince bir mavi şerit geçiyordu. Meryemana eğilip almış, önlerine düşen bu kısmetin bir işaret olduğuna hükmederek kocasına kaçamak gülümsemişti. Ama kocası pek oralı olmadı. Çünkü o anda hissettiği, insanlığın mutluluk peşinde koşmasına duyduğu azalmayan öfkeydi. Herkes mutlu olmak istiyor, hep mutlu olmak istiyor, her adımını bunun için atıyor, her izde bunu arıyor ve yalnızca yaşamayı kabullenemiyordu. Öfkeliydi. Yorulmuştu. Bitmeyen mutluluk beklentisinden yorgun düşmüştü. Meryemana bunlardan habersizdi. Kocası ise bu hissettiğinin, aslında kendine yönelik bir kızgınlık olduğunu henüz anlayamıyordu. Herkesin aradığını, kendisi becerip de yapamıyor, arayamıyordu. Kızgınlığı bunaydı.

Mutluluk nedir? Niçin istenir?

Meryemana çorap tekine baktıkça ağlıyor, hatırladığı için mi, hayal kırıklığına uğradığı için mi yoksa rahmi yırtılırcasına çekiliyor diye mi ağlıyor bilemiyordu. Şimdi kocası yazıyor muydu? Şu an hangi harfe basmıştı? Meryemana onu bulmak, muhtemelen şimdi önünde açık ve boş boş baktığı boş beyaz kâğıdının tepesine mavi bir çizgi çekmek istiyordu. Otur sıfır! Beline bir kazma daha vuruldu. Öfke. Öfkesi sıcaktı. Öfkesi taze. Şimdi hangi kelime kocasının o aklından geçmişti? Kelimeler sıralanıyor muydu? Sıralandıkça büyüyor muydu? Şimdi hangi kelimeyi yazmıştı?

Sezgi?

Avuntu?

Hangisini yazdı şimdi? Hangi harfe bastı? Uzayıp giden sayfalarda hangi anlamlar birikti? Çalkalanan kalbinden hangi kelimelerin sızısı geçti? Keder? Bir şaka gibi fikirin çoğulu olmuş efkâr?

Sonsuzluk?

•

Şerife, gecenin karanlığına alışmış gözleriyle Şerife'nin engebeli yüzüne, uçları kınalı tepeleri beyaz, örgülü saçlarına baktı. İki kaşının ortasındaki derin oyukta, sahibinin artık hatırlamadığı uzun bir geçmiş uyuyordu.

"Hayatın garipliği," diye düşündü Şerife, "bunların olması değil, yaşanması değil." Gözlerini yumdu. Uyumaya çalıştı. Hayatı tuhaf yapan şey, her şeyin unutulabilmesiydi. Bütün olanlar siliniyor, yerine çuval gibi bir beden kalıyor, yeryüzünün orta yerine bomboş yığılıyordu.

Sonsuzluk Şerife'nin önünde upuzun uzanıyor, uykusunda bile onu rahat bırakmıyor, korkutuyordu. İstikametsiz kalmak en zoru; hayata iştirak, çabaların en büyüğüydü.

Çakmak

Umarak. Yalnız ve sessiz saatlerde
Gece kendi durgunluğunu garip bir sese dönüştürdüğünde
Percy Shelley

Aynada gördüğü, korkusuna korku katıp ecel terleri döktürünce Ekrem hemen döndü, televizyonu açtı. Sesini de yine sonuna kadar açıp yalnız olmadığını kendine, yalnız olduğunu ise apartmandakilere gösterdi. Elektrikli testere reklamı neredeyse bütün şehirde inliyor, Ekrem testerenin marifetlerini gördükçe seviniyor, korkusunu unutuyor, avunuyordu. Ölmemişti. Vardı ve yaşamaktaydı. Koltuğuna oturmadan önce görülmekten korkar gibi ve sessizce, kapının yanına kadar gitti. Örtüp döndü. Rahatlamış gibiydi. Testere inledikçe inliyor, ona sahip olmayanlara eksikli kalacaklarını söyleyen bir özgüvenle ekranda büyüyordu. Ekrem derin bir nefes aldı. Ölümü başından savmış, korkusu geçmiş, içi ferahlamıştı. Neyse ki avuntu çabuk bulunan bir şeydi, en azından kimileri için.

Genç olsa bir sigara yakardı şimdi. İşte böyle seneler de geçse, insanın en sıkıntılı anında kendini aratıyor, istetiyordu şu meret. Ekrem sağlıklı olacak, ciğerlerini karartmayacaktı. Bu yüzden tam yirmi bir yıl önce sigara içmeyi bırakmıştı. Son sigarasını, fabrikanın emekliler yemeğinde Nurgül Hanım'la birlikte içmiş, karısı Nahide'yi kızdırmıştı. Kendi kendine güldü. Güzel kadındı. Biçimli ve uzun boynundan göğüslerine kadar bir v harfi çizerek inen, siyah bir elbise giymişti. Kumral saçları omuzlarına iniyor, lokalin bahçesindeki ağustos gecesi esintisinde, ıtır kokusunu yabancılara salıyordu. Burnunun kenarlarından başlayıp ağzının iki yanından kayarak inen çizgisi, "tabii tabii" derken sesinde inip çıkan o minik dalga, yavaş yavaş yürüyüşü... Güzeldi. "Sizden bir yıl sonra ben de emekli oldum" demişti. Ekrem bu cümlenin üzerine gecelerce uykularını heder etti. Neden "ben de" demişti? Sizden sonra fabrikaya dayanamadım, ben de gittim evde oturur oldum, daire siz olmadan çekilmez oldu demek istemişti. Kesin. Derin bir iç çekti. Böyle olmasını ne çok isterdi. Bazı şeylerin hiç olmamasını, bazılarınınsa hep olmasını, çok olmasını ne çok isterdi. Nurgül Hanım, siyah portföyünden sigara kılıfını çıkarmış, tam kendi bir tane alacakken, birdenbire Ekrem'e dönmüş, ona tutmuştu. "Yakar mıydınız?" Talihsizlik. Büyük talihsizlik. Ekrem sigarayı bırakmıştı. Ama yaktı. Bu yakar mıydınız'ın altında da öğlen yemeklerinden sonra birlikte içtikleri kahveler eşliğinde tüttürülen sigaraların anısını hatırlatma çabası vardı. Emindi. Keşke öyle olsaydı. Hayran olunan biriyle yan yana çalışmak ne keyif vericiydi. Güzel günlerdi. Ekrem çakmak aranmış, artık cebinde bir tane olmayışına hayıflanmıştı. Talihsizliklerle dolu bir gece. Masada bir tane buluverip yakmıştı. Nurgül Hanım'ın sigarasıyla ona doğru eğilirkenki o hali, ilk dumanı verdikten sonra teşekkür eder gibi başını kısaca eğmesi... Dünya güzelliklerle dolu bir yerdi. Nurgül Hanım'ın bilekleri hâlâ inceydi. Dünyanın en güzel oyuğu hâlâ bu bileğin kıvrımında yatıyordu. Yüzük ve serçe parmağıyla küllüğü iterek önlerine kadar getirmişti. "Daha başka neler yapıyorsunuz?" diye sormuştu. Bu sorunun altında evlat acısının koruyla yaşamayı başarıp başaramadığı gizliydi tabii ki. Ama maalesef bunu sonra sonra buldu Ekrem. Kadınların ellerindeki nesnelerle kurdukları o büyüleyici ilişki; imalarla, kelimeleri evirip çevirerek yürüdükleri bu yol; Nurgül Hanım ve boynundaki o v harfi, o esintili gece, hepsi hepsi gerçekte tedirginlik verici, oğlundan sonra yaşamaya, hissetmeye devam ettiği için ona batırılan birer diken gibiydi. Hatırası bile şimdi Ekrem'in tüylerini ürpertti.

Oğlu o ağustos gecesinde serviler altında uslu uslu uyuyor ve onu yalnız bırakıp emekliler gecesine gitmelerine hiç hayıflanmıyordu. Bunu yapan, hep başkalarıydı.

•

Seher banyoda yüzünü yıkadı. Aynaya bakmak istemiyor, yüzünü görmek istemiyordu. İnsanın insana yaptıkları çekilmezdi. Lavaboyu ovdu. Küveti cifledi. Klozeti de ovup sifonun üstünü bir güzel sildi. Banyodan çıktı. Işığı kapadı.

Çocukların odasına girdi. İbrahim uyuyor, bebek mızırdanıyordu. Memesini çıkarıp, çocuğun ağzına bastırdı. Bebek mayıştı. İbrahim'in kitaplarını toplamadan yatmış olmasına sinirlendi.

Sabaha yine geç kalacaktı. Ziyan olmuş hayatının içinde aptal bir oğlan doğurmuş olmak çekilecek dert değildi. Bebeğin doyduğuna kanaat getirip memesini ağzından sıyırdı, beşiğine yatırdı. İçinden onları öpmek gelmiyordu. Işığı kapatıp çıktı.

Kocasına hiç değmeden yatağa girdi. Babasının evine gitse olabilecekleri düşünüyor, sığınma evine gittiğinde olanları hatırlıyor; ömrünün bir an önce bitmesi için dua ediyordu. Derken gece onun için bitti, şimdilik.

Uykuya bile bir fazlalık gibi daldı.

Rüyasında bir aynanın önünde ruj sürüyordu.

•

Ekrem'in oğlunun gerçekten de öldüğünü ve artık olmayacağını anlaması yıllarını aldı. Oğlunun yaşayamayacağı yılları düşündükçe, kendisinin bu yılların tadını çıkaramayacak oluşu da aklına geliyordu. Çünkü böyle söylüyorlardı, böyle düşünmesini istiyorlardı. Oğlu uyurken onun uyanık olup da gezintilere çıkmasına, bir kadını beğenmesine, şakalara gülmesine hayret ediyorlardı, yıllar geçmiş olsa bile. Acı hep başkalarının gözleri altında, onların istediği gibi yaşanması gereken bir şeydi. Öğrenilen, tekrar edilen, altı kırmızı kalemlerle çizilen bir şeydi. Nahide'nin apandisit ameliyatı olmak için hastaneye yattığı o sonbaharda yanında refakatçiyken, yan odada bir kadın ameliyattan çıkamayıp ölmüştü. Haberi alan kocası koridorda feryat ediyor, acı çekiyordu. Sandalyelerin olduğu camlı bölmeye getirip oturtmuşlardı adamı. Birileri ona su getiriyor ama o içmiyordu. Etrafındakilerin dağıldığı bir an, dalgın dalgın bardağa bakmış, kimse görmeden alıp çabucak içivermişti, suç işler gibi. Susadığı için utanır gibi. "Hoş geldin," demişti içinden Ekrem, "aramıza hoş geldin."

Elektrikli testere yerini patates doğrama aletine bıraktı. Ekrem, geçen geceler boyu defalarca izlediği bu reklamı yine ilgiyle izledi. Eve bundan bir tane almak istiyor ama hemen sonra gereksiz buluyordu. Onunla patatesleri eşit hizayla muntazam doğramak, doğrusu muhteşem şeydi. Bir anda hatırına geldi. Kapılara, pencerelere baktı. Hiçbiri oynamıyor, hepsi ölümü geçirmeyecek kadar sımsıkı duruyordu. Bu aletten almak lazımdı.

•

Seher rujunu sürmüş, bir masada oturuyor, çalan telefonlara "alo" diyordu. "Bekâr Hanım'lar yerinde yoklar efendim. Kim arıyordu?" Önündeki kâğıda not alıyor, birtakım adamların adlarını alt alta yazıyordu. Elinde kâğıtla yerinden kalkıyor, sedef kakmalı bir kapının önünde bir süre dikilip sonra da kapıyı tıklatıyordu. "Girin" diyordu bir ses. Giriyordu. Aydınlık bir pencerenin önündeki büyükçe bir masanın üzerinde uzun kestane saçlı bir kadın önüne bakıyor, Seher girince başını kaldırıyordu. Meğer o da Seher'miş. Karşılıklı gülümsüyorlardı.

Seher ve Seher birlikte işyerinden çıkıyor, karlı sokaklardan geçip içinde kadınların kaçarak geldikleri bir eve neşe içinde giriyorlardı. Bir şarkı söylüyorlardı beraber. Diğer kadınlar da söylesin istiyorlar ama hiçbiri onları duymuyordu. Kadınların arasında bir kadın, bir bebeği emziriyor, Seher'ler hemen onun yanına gidiyor, omzuna dokunuyorlardı. "Bu senin değil" diyorlardı. Kadın başını onlara dönüyor, ağlıyordu. Meğer o da Seher'miş. "Bebeğim orada kaldı" diyor, ağlıyordu. "Daha bebek, emzikli." Seherler gülümsüyordu. "Biz seniz, ağlama" diyorlardı. Seher şaşkınlıkla bakıyor, bebeği anasının kucağına veriyor, gülümsüyor. Rahatlıyordu.

Seher terle uyandı. Kaçmıştı. Bir ümit bulup kaçmış, iyi bir şeylerin olacağına inanmıştı. Olmamıştı. Bazı şeyler cesaret gerektiriyordu. İnanç istiyordu. Yeniden başlamak güç istiyordu. Söylemek, açıklamak, meydan okumak kural kaldırmıyordu. Yüzlerine baktıkça babalarını gören, bedenlerinde akan kanın babalarınınkinden olduğunu bilen bu anne, kimseye söyleyemiyordu ki... Kimseye söyleyemiyor, analar nasıl üzülürse öyle üzülüyor, nasıl öğrenmişse öyle ağlıyor, belledikleri bir bir oynuyordu. Gerçeği bir tek Seher biliyor, annelik devletinin sırrı gibi bağrında gizliyordu. Açıklamak damgalanmaktı. Korku ile cesaret yan yana yürümüyordu. Yürümüyordu. İkisini birden bırakırdı. İbrahim'i de bırakır, uzun yollarda dayaksız ve korkusuz, paçasında eteğinde kocasının hiçbir izi olmadan, hiç yorulmadan yürürdü. Eğer filmler ona böyle yapılmasının ayıp olduğunu bildirmemiş olsaydı. Eğer yabancı gözlerin ona neler neler deyip neler neler edeceklerini bilmemiş olsaydı. Had bildireceklerdi. Ona had bildireceklerdi. Meydan okumasını, güçlü olmasını, niyetini açık etmesini ona misliyle ödeteceklerdi. Bakışlar, imalar, sözler, dışarıda bırakılmalar...

Kalktı. Mutfağa gitti. Bir bardak su içti.

Sevdiği bir adamla seviştiğini ve seveceği çocuklar doğurduğunu hayal etti. Onlarla oyun oynuyor, sarılıp sarılıp kokluyor, içindeki bütün şefkati doğmamış bu çocuklara sunuyordu. Hep görüp özendiği ve sekreterlik maaşıyla edindiği yuvarlak mutfak masasına oturdu. Perdelere baktı. Fincanlara baktı. Üstü puantiyeli tabaklara baktı.

Bu yaşanmamış hayat, sadece uzaklardaydı.

•

Ekrem'in uykusu geliyordu. Üstü kırışmış göz kapakları ağır ağır gevşiyor, onu yumuşak bir uykunun tatlılığına çağırıyordu. Televizyondaki patatesler bile yuvarlanarak geri çekiliyordu. Sesler boğuklaşıyor, gece uzadıkça uzuyordu. Bir kadın yanına geliyor, "yatağına yat" diyordu. Ekrem gülümsüyor, gözleri Nahide'ye, dudakları Nurgül'e ait bu karmakarışık kadına bakmak için gözlerini açıyordu.

Önünde mutfak önlüğü asılı sarışın bir kadın neşe içinde bağırıyordu.

"Nicer, dicer!"

•

Seher efkârlandıkça efkârlanıyor, mor gözü ona acı veriyordu. Ağlamak yersizdi. Mutfak çekmecesini açtı. Özenle sakladığı parliament mavisi sigarasını çıkardı. Sigaralı eline baktı. Yakışıyordu da. "Hayır sizinle görüşemem. Kati surette imkânsız." En sevdiği filmde türkanşoray böyle diyor, sevmediği erkekleri böyle hizaya diziyordu. Güldü. Bir çakmak arandı.

Bulamadı.

Oğlu büyüyecekti. Gerçek buydu. Olması gereken emeli buydu. Oğluyla deniz kenarlarına gidecekti. Belki oğlan büyüdükçe babasından aldığı ağzını, burnunu ve kulaklarını bir yerlerde unutuverirdi. Siması değişir, belki kendisine bile benzerdi.

Çakmağı bulamayınca ocağı açıp, sigarasını yaktı. Sanki âşık olduğu adam, çakmağını çıkarıp da yakmış gibi, başıyla minik bir teşekkür etti. İlk dumanını uzaklara verdi. Duman ocakla, mutfak dolabı arasında bir yerlerde eriyerek kayboldu.

Duvarlardan bir ses, boğularak ona kadar geldi. "Noysır doysır."

Daire

Gecenin bitiminden sözediyorum.
Karanlık gecenin
Furuğ Ferruhzad

Yağmur, dinmeye sebep bulamadan yağıyor, bir fırtına ağaçları söküp alacakmış gibi dönüyordu. Sokaklar birbirini keserek uzanıyor, kaldırımsız yollar çöplerle kaynaşıyordu. Sular oluk gibi akıyor, delikleri çoktan tahta parçaları, çamur ve âlemin türlü türlü boku püsürüyle kapanmış mazgala bir türlü giremiyordu. Olanca su her yerden taşıyor, bacalar her şeye rağmen tütüyordu.

Bir arabanın altından hışımla çıkan boz bir kedi, çöp poşetlerinin ortasına atladı. Soğan kabuklarıyla buladığı karnını çabuk çabuk kaldırarak, bir şeyler bulmak için olanı biteni eşeledi. Bulamadı. Başka bir arabanın altına girip sindi.

Narçiçeği Sokak'la Çamoluk Sokak'ın kesiştiği köşede kasabın kuzuları camekân içinde bekleşiyor, bir şeyleri tehdit ediyordu. Önünde Tahir, boylu boyunca uzanmıştı. Ayakkabısının altı, tepesindeki tek tük yıldızlı gökyüzüne bakıyor, yıldızlar ve ay dede onu görmeden gökte asılı duruyordu. Dünyanın bu kayıtsızlığı hayret edilesiydi. Tahir, üşüyordu. Bir yolda sektirmeden yürüyor, önünü göremeden tebessüm ediyordu. Elini tutanı yoktu. Yalnız geldiği yoldan yürüyordu. Ömür hiç yaşanmamış gibi baştan başa silindi. Tahir, sanki hiç konuşmamış gibi susuyor, hiç gelmemiş gibi gidiyordu.

Yağmur suları ve kan sokağı bölüyordu. Bir çikolata kâğıdı suların tepesinde neşeyle kayıyor, kayıkçılık oynuyor, toprağa saplanmış apartmanların bağrındaki lambaların biri yanıyorsa öbürü sönüyordu. Her şey bir oyundu. Bir radyo tiyatrosu.

•

Çikolata kâğıdı kayarak geldi geldi, Ilgaz'ın önü demirli hemzemin penceresinin önünde durdu. Sular, onun nemli duvarlarından sızmak için yapmadığını bırakmadılar. Küf kokan evde Ilgaz, koltukta kıvrılmış uyuyordu. Dudaklarının kenarından kirli yastığa sızan suyu, annesinin verdiği eski battaniyesini, ayaklarının çirkinliğini ve soluğuyla yolun sonuna kadar inip kalkacak biçare omuzlarını, rutubetin gözleri olup da görseydi, yanından çekilir, onu ılık ve güneşli sabahlara, bir iç ferahlığıyla bile uyandırırdı. Nem, duvarda bütün bu kederi görmeden yürüyor, tavana doğru çıkıyordu. Bazı acımasızlıklar vardı. Rüyasında annesini görüyordu, kasabanın arkasındaki yamaçlardan, çalılara çarpa çarpa el ele yürüyorlardı. Ilgaz annesine baktı. Şaşırdı. Yanındaki annesinin gençliğiydi, güzelliği fotoğraflarında kalan gibiydi. Omuzlarına dalga dalga inen kestane saçları tepelerin rüzgârıyla kabarıyor, gözlerinde tecrübesiz cinlikler oynuyor, ellerinin kokusu çam ormanlarına benziyordu. Kadın, gençliğindeki değil de şimdiki çatallı sesiyle konuştu. "Oğlum" dedi. "Beni niçin buralara getirdin." Ilgaz konuşmuyordu. Sadece düşünüyor, bazı güzellikler göstermek istiyordu. "Anneciğim, bu hayattır" demek istiyordu. Ama diyemedi. Çünkü uzaklara baktığında ağaçların yandığını gördü, kurşun seslerinin ağaçlara çarpa çarpa yankılandığını duydu. Ilgaz rüyasında bile korkuyor, bütün bu karaltılar boğazında hırıldıyordu. Soluğu derinleşince sağından soluna doğru döndü, burnunun ucuna değen kanepenin arkalığını bir kadının sinesi sanarak uyumaya devam etti. Rüyası, uzakça kasabasının içinde tedirgin uyuyan annesinin rüyasının içine kadar girdi. Kadın yatağında şöyle bir döndü. Yağmur kasabayı da ıslatıyor, tepeler karanlıkta nemli nemli bekliyordu.

•

Melike taksiden, evin iki alt sokağında indi. Böylesi en doğrusuydu, hemşireler eve taksiyle dönmez. Yağmurda ıslanarak yürüdü. Bir itiş kakış, ürkütücü öfkeler görünce, korkup duvar dibine saklandı. Üç dört tane ızbandut, gülünce yüzü güneşe benzeyen bir oğlanı dövüyor, başını duvara vuruyorlardı. Görmemek için yüzünü çevirdi. Topukları yerde ses çıkarmasın diye ayak ucuna basarak geçip gitti. Dünyada bunların olmasına alışmış gibi bir hali vardı. Nasıl kaçılacağını iyi biliyor, üzülme işini sonraya bırakıyordu. Soluk soluğa sokaklardan geçti. Eğer oradan değil de Narçiçeği Sokak'la, Çamoluk Sokak'ın kesiştiği köşeden geçse bazı gerçekleri öğrenebilirdi. Ama geçmedi. Babasının yattığı yeri göremeden apartmana girdi. Ekrem Amca'nın televizyonunun sesi duvarları dövüyor, sanki insana hakaret ediyordu. Melike'yi bir azarlayan olmalıydı. Kendine gel diyen olmalıydı. Filmlerde hep böyle oluyordu. Fahişeleri hep hamama götürüp yıkıyorlardı. Tövbe ettiriyorlardı. Kendine getiriyorlardı. Melike merdivenleri çıktı. Muhasebecinin duvarlarından geçen yalansın dünyayı duya duya evine geldi. Anahtarını buldu. Bir ılıklığa girdi, rahatladı. Sessizdi. Babasının akşam topladığı mutfağın önünden, sonra da koridordan bir tül gibi geçti. Salon tarafından bir esinti ayaklarına vurdu. Salona girdi. Pencere açıktı, tül perde uçuyordu. Melike şaşırdı. Babasının pencereyi neden açıp da bu soğukta kapatmamış olduğuna şaştı. Hiç yapmazdı aslında böyle şeyler. Zaten yapmamıştı, o açmamıştı ama Melike bunu bilmiyordu. Bir rüzgârın pencere ve kapıları açıp vurması rastlantı değildi, Melike bilmiyordu. Pencereyi sessizce kapadı. Babasını uyandırmak istemiyor, o uykularında rahat etsin istiyordu. Bu yalan değil. Bu gerçek. İki yıldır yalan söylüyordu evet ama sözleri yalan, hisleri gerçekti. Babasına hiç kıyamıyor, o üzülmesin diye yaşıyordu. Hepsi bundandı.

Babasının odasına baksa, orada uyumadığını görür, belki peşine düştüğünü bile anlardı. Bakmadı. Banyoya girdi. Soyundu. Sıcak suyu açtı. Elma şekilli süngerine, nar ve kiraz kokulu duş jelinden döktü. Boynuna, memelerine bir güzel sürdü. Bacaklarının arasına gelince iyice bir köpürttü. Karnından, bacaklarından geçirdi.

Filmlerde böyle oluyordu. Hep pişman olunsun istiyorlardı.

•

Ekrem'in evindeki bütün nesneler televizyonun mavili beyazlı ışığı ve hiç kesilmeyen sesi altında yorulmuş yatıyordu. Küllükler Ekrem'in varlığından iyice ağırlaşmış, koltuklar, vitrin, içindekiler, halılar ve üzerindeki desenler onun yaşlılığından bunalmışlardı. Ekrem kanepede kasılmış gibi uyuyor, pörsümüş derisi ise çuval gibi sallanıyordu. Ekrem rüyasında bir mezarın başındaydı. Yağmur ağlar gibi yağıyor, toprak çamur olmuş yumuşak yumuşak uzanıyor, ağaçlar toprağa saplanmış güvenle göğe uzanıyordu. Ekrem ağlıyordu. Ağarmış saçları yağmur altında ıslanıyor, yaşlandıkça uzamış burnunun ucundan sular damlıyordu. Ekrem içinin ortasında tarifi imkânsız bir acıyla toprağı kazıyor, "oğlum oğlum" diye kesik kesik inliyordu. Onu çepeçevre saran esintili ağaçlar kıpırdanıyordu. Uzaklarda ağaçların arasında bir karaltı belirdi. Bir gölge gibi yürüyor, yanına doğru geliyordu. Ekrem onu görünce kalktı, toprağa bata çıka, ağaçların gövdelerine tutuna tutuna koşmaya başladı. Paltosunun yakalarını kaldırmış bu gölgenin yanına varınca "oğlum" diyerek sarıldı. Ekrem coşuyor, bu kez onu çiğ bir sevinç ağlatıyordu. Yaşama arzusu, kanının dolay dolay geçtiği damarlarında kabarıyor, ona "varım" dedirtiyordu. Gölgenin yüzü ay ışığında belirdi. Ekrem karşısında oğlunu değil, kendi genç ve ketum yüzünü gördü. İçinden ıslık gibi hırıltılı bir ses çıktı. Korku her yandan süzüldü.

Ekrem kanepede kolunun üstüne yaslanmış sızlar gibi uyuyor, her soluğunda kolundaki beyaz tüyler bir o yana bir bu yana oynuyordu.

•

Melike havlusunu aldı. Bir gök gürültüsü duydu. Kurulandı. Saç kurutma makinesini tabii ki açmayacak, babası uyuyor, onu rahatsız etmeyecek. Ama Melike, babasının yağmurlar altında bir sokak ortasında derin uykulara yatmış olduğunu bilmiyor. Bilse, babasının yanına figanlar içinde varıp başucunda ağlardı. Maalesef bunu, sabahın erken saatlerinde bir hastanenin morgunun önünde yapacak. Şimdi, güneşin doğmak üzere hazırlandığı, gecenin çekilmek üzere toparlandığı bu saatte, başına gelecekleri bilmeden uykuların koynuna girecek. Hayatta her şeyin bir sıralaması var, ama doğru ama yanlış. Melike pijamalarını giydi. Saçlarını taradı. Üşüyordu. Yorganı sıyırıp yatağa girdi. Uykular ülkesi Melike'yi kucağına çağırıyor, elinden tutup tatlı bulutlara doğru çıkarıyordu. Melike kendini bıraktı. Uyku güzel şeydi. Düşünmemek güzel şeydi. Hafiflik iyiydi. Hep uyumalı insan, dedi Melike. Penceresinin önündeki ağaca yağmur haşin haşin vuruyor, biçare ağaç ordan oraya sallanıp duruyordu. Melike tam kendinden geçecekti ki, eve gelirken duyduğu o kalabalık saldırgan sesleri yine duyar gibi oldu. Sokaktan hızla kaçan ayak sesleri canhıraş geçti. Başı duvarlara vurulan o güzel oğlan, gözlerinin önünde duruyor, elini Melike'ye uzatıyordu. Melike dapduru kalktı. Komodinin üstündeki sudan bir yudum için, oğlanın yüzünü, onunkini ve yeryüzünde çekilmiş diğer acıları, haksızlıkları unutmaya çalıştı. Yaşamak lazımdı. Ama vicdan vardı. Melike gözlerini yumdu. Uyumak istedi. Kuvvetli bir sesi bastırmaya çalışmak kolay iş sayılmazdı.

Ah Melike! Babanın başını yaktın Melike.

•

Şerifeler kolilerin arasında koyun koyuna ve birbirine düşmüş gibi uyuyor, gölgeler etraflarında büyüyordu. Genç olanı bir ceviz ağacının altına uzanmış güneşin geniş ceviz yaprakları arasından yüzüne değe değe oynaşmasına şaşakalıyor, gülümsüyordu. Dalların arasında, rüzgârla salınan bir gömlek gördü. Yerinden kalktı, uzanıp aldı. Gömleğe baktı, baktı, kokladı. Bildiği hiçbir kokuya benzemiyordu. Uzaklara doğru seslendi. Sesine ses veren çıkmadı. Tepesinde dikildiği yamaç aşağılara doğru türlü türlü yollara bölünerek uzadı. Şerife yürümek istemiyor, ayak diretiyordu. Ağaca döndü, yerinde yoktu. Yaşlı olanı saçlarını taraya taraya yollarda avare yürüyordu. Saçları kara, teni parlaktı. Yürüdü, yürüdü, kendi başına mağrur dikilen bir dükkânın önünde durdu. İçeri girdi. Ben bir ayna alacaktım, dedi.

Viledanın sopası gölgesiyle duvara yaslanmış uyuyor, Şerife'nin hukuk kitapları ciddiyetini koruyordu. Yağmur camlarını tıngırdatıyor, evin şimdiye kadarki kimsesizliği ikisini birden üşütüyordu. Birbirlerine iyice sokuldular. Soluk ılık bir şeydi.

Seher mutfak masasında oturmaya devam ediyor, nereye baktığını bilmeden fincanlara, tabaklara, bulaşık makinesine, perdenin eteğinde sıralanmış armut ve elma desenlerine bakıyordu. Derin bir iç çekti. Önündeki küllük doluydu, Seher, serçe ve yüzükparmağıyla küllüğü ufak ufak döndürüyor, mutfakta hiç yokmuş, zaten hiç olmamış gibi sessiz sessiz oturuyor, uyum sağlıyordu. Seher'in içinden bir beyhudelik sızı gibi yürüdü. Seçenek diye bir şey kalmamıştı, ne olacaksa olmuştu. Seneler önünde mahzun mahzun uzanıyor, onu şimdiden yoruyordu. Pencereye döndü. Sabah olacaktı. Kalktı, küllüğü boşalttı, bir güzel yıkayıp, tezgâha ters kapadı. Mutfak lavabosunu cifledi. Fayansları ovdu, parlattı. Kuş gibi titrek uykusunda İbrahim, mutfaktan gelen su sesiyle yana döndü.

Rüyasında annesini deniz kenarlarına götürüyor, annesi dalga seslerini dinleyerek gülümsüyordu.

•

Melike'nin ağaç dallarına benzeyen saçları yastığında dağılmıştı, uyuyordu. Yorgundu. Çalışmak kolay mı? Rüyasında kendini gördü. Bir sepetin içinde bacaklarını açmış yatıyordu. Güneş göz kapaklarını bile delip geçecek kadar parlayınca uyanıyor, başını kaldırıyordu. Sepeti tatlı bir nehrin üzerinde güzel güzel salınıyordu. İçinden yumuşak bir kamaşma gıdıklayarak yürüdü. Sazlıkların arasından babasının sesini duydu. "Annen seni bana bıraktı yavrum." Melike sağına bakıyor, soluna bakıyor, babasını bulamıyor ama güzeller güzeli bir dünya görüyordu. İki yanındaki ağaçlar kıvrımlı esintilerle fışırdıyor, nehir ona kendi güzel yüzünü gösteriyordu. Ama elini nehre daldırınca yüzü kırıldı. Melike uykusunda bir mırıltıyla soluna doğru döndü. "Bu benim.." Rüya silinip geçti, Melike uyumaya devam etti. Başucundaki ağaç yalpalamaya devam ediyor, odasında derin gölgeler, ürkütücü oyuklar açıyordu. Aynanın önündeki tarakta kalmış iki tel saçı kimse görmeden bekliyordu.

Soluğu huzur verici, uykusu pek âlâydı.

•

Meryemana korktuğu için, olacakları şimdiden bilemiyor, göremiyor; başına konan kuşu tanıyamıyordu. Uzun bir yola çıkıyor, yanına yoldaş alıyordu. Bir pusup bir kabaran dalgaları onun da sevmesini, uzun ve ağaçlıklı bir yolda yürümenin tadını onun da almasını istedi. Başka bir isteği yoktu. Dünyanın güzelliğine dalmak, nasılsa ona da kendisini unutturacak, yüreğini hafifletecekti. Tabiat onun da üzerine kendini bastırsın, kendisine doyulamayacakmış gibi baktırsın. Her şey yoluna girerdi, yeter ki insan kendisini bir yaprak gibi bu hayatın ortasına sakince bıraksın. Gerisi gelirdi. Herhalde. Bir taşım sancı daha geldi. İçi dışına çıkacakmış gibi çekilince yine korkmaya, kendini sıkmaya başladı. Her şey pek çabuk değişiyordu. Hiçbir kesinliğin olmadığı bu yerde muntazam olan tek şey yaprakların dökülmesi, sonra yeniden baş vermesiydi.

Geriye kalan her şey çürüktü, belki üzerine bu kadar düşünülmese de olurdu. Yaşansa yeter. Kemikleri çıtırdadı. Yine ağladı. Kocasının buğu gibi tüten gözlerini düşündü. Güneş yüzüne vurunca gözlerini nasıl kıstığını, yanlarında oluşan kıvrımlarını tam olarak hatırlayamadı. Şaştı. Demek hepsi bunun içindi. Geçmişin hareketsiz uzanması içindi. Her şey uzaktaki bir fısıltıydı, ne dediği anlaşılamayan bir fısıltı, bir tuhaf kıpırtı. Hepsi bundan ibaretti. Yalnızca geriye bakınca anlaşılıyordu.

Yağmur dinmiş, bir rahata bu gecelik hasret kalmış ağaçların kıpırtısı kesilmişti. Eğilmiş, yerdeki yapraklarına bakıyorlardı. Apartmanlar uzanıyor, içindeki yürekler sıkıntılı, sıkıntısız uzanıyordu. Sular, uzaklara toprak altındaki tohumlara doğru yürüyor, dünya ne olup bittiğine bakmadan dönmeye devam ediyordu. Gece toparlanıyor, güneş puslu bir güzellik içinde doğmaya hazırlanıyordu. Dünyanın rengi değişiyor, karanlık aydınlıkla yer değiştiriyordu. Sessizlik sokağın üstüne tatlı bir uyku gibi serpildi.

Uzaklarda köpekler havladı. Bu aşinalık Meryemana'ya iyi geldi. Derin bir nefes aldı. Sokak lambaları söndü. Ağrıdan yorgun düşmüştü. Güneş doğsun istiyordu. Altı numarada oturan o kızın yanına gidecekti. Hemşire diye duymuştu.

•

Melike'nin yastığa dağılmış güzel kahverengi saçlarının diplerinde terler birikiyor, burnunda boncuk olmuş onu bunaltıyordu. Çarşafı ıslak, kendisi sıcaktı. Rüyasında babasını görüyordu. Soğuk kışın alaca sabahı yavaş yavaş geliyor, uzaklarda köpekler havlıyordu. Sokak lambaları söndü. Sabahın esintisi oyuklardan kayarak geçti.

Gün

O kendi boşluğunda oyalanan günlerde
Canı sıkılan bir çocuk gibi uyuyor.
Birhan Keskin

Top

Günlerdir beklediği ses
Gizlenmiş tepelerin ötesine
Bejan Matur

Ayağında tatlı bir ıslaklık, yumuşak bir gıdıklanma hissetti. Dönüp baktı. Buraların yalnız köpeği Nazlı, kemikli ayaklarını yalıyordu. O her yaz böyleydi. Sanki tüm kış boyu, yazın gelmesini, günlerin gevşek uzamasını ve her yerin yine insanla dolmasını susayarak beklemiş gibi sevecen bir hali oluyordu. Yaz gelsin de herkes onu sevsin ve sonra birdenbire git desin. Gülmeler ve gürültüler, bahçelerden, balkonlardan ve kumsaldan eksilmesin. Çocuklar yine ondan korkup da kaçsın ve sonra o onların bütün tuhaf yaramazlıklarına şaşırsın. Şaşırıp uzaklaşsın. İşte bu âdetler, bütün o uzun ve sisli kış boyunca büyük sessizlikler içinde ne zor bekleniyordu ha, öyle mi Nazlı? Hep onu itsinler, sevmemezlik etsinler. Mangaldan arta kalmış yağlı kemikler için onu dolana dolana bekletsinler. Etin duman olup tüttüğü yazlık bahçelerinde onu avare ve aç gezdirsinler. Ama yeter ki gelsinler. Bunu mu istiyordu yani? Ha Nazlı? Nazlı aşağı dönük kara gözleriyle içli baktı. Kuyruğunu salladı. Ayağını Nazlı'dan çekmeden derin bir iç çekti. Denizde yüzenlere, yanında güle güle kıvrılmış yazlık arkadaşlarına, tavladaki pulların sert ellerde şak şak yürümesine derin bir kayıtsızlıkla baktı. Yutkundu. Çok fazla şey hisseden kalbi, hareket etme gücünü yine eksiltiyordu. Eğildi. Yalnızca Nazlı'nın başını sevebildi.

"Ay napıyor o öyle" dedi kızlardan biri. Sezonlukçulardandı. Seneye yaza belli ki yoktu bu kız. Geçen yazlar zaten olmamıştı. İşte annesinin tam sevdiği türden birileri. Hep gidici ve kısa süreli, bir çöl gibi hatırasız serili. Oysa onun bir hikâyenin başına ve sonuna dahil olmayanların hayatına sızmasına tam bu yüzden itirazı var. Şimdi nasıl anlatılır ki Nazlı ve onun yalnızlıkları? Omzunu silkti. Duygularının bu sancı veren sıkıntısı, bu türden küçük saçmalıklar arasında ve keskin güneşin altında eriyemeden duruyordu.

Anlaşmazlıklar vardı. Şımarıklıklar nedense en çok yazları çoğalıyordu. Kimse kendi kendisiyle yaşamayı gereksiz bulmadan gönül rahatlığı ile gülüyordu. Herkeste serin bir iç ferahlığı. Beyaz dişler, şortlu bedenler, mayolu kıvrımlar, anneli babalı çocukluk anıları, savrulan saçlar, bacak bacak üstüne atmış sarsılmayan benlikler ve köpeklerce yalanmayan ayaklar, hepsi bir kalemle ustalıkla çizilmiş gibi mükemmel bir uyum içindeydi. Deniz evren gibi uzanıyor, herkesi neşelendiriyordu. Bu yaz, buradaki en uzun yazını yaşıyordu. Uzadıkça bitmiyordu.

Çocuktu. Televizyonda bir sigorta reklamı görmüştü. Sonra o reklamı bir daha bir daha bir daha görmek için hep başında bekledi. Büyük şapkalar giymiş bir kadın ve babacan bir adam vosvoslarına şişme ördekler, renkli deniz topları ve zorla kapatılmış gibi duran valizler ile biri kız öbürü erkek iki çocuklarını koyuverip kıvrımlı yollardan şarkılar söyleyerek kayıyorlardı. Sonra lastik patlıyor. Şişme ördek patlıyor. Deniz topu patlıyor. Şarkı bitiyor. Gülmeler duruyor. Bu bağrış çağrış mutluluk neyse ki eridi. Resimler artık siyah beyaz. Bilmem ne sigortası birazdan yardıma koşacak. İşte tam burada kalkıyordu başından. Çünkü severek beklediği şey, işte bu gürültülü ânın bozulmasıydı. Birdenbire bitmesi. Bu reklama baktıkça seziyordu, kendi annesi ve onun hep çalışan çenesinin ve sık sık bozulan arabasının ve sırf kendisinden önce doğdu diye birazcık daha benimsenebilmiş kaba saba abisinin, bu yapmacık mutluluktan ölecekler ailesinden bile daha acayip olduklarını. Alışılmışın dışındaydılar. Reklamlardan, filmlerden, resimli dergilerden, yanlarından akıp giden arabadakilerden, alt ve üst dairelerde yaşayanlardan hep başkaydılar. Çünkü ön koltuk boştu. Baba, olmayan, bilinmeyen, tanınmamış, dolayısıyla özlenmeyen ama yine de eksikliği bir biçimde hissedilen bir... bir... bir... Baba nedir? Beliremeyen bir yüzdü baba, bir hayal, bir ümit, bir Yunan tanrısı, bir Münir Özkul. Anneleri için geçmemiş bir nefret, bitmemiş bir öfke nöbeti. Onlar hep başkaydı, tuhaf bir babalı sigorta reklamından bile eksik ve değişik. Annesinin şemsiye gibi açılmış hasır şapkaları, bu kadının kırmızı puantiyeli şapkasından daha komikti. Abisinin renkli şortları, göbeği, çirkin ayaklarıyla palaspandıras yürüdüğü o lastik terlikler, arabanın arka camından fırlamış sarı ördek kafalı simitten daha saçmaydı. Yolda annesinin hiç bitmeyen nasihatleri, konuşmaları, uyarıları ve bir anda gülmeleri. Abisinin yumrukları. Annesinin onların sesini duymamak için müziğin sesini daha da açması ve Ajda Pekkan'ın durmadan bağırması, bağırması, bağırması, bağırması. Lastik hiç patlamıyordu. Bu gürültü hiç bitmiyordu. Renkler siyah beyaz olmuyordu. Her şey sonsuza uzanacak gibi. Hiç bitmeyecek gibi.

"Eğer her gün bu işkence, eğer her gün bu karmaşa Eğer her gün bu kavgaya katlanırım sanıyorsaaaaaan. Yaz yaz yaz yaz."

Nazlı'nın başını okşamaya devam etti. Ve Nazlı doydu, gitti. Arkasından baktı. Çocukların yanına gelip onlardan sevgi istedi ama çocuklar bağrışarak annelerine koştular. Bir ses var. Dalgalarla birleşip uğuldayan bir ses, güneşli ve keskin bir gerçeklik içinde hiçbir boşluk yaratmadan büyüyebiliyor. Arkadaşlarının kendi memnuniyet ve doygunluklarından sereserpe söz etmelerini gidip gelen bir dalga gibi işte böylece duyuyor. Şıpıdık terlikler, kumların üzerindeki filenin üzerinden bir o yana bir bu yana geçip duran ve etrafındakileri sevindiren şu top, terli şakaklar, şıpırdayan ağızlar... Açlık. Ve tamlık. Doyma. Bir gevşeme. Gerçeklik çepeçevre, hiç yamulmamış, hiç hasar almamış bir halde gözlerinin önünden işte böylece kayıyor. Akıyor. Sızıp içinden sakince yuvarlanabileceği bir delik arıyor. Yok. Nefes aldıracak bir kopukluk istiyor. Yok. Dudaklar hep büyük büyük kıpırdıyor. Oğlanlar kızlarla konuşuyor. Kızlar onların şakalarına gülüyor. Hiçbir şey onları ürkütmemiş gibi, önlerinde sanki bir sonsuzluk seriliymiş gibi ve çözümsüzlük ve şüphe kapılarını hiç çalıp onları bezdirmemiş gibi, herkes kendiyle mest. Sonsuz bir keyif ve mahmur bir tatlılıkla oturuyor arkadaşları. Yazlık arkadaşları. Onların anneli babalı balkon sefaları, bahçe keyifleri, sofra adapları. Her şeyleri tam. Her yanları eksiksiz. Derin bir nefes aldı. Bir iki martı balıkçı teknelerine doğru bağırarak uçtu. Onlar için bile bütün olanlar o kadar yolundaydı ki, birazdan bir fırtınanın çıkacağı korkusuna kapıldı. Omuzlarını geriye attı.

Çocukluğundan beri yazları burada geçiyor. Her yıl baharın sonunda aldığı yeni yaşla buraya gelirlerken, annesi arabayı tıka basa dolduruyor. Çünkü annesinin bitmeyen bir açlığı var. Hayattan hep alacaklı olduğuna dair sarsılmayan bir inancı var. Tam çıkarlarken, "sallanmayın, hadi!" diye iki oğluna birden bu yüzden bağırıyor. Her yaz. Çünkü annesi hep sabırsız biri, hep acelesi var, aşkta yarım kalmışlığı var, geçmişinde kocasının onu iki oğlanla yüzüstü bırakıp gidişi var, bu yüzden erkekleri bir bir seçip alması var, oğullarını görmezden gelmesine neden olan hırçın bir öfkesi var. Talihsizlik. İşte bu kadın onun annesi. Koşuyor annesi yine, apartman merdivenlerinden zıplayarak iniyor, pek sevdiği arabasını son sürat kullanıyor, eli viteste ayağı gazda, eli işte, gözü oynaşta, daha hızlı daha hızlı, hadi biraz daha. Çünkü yazlık komşuları bu muhteşem, bu harika, bu olağanüstü kadını bekliyor. Geliyor. Geliyor. Daha sezonlukçularla tanışacak, beldemize hoş geldiniz, bakın bunlar da benim memelerim ama siz bir dahaki yaza sakın ha gelmeyin, buralarda görünmeyin, diyecek. Yaşayacak. Ve unutacak. Birazdan doyacak. Hadi çabuk olun. O yalnız biri. Daha hızlı! Daha hızlı! Sallanmayın işte canım şu kadını biraz anlayın. Anlayın. O sizin anneniz.

O işte bu kadının oğlu. Bu gerçeği unutmaya çalışarak, annesinin bacaklarının arasından süzülen dedikoduları ve onun bedeninin, varlığının ve acımasız neşesinin onda bıraktığı kırılmaları izleyerek ve herkes gülümseyerek büyürken, o yalnızca durarak işte on sekizini bile geçti. İçinde yatarak bekleyen ağır ve tüylü bir hayvan onunla birlikte bu yıllardan geçti. Gerçeğin içine girip orada nefessiz yüzmesine o mani oldu. Annesiyle, hiç tanımadığı babası artık nereden bulmuşlarsa bu uykulu hayvanı, onu yaparken içine koymuşlar. Annesinin kendi yüzünden alıp onunkine oturttuğu burnu, babasının başından alıp onun başına koyuverdiği saçının rengi gibi orada unutmuşlar. Kendisi, bu insanlardan hangisi? Bedeninin içinde ondan bağımsız bir hayvan işte böylece kolu gibi, bacakları gibi, yüzündeki anlam gibi, sesindeki perde gibi onun olmuş, o olmuş uyuyor. Bir özgürlük, tatlı bir hafiflik, duru bir bilinç ve alelade duygular çekiyor onun da canı. Tatlı bir tesadüf onu da bu renklerin içine çeksin, camdaki buğuyu silsin, onu gülümsetsin. Ama o ve abisi, annesine kusursuz bir nefret bırakmış saçma sapan bir adamın giderken unuttukları, geride bıraktıkları. Babalarının bir karton kutunun içine koyulmuş öteberisinden daha fazlalıklar.

Biri omzuna vurdu. Hıçkırır gibi döndü. Abisi.

— Nerdesin lan sen? Bütün kıyıyı dolandım bu sıcakta.

Burada işte. Nerede olacak ki bu sıcakta, kumsalda, arkadaşlarının yanında. Arkadaşları ya tabii arkadaşları. Abisi ve onun lımbırlı göbeğine, boynunda cıstaklayarak zırıldayan kulaklıklarına sanki acıyarak baktı. Çünkü abisinin üzerinden insan içine çok az çıkmışlığın verdiği o pejmürdelik akıyordu. Hayatın nasıl ilerlediğine dair bir cahillik, terli alnından süzülüyordu.

— Ayı ayı bakma gene... Akşam uzayacakmışsın. Dolansın, dedi annem.

Cevap vermedi. Abisi terliklerini şıpırdatarak kumlardan yürüdü gitti. Bir şey göğsünün tam ortasına vurdu, onu sarstı. Voleybol oynayanların, arkadaşlarının yani, yazlık arkadaşlarının topu böğrüne gelmişti. Sevindi. Çünkü canının acıması, onu hislerin ağırlığından, akşama olacakların sıkıntısından bir anlığına kurtarmıştı. Bir yere gitmesi lazımdı. Bir faaliyet göstermesi lazımdı. Konuşması lazımdı. Unutması ve hatırlamaması. Bir gece ağlayarak annesinin odasının kapısını açtığında gördüğü o kıpırtılı karanlığın onu altına işettiğini ve o zamandan beri o kapı eşiğinde beklettiğini artık unutması lazımdı.

Arkadaşlarına baktı, yazlık arkadaşlarına. Hepsine bir camın ardından, bir türlü yürünemeyen taşlı bir yolun başından, hiç geçmeyen bir tedirginlikle baktı. Önceden hazırlanmış komikli bir güldürüyü oynarmış gibi, geceden ezberlenmiş laflarını bir bir edermiş gibi sırası gelen kelimeler yumurtluyor sonra hepsi birden gülüşüyordu. Bedenlerinin ıslak ve kumlu kımıldayışları, kolayı içine sonsuz bir hararetle çeken kurumuş dudaklar, nemli ağızlar, zar atan uzun ve hırslı parmaklar, gülerken vahşice sarsılan çıplak omuzlar, güneşin altında unutulmuş ve kavrulmuş deriler, orada uyur gibi kıvrılmış bilekler, nefesler, kıllar, boyunlardan süzülen tuzlu sular, terli soluklar, dudakların oynayışları, leğen kemikleri, ağızların kocaman açılması, nefesler, kızarmış tenler, uzun dişler, nefes alan burunlar, duyan kulaklar, oğlanların büyük ve çirkin ayakları, nefesler, kızların havada gezinen tehlikeli elleri, enseden inen terler, çirkin bir müzikte bile kıvrılabilen yılan gibi sırtlar, bağırlarda nefes aldıkça inip kalkan memeler, topa hızla vuran dirim dolu güçlü kollar, tüyler, güneşin bıraktığı kırmızılık, kolların altındaki ter, tırnaklar, baldırlardaki kaslar, kasıklardaki kımıltılar, koşan bacaklar ve nefesler, nefesler, susuzluk, bedenlerin kokusu, ter, pembe ve yumuşak bir karanlık, damarlar, onun içinden durmadan akan kırmızı bir ılıklık, ten, et, yayılmış bir karın ve onun altında yatanlar ve et, hep et, sadece et tükenmez bir canlılıkla şimdi burada uzanıyordu. Hiç bitmeyen bir gerilim, sonsuz bir hareket. Ürkütücü bir çıplaklık ve sertlikle yoğrulmuş bir yumuşaklıkla birbirine iştirak eden, eğilen, yaklaşan ama asla tam olarak birleşemeyecek tenler önünde sonsuzluğa uzanıyordu. Her şey sürekli bir devinim, yekpare bir yara gibi tekmil dünyaya yayılmıştı.

Kalktı. Denize doğru yürüdü. Uzaklarda Nazlı'yı gördü. Bir bebeğin başına gitmiş, onun masum başını kötülüklerden koruyordu. Sonra bir kadın, sıcağı yırtar gibi koştu, yavrusunu kapıp göğsüne yatırdı, Nazlı'yı kovdu. Nazlı kuyruğunu boşlukta şöylece bir çevirdi, yürüyüp gitti. Onu gözden kaybolana kadar, gözleri acıyana kadar izledi. Sonra denize girdi. İlerledi. Suyun içinde kayboldu. Bütün olanlar uzaklarda artık, her şey belli belirsiz. Gözleri kapalı. Harika bir yer bulmuştu. Hemencecik kıvrıldı. Göbeğinden çıkan bir ip onu denizin tam içine bağladı. Orada tuttu. Su yalnızca su ve onun iç çekişleri ona kendi bedenini unutturdu.

Nazlı'yı hiç farketmeyen, büyük bir tamlıkla oluvermiş arkadaşının, bu hayatın içinde en küçük bir hata olmadan belirivermiş arkadaşının, sert ve terli kollarıyla, bir nefes tutmasıyla hızla vurduğu top, ondan geriye kalmış boşluğa çarptı. Ve orada unutulmuş her şeyi birdenbire dağıttı. Yazlıkçı çocukların pek aşina olduğu keskin bir siren sesi, kumsalın ortasından, filenin arasından, tavlanın pullarından, kola kutularından bağıra çağıra geçti. Dudaklar birdenbire morardı. Korku birdenbire yükseldi. Çeken akıntı vardı. Denizde içine çekip alan kuvvetli bir esiş vardı. Bu bilgiyle kaçıştılar. Bu korkuyla yaşadılar. Bir istekle, yaşama isteğiyle kendilerini kurtardılar. İşte böylesi bir tamlık ve güneşli bir kamaşma içinde birdenbire başlayan bir karmaşaya bile insanlık, aniden bulunup çıkarılıvermiş bir telaşla cevap veriyordu. Uygun karşılıklar her zaman vardı. Bedenler kaçıyordu. Bacaklar koşuyor. Kollar kulaç atıyordu. Çünkü ne olursa olsun dirim kalacak. Bedenler taşınacak. Kan dolanacak. "Biri orada kaldı" dediler. "Biri orada kaldı." Uzun kollarıyla birbirlerine gösterdiler.

Bir rüzgâr esti. Topun çarptığı o boşluğun içine saklanmış ve oradan hiç kaybolmamış bir delikten üfleyerek sızdı. Ona uzaklarda derin bir nefes aldırdı.

Krem

Bahtsız bir belirtiyle bugünün bitmesinden korku
Uyanınca gittiğini görme korkusu
Raymond Carver

Ayaklarına baktı. Aşk bir ritim gerektiriyordu demek ki. Karısı gülümseyerek adımlarını değiştirmiş, onunkilere uydurmuştu. İyi bir eşlikçi. Bir kabul bekliyordu şimdi. Alnından öpülmeyi... Gözlerine gülümsenmeyi.... İkisinin de sandaletli ayakları aynı anda sağ, aynı anda sol. İşte büyük bir güzellik. Ne büyük bir fedakârlık. Bir iç ferahlaması. Benim yürüdüğüm yol seninkiyle aynı, diyor sanki karısı, gülümsüyor. Beni sev diyor. Uygun adım, hep uyum içinde, seninle. İşte aşk kimileri için, budur. Bazen bu kadar basit. Şimdi dünyadaki tüm kötülükler onun için bir son buldu. Artık kimse kimsenin canına kastetmiyor. Doğamadan ölmüş çocuklar bile artık yaşıyor. Herkes seviliyor. Kimse istenmez değil. Onun için dünya artık düzeldi. Ya farklı adımlarla yürümeye devam etselerdi. Dünya biterdi. Ölüm olurdu. Akşam olurken beliren o güzelim kızıllık bile sönerdi. İşte birliktelik. Ve onun verdikleri. İşte bir evlilik. Karısıeşikadınıhanımı... Böyle diyorlar. O da böyle diyecek. "Tanıştırayım, karım." Benimki. Benimki adımlarını hep benimkilere uydurur. Aşkı böylesi bir ritim sanıyor. Bu huyundan caydıramadık. Benim karım. Ben de kocasıyım. Ben bir kadının kocasıyım. Böyle yaşlanacağız. Bir yemin ettik. Biz bu işi nasıl yaptık? Ayaklarına baktı. İkisi de sahiden aynı anda aynı adımları atabiliyorlardı, hâlâ. Demek ki bu ağaçlıklı yoldan böylece yürünüp kumsala öyle varılacak. İnsanlık için ne büyük bir adım. Karısının gözlerine baktı. Mest olmuş gibi yaşıyordu. Elleri ellerinde titriyordu. Ah, ona uyum sağlayabilmek için neler vermezdi. İki gece önce evlenmişlerdi.

Motel Rüya'dan çıktıklarında öğle vakti güneş tepelerinde onları kavuruyor ama genç kadın bunu hiç fark edemiyordu. Nasıl derler? Çünkü âşıktı. Yani yaşamaların müptelasıydı. Yaprağın en güzeli onun önünde, çocuklar en güzel ona gülüyor. Ağaçlıklı bu yoldan yürüyüp geçerlerken kadın, işte bu yüzden ölebilirdi bile. Canını teslim edebilirdi. Oracıkta. Ağaçların altında. Uygun adım yürüsünler beraber karı koca. Yolları hiç tükenmesin. Bir nefes alıp kocasına gülümsedi. Kocası. Ne güzeldi söylemesi. O bu adamın karısı. Yol önlerinde uzuyordu. Güneş yapraklardan sızıyor. Işığı üzerlerine, kocasının alnındaki kıvrımlı saçlarına, dudaklarının iki yanındaki iki güzel oyuğa düşüyordu. Ah o oyukta ne kederler uyuyordu. Hepsine tek tek âşık olunası. Bir bir sayılası. Ay ışığında öpülesi. Bu güzellik karşısında başka ne yapılabilirdi ki? İkisi de böyle terlerken, bu sıcakta, yılın bu düğün mevsiminde. Ölene kadar bir bağlılık. Aynı yastıkta. Neyse ki terlediğini bile duymadan kumsala kadar varacaklar. Bu ânı hiç unutmayacaklar. Bazen yürümek bütün olanları hafifletir, uygun adım, karı koca. Düğünlerinde de işte böyle yürüdü, heyecanla. Bütün gözler onlara baktı. Hısım akraba alkışladı. Duvağı önünde. İki gece önce.

Bastılar imzayı.

Karısı "ah" dedi. Eğildi yerden bir şey aldı. Avucunu açıp muzip gösterdi. Bir bebek çorabı teki. Üzerinden mavi bir şerit geçmiş, yoldan geçerken bir bebek üzerinden düşürüvermiş. Bu da mı olacaktı? Sıradaki buydu. Hayatta hep beklentiler. Hep olma çabaları. Kadınların istekleri. Arzuları. Hep daha çoğunu istemeleri. Beni sev demeleri. Sev ki çoğalalım demeleri. Demek sonunda baba olacak. Kocalık kimseye yetmiyor. Bu da bekleniyor. Ne azını isterdi bu hayatın bir bilinse. Çok azını. Ya da daha fazlasını. Çok daha fazlasını. Beklentiler içinde kendine kızmalar. Böyle geçer mi bir ömür? Azını isterdi, azını. Kaçarak yaşamayı isterdi. Karısının sıcaklığı. Ay ışığının vurduğu odalarında, tatlı inlemeler. Terli kasıklar. En güzel yeri sırtıydı karısının, bir kavis çizerek iniyordu. Buğday başağı saçları omuzlarından kayıyordu. Daha çok sevilmeyi hak eden bir güzellik. Narin bir incelik. Bu sırtın hatırına bile olamazdı, olamazdı. Yapamıyor daha çoğunu. Bu kadarıyla bıraksalar. İnsanlar bıraksınlar onu. O karısının boynundaki çukura dolsun, orda yaşasın. Beyaz eşyalı evler, krem koltuklar, iki yıl taksit ödeyecekler. Bütün bunlar nasıl olacak? Oysa evlerin en güzeli karısının boynunun bittiği yerde başlayan o güzelim çukur, içinde ne tedirginlikler uyur. İstemiyordu. Baba olmak istemiyordu. Keşke söyleyebilse.

Çorabı gösterince kocasına, gördü ki yüzüne bir soğukluk geldi oturdu. Yazın sıcağının bile eritemediği bir soğukluk. Yine o uzaklık. Hep bundan korkuyor. Onun bilemedikleri. Kocasının ona demedikleri. Hep aralarında büyüyor. Alnındaki çizgiden neler kaydığını bir bilebilse. Bir bilebilse. Demek ki imza bile çözemiyor bazı kilitli dilleri. İstemiyor. İstenmiyor. Biliyor. Yeteri kadar değil. Olması gerektiği gibi değil. Ay ışığının vurduğu odalarının köşesinde bir nem var, pencerenin üstünde, kocası onu öperken bazen izliyor. İzledikçe leke büyüyor. Gri bir ıslaklık.

Kocasının en sevdiği yeri, baldırındaki dikiş izi. Oğluna da verebilsin isterdi bir doğum lekesi gibi.

Güneş bile kötü bakıyor, ağaçlar uzaklaştı. Yaz bozuluyor. Adımları da bozan bir nesne bu çorap teki, bir bela, bir ceza, hemen plaj çantasına konmalı. Lojmandaki yuvalarına döndüklerinde hani içinde daha oturmadıkları, çeyizler taze dizili, orda çekmeceye girmeli. Televizyon sehpasının altı. Anılar orada gizlenir. Düğün fotoğraflarını bile oraya koyacak. Çıkarıp çıkarıp bakacak. Yıllar böyle geçiyor. Ömür böyle eksilecek. Bazı şeyler saklanmalı. Yeter ki adımları bozulmasın. Hep ileriye doğru, uygun adım, koyun koyuna. Ay ışığı pencerede. Nefes nefese.

Bu an bozuldu. Karısı bozuldu. Utandı. Muzip gülümsemesini bile yüzünde dondurdu kadının. Pişman. Üzüyor. Üzecek. Hep onun suçu. Hep onun yapamaması. Daha çoğunu verebilse. Yaşamayı becerebilse. Karısı utandı. Görüyor. El çabukluğuyla çantasına koydu hemen. Havluların, kremlerin yanına girdi, hadi yapalım dediği. Unutulmayacak bazı şeyler var. Bazı şeyler kırık. Tam anında değil. Kimse birbirinin tam zamanında değil. Keşke söylemeden, hiç konuşmadan anlaşılabilse. Yalnızca bakarak. Bu kadarı yetse.

Ağaçlıklı yol bitti. Önlerinde sarı kumlar ile onun önüne yatmış uzanmış mavi bir deniz açıldı. Sevindiler. Yine de bazı şeyler çabuk unutuluyordu. Sanki geçer gibi oluyordu. Birdenbire göründü deniz. Hoş bir sürpriz. Gökyüzü yeryüzüne düşmüş. Karısı bu güzelliğin önünde eriyecek gibi oldu. Ne sakin beğeniyordu hayatı. Ne sade seviyordu. Yaşamak böyle olur. Hiç bak demeden, göstermeden yaşıyordu, kendi halinde. Vecd içinde. Yanında kimse olmasa da olur. O yine yaşar. Günlerce, yıllarca yaşar. Balkona vuran akşam güneşi altında, bulutlar çayırlardan yürürken, sütü cezveye doldururken. Ne güzel beceriyor bu işi. Onu öpmesi, sarması, başını boynuna gömmesi, birdenbire günaydın demesi, sanki hiç uyumamış, işte hayata o kadar ait, hiç mahmurluk çekmeden sıyrılarak uykulardan. Sevinçle. Ne güzel ellerinin dokunması, ekmeği illâ ki koklar, burnunu saçlarına bir gömüyor ki, sanki o dünyanın en güzel adamı, tek adamı. Öyle hissettirir insana kendi varlığını. Varız ve yaşamaktayız terli sevişmeler içinde. Yaz geceleri. Nem nefes aldırmıyor. Ama bunlar bizim bedenlerimiz. Çürüyecek. Hayat işte böyle gerçek. Böylesi bir basitlik. Ah keşke! Keşke kendisi de bunları yapabilse. Onun bu yaşama becerisinin yanında kendi hali, sanki bir başarısızlık karinesi, bir boyun tutulması. Sağ yanına dönemiyor. Olmuyor. Keşke hayatı da, onu da daha çok sevebilse. Ne güzel geçerdi ömür, uygun adım, dip dibe.

Sandaletli ayakları kuma girdi birlikte, sağ sol, sağ sol. Yanıyorlar. Güneş kavurucu. Karısı sanki hissetmiyor bu sıcağı. Boğulmuyor. Onun nefesi hep kendisi. Soluğu tükenmiyor. Teni yanacak. Kıyamadı. "Omuzların" dedi. "Omuzların yanacak." Karısı duymaz gibi baktı. "Deniz" dedi. "Ne güzel şey denizin olması." Denizin olmadığını düşündü. Bir boşluk uzandı maviliğin yerinde, insanlar bağrışmıyor, yüzenler çekildi. Ağaç yok. Dağlar eridi. Karısı haklıydı. Su hayattı. Eğitim Fakültesi'nin soğuk kantininde plastik bardakta çay içip birbirlerine ısındıkları günlerde, kasım yağmuru kantinin camını kesiyordu. Mevsimlerden söz etmişlerdi. En sevdikleri mevsim. En sevdikleri renk. En sevdikleri müzik. En sevdikleri gün. En sevdikleri yemek. Keşke bu kadar kolay olsa bir insanı tanıması. En sevdiği mevsim yoktu. Karısı, o zamanlar karısı değil, "hepsini severim" demişti. Hepsinin ayrı güzelliği vardı. Yaş gibi. Hiç ayırt etmeden yaşıyordu hayatı. Onu sevmeye işte o gün karar vermişti. Her geleni, her olanı böyle bir kabulle yaşayabilen birisi, sevilesiydi. Hiç şaşırmıyordu yolunu bu kız. Kendinden emin. Ne olsa kabullenmiş. Neden öğretmenim demiyor, burda ne aradığını hiç sormuyor, kim olacağım demiyor, neden yaşadığını sormuyor. Ne güzel tutunmuş. Sevilmeli böylesi. Belki onu da tutar yanında, bu hayatın içinde. Kurtarır. Kurtarır. Ama kararla, hesapla olmuyordu bir insanı sevmesi. Bunu bilemeyecek kadar gençti. Kasım yağmurunun iğnelediği camdaki yüzlerine bakmıştı. Yan yana yakışıyorlardı. Güzeldi gülümsemelerinin birbirine denk düşmesi. Hoşuna gitmişti. İkisi de öğretmen olacaktı. Hafta sonları sucuklu yumurta yer, gazete okurlardı. Parklarda yürüyüş. Bir insan sıcaklığı. Böyle geçiverirdi ömür. Bu kadarı insana yeterdi. O günden sonra geceleri buğday başağı saçlı bu kızı düşündü. Düşündükçe seviliyordu bir insan. Alışılıyordu. O zamanlar ondan tek istediği uzun saçlarını kesmemesiydi. Hâlâ ondan başka bir isteği yoktur. Kimseden yok.

Kadın uzun saçlarını ördü, tepesinde topladı. Ensesi terliyordu. Kocası şöyle bir üflese ensesini, nefesi içine girse. Bu güzelliğin ortasında bile kendini hissettiren bu ince keder, belki geçerdi. Kocası, o gün kantinde gülümsemeyi bile beceremeden oturan o delikanlı, kafasından nelerin geçip gittiği o gün de bilinemeyen o kumral oğlan, nasıl girmişti o gün içine. İşte böyle. Gülemiyor diye. Çay bardağını nasıl tutacağını bilemiyor diye. Söylediklerine bir cevap veremiyor diye. Masanın altında bacağı hep sallanıyor diye. Hiçbir erkeğe dokunmamışlık. Bir tedirginlik. Bir istek. Bilinmeyen bir dünyanın kendine çağıran sihri. Kapılar aralanıyor. Büyümek herkesin başında. İşte böyle yaklaşıyor birbirine yabancılar. Zorun zoruna. Türkçe öğretmenliğinde okuyormuş, dille ilgili bazı şeyler söylemişti. Hangi kelimelerin nerelerden geldiği hakkında. Demek ki dünyanın eskiliği yalnızca coğrafya ile anlaşılmıyordu. Türkçe öğretmeni ile coğrafya öğretmeni. İyi bir ikili olabileceklerine inandı. Birini sevmek ne kolaydı. İşte böyle bir basitlik. Küçük şeyler vardı. Bazı yetersiz anlar vardı. Herkese yeteceği düşünülen, herkesi kurtaracağı düşünülen, kucaklayabileceğine inanılan bazı kesik ayrıntılar. Sonunda kimseye yetmiyordu. Acıtıyordu azlığı.

Karısı terliyordu. Güneş beyaz tenine vuruyor, kıyamıyor. O güzel çukurun altında bazı noktalar var, beyazlığın lekeleri. Adına çil deniyor. Sonra memeleri başlıyor. Buraya başını koyunca sanki bütün çoraklık bitiyor. Dünyada bir memenin yumuşaklığından daha güzeli var mı? Yok. En azından bu bir kesinlik. Başka güzellikler de var. Memelerinin altında uzun düzlük bir vadi uzanıyor, ter en güzel buradan süzülüyor yamaçlara doğru. İstiyor. Şimdi kumsalda değil de Motel Rüya'nın nemli odasında olsalar. Karısı sandaletlerini çıkardı. Kumların ayaklarını yakmasına daldı. Etrafına bakıyor, denizi kokluyor. İyot bu güzelim bedeni yaladı geçti. Küçük ayakları yanacak. Kıyamıyor. Hiç kıyamıyor. İşte bir erkeğin bir kadını en kötü sevme biçimi. Kıyamamak. Acımak. Kibirli bir seviş. Elini alnından geçirdi. Kötü bir müzik başlamıştı. Bu ânın üzerinden geçiverdi. Pek şişman bir kızcağız yanlarından onlara bön bön baka baka geçti. Karısı gerçekten de güzeldi. Yokluğu görünce anlaması... Keşke daha fazlasını sevebilse. Verebilse. Kendini sunabilse. Açabilse. Çirkinlikleri görmeden de anlasa onun güzelliğini. Küçük bir ter damlası ensesinden kayıyordu karısının. Tam şu anda. Süzülüyordu. Ağlayacak gibi oldu.

Kadın elini ensesinden geçirdi. Sıcaktan şikâyet etmiyor, yüzenlere, çocuklara, adamlara, kadınlara, kumların ılıklığına, güneşin parlaklığına bakıyordu. Gökyüzüne baktı. Tek bulut yok. Bir iki martı bağırarak balıkçı teknelerine doğru gidiyor. Billur bir güzellik, sade bir kamaşma. Kocası "Burası iyi mi?" dedi. Gülümsedi, başını salladı. İyiydi. Kocası havluları çıkarmaya, yerleşmeye başladı. İyi bir koca olacak. Varsın suskun olsun. Evcimen. Mısırcı geçiyordu. Canı mısır çekti. Şöyle suyunu bile eme eme yemek, tuzlu tuzlu. Kocasına baktı. Kremleri çıkarmış. Sehpaya diziyordu. "Omuzların" dedi kocası. "Omuzların yanacak." Bu hayatta onu düşünen biri vardı. İçinden tarifi imkânsız tatlı bir hal yürüdü. Varlığı bütün varlıklara armağan olsun. Demek evlilik buydu. Birbirini düşünmek. Güneşten korumak. Kol kanat germek. İnsanın belki de en iyi yaptığı şey birisini sarabilmektir. Mutlu mutlu. Geceleri birlikte ısınmak. Kış gelince mısır patlatmak. Portakal soymak. Tüten çorbaya bakmak. O gün derste olanları akşam yemeğinde anlatmak. Önünden sivrisinekli bir nehrin geçtiği lojmanlarının krem rengi koltuklarına hafta sonları, gazetelerin manşetlerinin mürekkebinin geçtiğini görüp üzülmek. Bu. İşte bu. Bu kadar basit. Ne kadar güzel bir kesinlik, mükemmel bir incelik böylesi bir sadelik. Hayatın bu güzelliği yine de hep keder verici.

Karısına baktı. Havluları yaymasını beğeniyor muydu acaba? Çantanın dibinde çorabı gördü. Bir iğretilik oldu. Olmayan bir şeyler var. Bunlar onun beceremedikleri. Doğduğundan beri hep deniyor. İyi ağlayabildim mi? Annemi sıkı sarabildim mi? Babama yeterince kızabilen bir ergen olabildim mi? Üniversite öğrencisi olarak ne kadar farklı olmaya çalışmalıyım? Bu masada nasıl duracağım? Şimdi ne demem gerek? Acaba oluyor mu? Yeterince yaşayabiliyor muyum? Sevebiliyor muyum? Deniyor. Deniyor. Şimdi bir koca olmaya çalışıyor. Olacak mı? O bir koca. İki gece önce evlendi. Evlendi. Hep başka birisi olmak isterdi. Daha büyük birisi. Büyük işler yapmış. Havlu yaymaktan fazlası. Kansere çare. Ekonomiyi düzeltmiş. Mükemmel romanlar yazmış ve hiç ölmemiş. Keşke bulabilseydi neyi istediğini. Kim olacak o? Hiç kimse söylemeden bunu, yirmi yedi yaşına geldi. Ne olacak? Havlu yaymaktan, bir kumsalda durmaktan, bir kadını sevmeye çabalamaktan daha güzelini bulamadığından işte o kasım günü o kırık pencerede bu hayata karar verdi. Hayatını budadı. Defterine bunları yazdı. Şüphe ve tedirginlikten kıvrandığından daha ötelere gidememişti. Şair olmak isterdi. Ama ya şiir yazdığında yetersiz olduğunu görürse. Mısralarında bile bir güdüklük olursa. Çünkü o hep azdı. Hep noksan. Hep eksikli kalıyordu. Oysa bütün gönüllere giren işte odur zekimüren, olabilseydi, havlu yaymanın ötesinde ne vardı görebilirdi belki. Kimse nedense hiçbir şey demiyordu. Ne yapacağını söylemiyordu. Şiir yazabilseydi. Ama o Türkçe öğretmeni oldu. Dille ilişkisi budur. Karısıyla ilişkisi budur. Hayatla ilişkisi budur. Havlu durmadan kayıyor, kumlara bulanıyordu. Karısına baktı. Yeni evli, kocasına âşık bir coğrafya öğretmeni, gencecik bir kadın gördü. Burada, bu anda, bu insanların arasında, bu kavuran güneşin altında ne de mutlu bir yüz. Onu bu kadın seviyordu. Bu kadın onu çok seviyordu. Neden? Hiç anlayamıyordu. Kıyamadı. Karısının omuzları yanıyordu. İnsanlara baktı. Sahipsiz gibi ortada dolanan çocuklar, durmadan yiyen kadınlar, iki muhabbet çevirince hemen tereyağı gibi eriyen adamlar gördü. Her şeyin içinde sanki bir kendisi fazlaydı. Kahroldu.

Kocası suskun duruyordu. Havluları şezlonga atmış, bekliyor. İşte böyle yaşlanacaklar. Önce evliliğe alışacaklar. Hayat devir daim. Elinde kremle yanına geldi. Belki de çabuk alışılabiliyor. Omuzlarına krem sürdü. Yanmasın diye, onun canı yanmasın. Ne güzel onun bu kayan elleri. Avuçlarının içi, sıkılınca hep alnını sıvazlıyor, baka baka her şeyini ezberledi. Güneşe doğru bakarken yüzü kırışıyor herkes gibi, ona bir soru sorulduğunda önce dikiş izli bacağını arkaya atıyor, kısa bir es, bir düşünme payı. Ah bir adam daha ne kadar sevilebilir ki. Bu avuçların altında şimdi eriyebilir, kum gibi. Dalgalara karışabilir. Öyle benimsiyor onun bu beceriksiz sevişlerini. Çocuklar neşeyle bağrışıyor şimdi. Fotoğraflar çekiliyor. Hepsi donup kaldılar. Birinin şapkası kaybolmuş, annesi kızıyor. Başına güneş geçecek. Böyle böyle üzerine kapanıyor insanlık birbirinin, şefkat hep içimizde. Kremli eller de onu güneş yanıklarından işte böyle koruyor. Daha nasıl sevinse. Omuzları şimdi minnet dolu, gülümsüyor, kocasına doğru. Bu an dursa, dünyada başka bir şey olmasa, bir hiçlik olsa, bu yaşadığı ona yetecekti. O kadar iyi geldi.

Elinde kalan kremi ne yapacağını bilemedi. Demek fazla gelmişti. Galiba bu da olmadı. Şakaklarında terler belirdi. "Yüzelim mi?" dedi. Yüzelim. Birlikte yapılan bir etkinlik. Karı koca. Büyük bir ritim. Sağlı sollu bir uyum. Bunlar hep küçük sevinçler. Birlikte yüzecekler. El ele tutuştular. Yaşlı bir kadını kuma gömen bir başka kadının yanından yürüyüp geçtiler. Şemsiyeler yusyuvarlak, bedenler bütün. Karısı ikisinin ayaklarına yine baktı. Biri küçük öbürü büyük iki çift ayak işte yeryüzündeler. Ayakları birlikte ıslandı. İlerlediler. Herkes gülüyor. Denizde olup da yüzü gülmeyen pek yok. Hayatın bazen ne güzel kanunları var. Karısı ona dedi ki; "Bu birlikte ilk denize girmemiz." Sırasını yanlış söylemişti. Ama evet öyleydi. Bu, birlikte denize ilk girişleri. Şimdi bunun üzerine ne denmeli. Güzel bir şeyler bulup da söylemeyi isterdi. Karısının bu sevinci hatırına. Bulamadı. Avcunun içini alnından geçirdi. Ve böylece ona dünyanın en güzel şeyini demiş oldu. İşte bir ilişkinin tarihi. İlkler tarihi. Bozgun hiç olmasın. Mevsimin ilk denizi. Soğuk geldi. Karısı ürperdi. Su dizlerine gelmişti. En zoru soğuğun beline gelmesi. Hep buradan üşütür insanı. "En iyisi bir çırpıda dalmak" dedi. İkisi de denizli memleketlerde büyümüş çocuklar. Neyse ki. Suyu seviyorlar. Ne güzel bir ortak nokta. Daha iyisi düşünülemezdi. İçine dalıverdiler.

Kadının gözleri açıktı. Bu ânı görsün. Bu ânı görsün. Bu ânı görsün istedi. Gözleri tuzla yandı. Ne güzeldi hatırlayacak şeylerin böyle birikmesi.

Adamın gözleri kapalıydı. Açıp da olanları görmesi gerektiğini hatırına getiremedi. Nefessiz çıktılar. Nefes nefese sanki yine sevişmişler gibi, bedenler iç içe. Tuzlu. Denizin içinde. Kocasının kirpiklerinden sular damlıyordu. Karısının ıslak saçlarında altın hareler parıldıyordu, buğday başaklarına sanki bir yağmur yağmış. Belki de yapabilirdi. İşte böyle bir yaşamak, sadelikler içinde, bir kadının büyük sevgisi hatırına. Onun uğruna. Belki yapabilirdi. Belki bir oğulları olur. Sahiden. Çorabın kısmetlerine düşmesi boşuna değil. Ne güzel bir sevinç şu deniz. Olur mu olur. Yeter. Yeter bu kadarı.

Kadın gülümsüyordu. Tek yapabildiği bu. Başka bir şey yok. Yüzüyor. Ayakları dalıp çıkıyor. Uzaklaşıyor. Bir deniz kızı o şimdi. Adam peşinden yüzdü. Sessiz bir deniz kızının. Yüzdüler. Yüzdüler. İnsanlar uzakta. Kıyı uzakta. Balıkçı tekneleri demir atmış, içinde keyif yapılmakta. Yüzdüler. Yüzdüler. Ne güzel suyun içindeki bu sakinlik. Sesler geride. Sesler kıyıda. Sesler uzakta. İşte şimdi mutlak bir sessizlik. Bir kadınla bir adam. Yeni evlendiler. İki gece önce. Denizin onları sarması, topraktan uzak tutması, bulutla kendi arasına böyle bir hürlük içinde hapsetmesi. Karısı suyun içinde taklalar atabilen biri. Sarımsı saçları peşinden geliyor. Ne maharetli bir deniz kızı. O, bu kızın kocası. Çok kolay olmasa da yaşamak belki sandığı kadar zor değil. Çok gençler. Çok genç evlendiler. Suya bırakıyor adam kendini. Kıyının gerisinde kayalıklar uzanıyor. Yamaçlar gerilere serpilmiş. Uzaklarda bir keskinlik var. Orman başlamış, gökyüzüne saplanmış. Karşılar işte böyle muntazam. Nefis bir intizam. Sıralı.

İşte tam şu an ikisi belki de birlikte ölebilir. Böyle bir an içinde. Ömürlerinin en güzel zamanı. Bu kadar bütün hiç olmamışlardı.

Sessizliği yaran çığlık gibi bir ses, bacaklarının arasından hızla geçen bir üfleyiş, balıkçıların onlara doğru canhıraş seslenmesi. Bir anda değişiveren koskoca bir resim. An bölündü. Zaman yırtıldı. Şimdi kıyıda küçük kafalar, telaşlı yüzler, can havliyle kıyıya yüzmeler. Sirenler. Birilerinin sesleri. Sirenler. Bir kaçış görüyorlar. Bir korku var uzaklarda. Bacaklarının arasında ikisinin de deniz çekiliyor, çekiliyor. Denizin yüzeyi kıpırtısız, altından bir üfleyiş geçiyor, ürkütücü bir iç çekiş. Adam seviniyor. İşte şimdi tam sırası. Ölüm gelmiş. Hoş geldin demek istiyor. Kadının omuzları kıyıya dönük o hep yaşamak istiyor. Telaşlı. Korkuyor. Adama bir sakinlik gelmiş. Kendini bırakacak. Kadın kocasının elini tutuyor. Çekiyor. Deniz mi güçlü? Bu küçük kadın mı? Adam kendini bırakacak. Onları çağırıyor deniz. Hadi şimdi birlikte gitsinler. Onun içine çekilsinler. Yüzünde huzur dolu bir gülümseme. Karısının yüzü kıyıda, önü yaşama dönük. Korkuyor kadın. Teselli bulmuyor. Kabullenmiş değil. Adamı çekiyor. Döndürüyor. Şimdi ikisinin de omuzları kıyıya dönük, bacaklarını deniz istiyor. Çağırıyor hep. Gel diyor. İçime gel diyor. Bir güç var. Karşı koyması ne güç. Onları çekiyor. Çekiyor. Korku işte bu. Adam bir şeye bırakacak kendini. Çok kısacık bir an. Bir es. Karısına bırakıyor. Yaşayacaklar. Yüzüyorlar. Yüzüyorlar. Kulaçlar hep aynı uyumda. Sağ sol. Sağ sol. Aynı anda. Aralarındaki ritim. Aralarında toparlanmış bu büyük korku. Can korkusu. Şimdi adama da geldi yerleşti. Sıkı sıkı tutundular göğüslerinin içinde atıp duran bir topa. Yapabilirler. Yaşayabilirler.

Denizin dibi karanlık. Korkuyorlar. Yaklaşıyorlar. Sahil güvenliğin botu denizden insanları tek tek topluyor. Şaşırıyorlar. Deniz gülüyor. Güneş kavuruyor. Yüzüyorlar. Hadi biraz derman. Biraz daha zaman. Yaklaştılar. Denizin şakası geçti. Geride kaldı. Orada içini içli içli çekiyor. Üzülüyor.

Kıyıya işte bu uyumla vardılar. Soluk soluğa. Sol kol, sağ kol. Kulaçlar hep aynı sırada. Nefes nefese. Soluk ağızlarından fırlayıp düşecek. Çöküp oturdular. Kıyıdakiler soruyor. "İyi misiniz?" İyiler mi? Nefes alıyorlar. Nefes alıyorlar. Canları içlerinde. Kıyıdakiler korkmuş. İnsanlık bir konu etrafında toplanmış. Üzülmüş. Uzakta birini gösteriyorlar. "Biri orada kaldı" diyorlar. "İşte orada" diyorlar. "Deniz çekti" diyorlar.

Kimi çekti? Kimi? Karısını mı? Karısı mı? Adam arkaya bakacak gibi oluyor. Kadın diyor ki nefes nefese, "önüne... önüne... önüne bak."

O gün, orada toprağın üzerinde, yamaçların ardında ormanlar uzanıyor.

Sepet

Bakışım, bütün gün
Dalıp kalmıştı hayatımın gözlerine
Furuğ Ferruhzad

Ayakları kumun içindeydi. Biraz oynatıp çukuru derinleştirdi. Deniz yuvarlanıp geldi. Yuvarlak bileklerinin kenarlarını oydu. Ayağını kaldırdı. Deniz usanmadan gidip geliyor, ayaklarından geriye kalan çukuru doldurup onun bu âlemde bıraktığı izini bir çırpıda siliyordu. Bunun durmadan tekrarlanabilmesine insan şaşmalıydı. Ama şaşırmayı hep unutuyor, başka kenar ve köşelere dalıp pek çabuk aldanıyordu. Ayaklarını tekrar kuma gömüp, tepesinden boncuk boncuk görünen toparlak parmaklarına baktı. Pek çirkinlerdi, kırmızı ojeyle boyandıklarından, olduklarından daha içli. Olamamış başka şeylerine doğru uzun uzun baktı. Derin bir nefes aldı, ter şakaklarından indi. Sıcak, insanlığı boydan boya kuşatıyor, kimilerini işte böyle hazırlıksız, nefessiz yakalıyordu. Can sıkıntısı, ojeli, kumlu, tombik ayaklarınının üzerinden, uyanır gibi kalktı, annesinin güneşlik altında fosur fosur uyuyuşuna doğru sersem sepelek yürüdü, gitti. Orda durup bekledi. Hışımla önüne döndü. Derin bir iç çekti, işte gidebildiğinin tümü buydu. Anasına ahlandıkça yine onun yamacına varıp ağlayan çocuklar gibiydi, hep meme bekliyordu, ne yapamasa onu dişlemek istiyordu, hem de bu sıcakta. Dudaklarının üzerindeki ter boncuklarını sildi. Denize baktı. Herkes iyiydi. Kimileri gülümsüyordu. Kimileri duruyordu. Kimisi "Bana bak" diyordu. Komiklere "hey" deniyordu, onlardan poz isteniyordu, yüzemeyenlere gülünüyordu. Keyif, bütün fotoğraflara girebilen azman, tuzlu bir oğlan gibiydi, herkese terli terli yetiyordu. Çocuklar bağrıştılar, gençler eğlendiler, yaşlılar uyudular. Kenarı nemden kıvrılmış eski bir fotoğraf gibiydi gün. Güneş, altındaki insanlığı yakıp kavururken, bazı huzursuz şeyler, bazı netameli anılar kimilerinin gönlünü içeri doğru büzüyordu. Yaz, bu gibilere iyi gelmiyordu.

Berrak gökyüzünden bir iki martı sessizce geçti. Sıcak, çatıları eriterek yüzlerden kaydı. Çocukların şişme ördeklerinden, can simitlerinden, kolluklarından ince bir ter gelip herkesi bunalttı, oynak yelpazeler bile buna derman olamadılar. Bakmalara doyamıyordu. Kadını, erkeği, çocuğu, yaşlıyı seyirden şu kadarcık usanmıyordu. Kimilerinin payına işte bu düşüyordu, kana kana içer gibi bir seyir. Yerinden pek zor kalktı. Arkasından seslenildiğini duydu. Denizi taşırmasından bu yaz da endişe ediliyordu. Bu yaz da ona gülünüyordu. Yutkundu. Acıkmıştı. Kumda pek kocaman bir oyuk açmış ıslak poposunun üzerine yapışmış kumlar o yürüdükçe yürüdüler. Beyaz sinesinden aşağı, boncuk olmuş terler yuvarlandılar. Elinin tersini dudaklarıyla burnu arasından geçirdi. Sıcaktı. Onun gibiler için fazlasıyla sıcak. Genç bir kadınla adam yanından geçtiler. Balayındalar, dedi. Belli. Kadın adamı yanar gibi seviyor, adam kadını onun gibi sevemiyor diye yanıyordu. İkisine de üzüldü. Annesinin yanına geldi. Bir zamanlar iki buçuk çocuk emzirmiş iki koca memenin biri batıya biri doğuya doğru dönmüş, annesi nefes aldıkça inip kalkıyordu. Eğilip yüzüne baktı. Pek derin uyuyordu. "Şimdi" dedi, "bu sesler ona ninni gibi geliyordur." Kıyamadı. İçinden annesine doğru kış salebi gibi tarçınlı bir sıcaklık yürüdü. Bütün sevilmemişliğini unuttu. Onu affetti. Her şey güzelleşti. Geçmişini denizin suları bir akıntıyla çekip almış, yerine bomboş bir levha bırakmıştı. Ne istersen yaz üzerine şimdi! Çocukluğunun pek mutlu geçtiğini, babasını tanıdığını, yazları ona yüzme bile öğrettiğini, denizde batmadan duramadıkça kızmadığını, babasının hiç ölmediğini, ölümün hiç olmadığını, annesinin biriciği olduğunu, ailenin en akıllısı olduğunu, bayramda en çok sevilenin hep kendisi olduğunu görüyordu. En temiz elbiseler, hep kendisindeydi şimdi. Üst komşu Nejla Teyze'nin hamile gelini Elif'e aş erdi diye pişirilmiş zeytinli poğaçalar onun önüne konuyordu. Ona hiç yeme değil de hep ye, ye deniyordu. Her yere çağrılı olduğunu, hiçbir yerden bırakılmadığını, hiç bir yerde unutulmadığını yazıyordu. Onu kedilerin, cennetteki köpek kıtmirlerin, amcaların, dayıların, kardeşlerin, teyze ve halaların ama en çok da annesinin çok sevdiğini, hep çok ama çok, her şeyden çok sevildiğini, ona bu dünyaya geldiği için hoş geldin, çok hoş geldin, hep hoş geldin dendiğini bu sayfaya bir bir dedi. Kar yağınca düşmediğini, hep dik yürüdüğünü, havaların hiç çok sıcak gitmediğini, bıyıklarının terlemediğini bu tertemiz sayfaya bir bir yazdı. Bol yıldızlı pekiyiler aldı. Etrafına bakındı. Güneş kinayeli gülüyor, adına gerçek denen sayfalar terli terli dönüyordu. Çocuklar bağrışıyor, yavrusundan usanmış anneler onlarla ilgilenmiyor, babalar şu hayatta hiç baba olmamış gibi avare dolanıyor, sıcak herkesi yavaşlatıyor, garsonlar deftere bir bira ile patatesi fazladan yazmanın tilkiliğiyle bakıyordu. Bütün olan biteni bir süre daha şaşkınlıkla seyretti. Bir yaşlı kadın bacaklarını kuma gömerken eğlenenlere bakıyor, belli ki bazı kanunlara gizli gizli öfkeleniyordu. Az önceki adamla kadın yerlerine yerleşiyor, kadın ayaklarının altından kumların kaymasını bir vecd ile yaşıyor, kocası onu anlamıyordu. Annesine duyduğu bir anlık kamaşmayı, kompozisyon kâğıdı gibi buruşmuş yalandan geçmişini bir çırpıda unuttu. Yine öyle oluyordu, yine bir şeyler içine doğru kıvrılıyordu ki; bir güzelliğin tatlı pırıltısı, onun gözlerine vurdu, yüreğini yaktı kavurdu. İşte bu kör dünyanın içinde kimileri vardı ki... Onlar ki bu âlemin ışığı, bir güzel yüzlü meleğin en tatlı iziydiler. Sanki çirkine çirkinliğini duysun diye gönderilmişler. Hiç sevilmemiş yürekleri tenlerinin pırıltısıyla bilmeden kora onlar çevirmişler. İşte böyleleri de vardı. Böyleleri de gelmişti. İşte bu tuhaf yerin içinde böylesi güzel genç kızlar da vardı. Onlar bikinigiyengiller, onlar uzun saçlarını savurabilenler, onlar karnı şişmeyen, poposu büyümeyen, karnı acıkmayangillerdi. Dünyaya böyle de gelinebiliyordu. Böyle de olunabiliyordu. Şu hayatta bir vazo gibi devrilmekten korkarak, ipince de yaşanabiliyordu. Onların küçük popolarına nedense kumlar bile yapışmıyordu. Dünya onların önünde hiç incitmeden uzanıyor, narin bileklerinin önünde sereserpe yatıyordu. Onların başına felaketler hiç gelmiyor, kuytu yüreklerini sebepsiz kederler boğmuyordu. Onlar kötülüğe değmeden, dirhem değişmeden, gram bozulmadan, hiç kırılmadan yaşayıp gidiyordu. Hayatta işte böylesi şanslar da vardı. İşte bu güzelim dünyaya kabahat işlemiş gibi gelip suçlu suçlu durmayanlar da vardı. Çok seviliyorlardı. Hep seviliyorlardı. İçleri ferah, neşeleri sağlamdı böylelerinin. Ne yapacağını bilirler, yolunu şaşırmazlar. Şu dünyada zayıflar vardı yahu. Zayıflık vardı. Nefaseti eksik olanlar vardı. Karşıya bakarak yürüyenler vardı. Emelleri olanlar vardı. Üzüldü. Onda bunlardan eser yoktu.

Annesinin pansiyondan kumsala inene kadar, fırının, bakkalın, manavın önünde dura dura doldurduğu ve tabii ki ona taşıttığı sepetin önüne oturdu. Açtı. Eşelemeye başladı. Maalesef bu ayna gibi dünyada buğulu lezzetleriyle nefasetini dindiremeyen çaresizler de vardı. Ne olacağını bilememişler de vardı. Yol nerden ilerler haberi olmayanlar da vardı. Dermansız düştükçe çareyi nimette arayanlar da vardı.

Annesinin dudaklarının kenarından ince bir su yol olup süzüldü. Güneşin altında kuruyup yerinde beyaz bir iz bırakıverdi. Mısırcı bağıra bağıra geçti, kumların üzerinde bir ince yol unutuverdi. Kuşları peşinden sürükledi. Balayındaki kadın gözlerini kapamış belli ki kumsaldaki boğuk sesleri dinliyor, balayındaki adam buraya neden geldiklerini sorar gibi dikiliyordu. Bunu da görüp üzüldü. Ama patatesli böreği midesine bir çırpıda indiriverince biraz olsun gönlü ferahladı. Kızları mızları, adamla kadını unuttu. Elinin tersini bıyıklarından geçirdi. Annesinin karşısına kıvrılıp yattı. Güneş sırtına sırtına vuruyor, onu inleteceği saatleri düşünüp gökyüzünde kıhkıh gülüyordu. Sesler dalga gibi kabarıp indiler, kulaklarından içine vurup vurup çekildiler. Tatlı bir kamaşma ve pıhtılı bir mayışmaya doğru kayabilirdi şimdi. Karnı tok, sırtı pekti. Bu anı da atlatmıştı, şükür. Derin uykulara daldı gitti. Kumların arasında kırmızı bir bikini uzanmış yatıyor, "gel beni giy" diyor, kendini tatlı tatlı sunuyordu. Yutkundu. Eğildi baktı. Sahiden de onu çağırıyordu. Bıyıklarındaki terleri elinin tersiyle sildi. Pek korkuyordu. "Olmaz," dedi, "olamaz, ben yüzme bilmiyorum. Batarım."

Ağzının açık olduğunu fark ederek uyandı. Bu uyanmaların en beteridir. Ağzı kavrulmuş, koca bedeni bir dirhem su diye çırpınıp durmuştu. Ağır ağır kalktı. Sıcak insanlığı boğuyor, bir ferahlığa hasret bırakıyordu. Şapkasını başına şöylece bir geçirdi. Kana kana su içti, rahatladı. Sahil güvenlik ciyak ciyak bağırıyor, şişme yataklıyı kıyıya çağırıyordu. Mahmurluğundan gözlerini bile açamadı. Şişman gelmeyi seçmiş tuhaf kızının güneşin altında sereserpe yattığını gördü. Mayosunun bir kenarı poposunun arasına doğru kıvrılmış, güneşin altında kuruyup pul pul dökülen kumlar koca kabasını açıkta bırakmıştı. Uzun uzun baktı. "Böylesini doğurmayı Rabbim ben nasıl becerdim?" Çirkinliğin soydan soya aktığını bilmiyor, kendi tuhaflıklarını bu kocaman kıza geçirdiğini göremiyordu. Tarifsiz bir çığlık, nedense hep böylelerini buluyordu, anadan kıza kendini hiç usanmadan geçiriyordu. Dudaklarıyla burnunun arasını, elinin tersiyle sildi. Kime benzemiş bu kız bilemiyordu. Şişme yataklı dönmüyor, sahil güvenliği gücendiriyordu. "Kimileri de öleyim diye uğraşıyor" dedi. İşte bu konuda haklıydı. Sepeti önüne doğru çekeledi. Baktı ki içi eşelenmiş, içinden patatesli börekler çoktan yürütülmüş. Kızına bir düşman gibi baktı, parasını çalmış bir hırsıza bakar gibi, bölüğünü bırakıp da gitmiş bir hain ere kızar gibi, güvenini boşa çalmış bir yalancı kocaya gönül koyar gibi baktı. Zayıflayamayacaktı bu çocuk. İstediği gibi olamayacaktı bu marazlı evlat. Sepeti kucağına aldı, içinde ne kaldıysa bir güzel yedi. Bu şanssızlık nasıl oluyor bilemiyor, kaderine üzülüyordu. Sahil güvenlik bağırıyor, "kıyıdan uzaklaşmayın" diyordu. Denizdekilere baktı. Kimi kafalar balıkçı teknelerinin dibine doğru yüzüyor, şişme yataklılar uzaklara doğru gidiyordu.

Kızının geniş bir satha yayılmış sırtı ve omuzları, bıyır bıyır yanıyor, kendini kumsala sunuvermiş acınası poposu insanları kendine güldürüyordu. Kalktı, üzerine bir havlu örttü, şemsiyeyi ona doğru ittirdi. Yan taraftan bir kadının yaşlı ve tevekkül içeren sesini duydu;

— Evlat değil mi? Hiç kıyılamıyor.

Yaşlı kadına şaşkınlıkla baktı. Yarı beline kadar kuma gömülmüş bu kadının gözleri göründüğünden büyüktü. Demek burda da izleniyordu. Ağzına attığı her lokmadan, attığı her adımdan burda da mesuldü.

— Öyle, dedi.

Yaşlı kadında kimi nasıl tavlayabileceğinin bilgeliği, yaşamak tecrübesi vardı. Elindeki taze cevizleri anneye sundu, bacaklarındaki kumlarla bir yandan oynarken ve havanın sıcağından âdet olduğu üzere şikâyet ederken. Anne sevindi. Hemen kalkıp aldı.

— Buyur otur, dedi, yaşlı kadın. "Zaten beni unuttular burda. Otur da laflayalım." Anne plastik bardaktaki gazoza, taze cevizlere baktı. Sırtını kızına vererek çarçabuk oturdu. Taze beyaz cevizleri soydu soydu yedi. Gazozdan koydu koydu içti. Ceviz ağzında buruk bir tat bırakınca, "Daha olmamış bunlar" dedi. Kadın "E cevizin daha zamanı mı, ama torun bahçedekileri bir güzel indirmiş" dedi. İşte şimdi yeri gelmişti, "Eviniz mi var burda?" dedi. Doksansekizden beri burdaydılar, eşiyle gelmişlerdi, siyatiği vardı, çok çekmişti, havası iyi gelir demişlerdi, gelmişlerdi. "İyi etmişiniz, iyi etmişiniz. Emeklilik böyle yerlerde güzel. Tam keyif!" Yaşlı kadın gülümsedi, Aslında bütün bu keyifli güzellikler gençlere, torunlara, kıymet bilmeyenlere yarıyordu. Babaanneleri kuma gömüp gömüp denize koşuyorlardı, bir çift sohbete hasret bırakıyorlardı. Sahil güvenlik yine ciyakladı. "Şişme yataklı!!! Şişme yataklı!!" "Her sene birileri illâ ölür bu denizde" dedi yarısına kadar kuma gömülmüş yaşlı kadın. Her gün bakkala giderim der gibi, bugün biraz keyifsizim der gibi, cevizler çiçeğe durmuş der gibi söylemişti. Annenin ağzındaki ham cevizler büyüdükçe büyüdü. Yutamayacak gibi oldu. İçinden "tövbe yarabbi" dedi. Kocasıyla bir küçük yavrusunu gömmüş bir kadına söylemeyin canım böyle şeyler. Bu yaşlılarda ölümün sıradanlığı vardı, başka bir şey değil. Bütün bütün toprağa gömülmeye sanki bir alışkanlıkları, bitmeyen bir sevdaları vardı. Çirkin evlat doğurmuş olmanın sıkıntısını bile geçirdi, varlıkların bu acı yazgısı. Gelecek herkesin başında keskin keskin salınıyordu, böyle neşeli yaz günlerinde beşeriyet nefaset ile doyarken. Işıklar parlak, resimler canlıyken. Döndü kızına baktı, sakin sakin uyuyordu. Ağzındakini yutup üstüne bir bardak su içti. Anlatmaya başladı. Yedikçe açıldı, yedikçe anlattı, açılıp anlattıkça rahatladı.

Yirmisinde evlendiğini, okulu yarım bıraktığını, gelinliğinin daracık belini, üç çocuk doğurduğunu ama ortancanın yaşamadığını, dünyanın en güzel çocuğunun işte o ölen melek olduğunu, ama meleklerin yaşamadığını, sonra bu kızının geldiğini, doğurdukça kalınlaştığını, kocasının öldüğünü, o ölünce kayınvalidesinden gördüğü kötülükleri, nasıl yalnız kaldığını ama evlilik defterini kapatıp kaldırıverdiğini, çocuklarının olduğunu, çocuklarından başka bir şeyinin olmadığını, büyüğünün okuduğunu, ortancanın yaşamadan öldüğünü, büyüğünün boylu poslu güzeller güzeli olduğunu, kısmetinin bol, şansının çok olduğunu, buncağızın ise okumayı da yaşamayı da beceremediğini, az biraz marazlı doğduğunu, ikisinin de yalnız ömürlerinin birbirine işte böylece teğellendiğini anlatıp işte hayatını bitiriverdi. Bu kadardı. Yabancıların önünde kırpılıp budanınca işte bu kadar kalıyordu. Gizledikleri azdı ama büyüktü. Ölen meleğinden sonra bunu Allah biliyor ya hiç istemediğini, ötekinin acısıyla kavrulduğundan bunu sevecek mecali olmadığını daha o zamandan bildiğini, düşsün diye neler yaptığını, kürtaja yatıp da yapamadan eve döndüğünü söyleyemedi. Çocukluklarından beri tavuğun lezzetli butlarını hep büyüğe ayırdığını, ama kiloları yine de bunun alıp alıp şiştiğini, büyük yavrusuna hiç kızmadığını, cezalandırdığının hep bu olduğunu çünkü o melek yaşamadan ölmüşken bunun olanca hantallığıyla dünyada ne yapacağını bilemeden kalakalmasına şaştığını, kızdığını, tabii ki diyemedi. Bunlar bazı acı gerçekler, bunlar gizlenen anılardı. Bunlar konuşulmayan suçluluklar, uzun sessizliklerdi, hele yabancılardan itinayla gizlenir, böyle uzun yaz günleri. Derin bir iç çekti, bu dünyadaki en zor şeyin kadınlık olduğunu söylerken, şişme yataklılara, cıbıl cıbıl cıbıldayanlara, sıcaktan pişenlere, saçlarını şöyle havalı havalı omzundan savuran güzel kızlara gamlı gamlı bakınırsa tabii ki ona hak verilecekti. Kadınlık zor şeydi, bilenler bilir, kabul görmek için bu hep kadınların dertlisine denir. İşte yıllardır yabancılara hep aynı rolü oynamasının sebebi buydu. Mademki izleniyor, mademki yaptığı, söylediği, kimsenin gözünden kaçmıyor, anlat ki evladını bağrına basamadığını kimseler fark edip de yüzüne demeye cesaret edemesin. Uydur bir hikâye, anlat gitsin! Zaten hayat hikâyesi dedikleri, işte böyle sıradan bir şeydi. Belli başlı yerleri alt alta sırala, işte herkes masum, herkes iyi kalpli, herkes mağdur, işte sen de kaderin yüzüne gülmediklerindensin. Artık başkasının şeftalisini yalana yalana yemeye onun da hakkı vardı. Güneşten ılımış şeftaliyi alıp bir güzel şapırdattı. Yedikçe doymadı, yedikçe eksildi. Kim der artık ona, bu çirkin ördeğini yirmi bir yıldır sevemediğini, iyi bir anne o, iyi bir anne o. Bak kızıyla tatillere bile geldi.

"Nerde kalıyorsunuz" dedi yaşlı kadın. Yakamoz Pansiyon'da kalıyorlarmış. Her yaz başka yerlere gidiyorlarmış, denizi çok seviyormuş kızı. Yüzemiyormuş ama denize doğru bakınmak iyi geliyormuş. Sıkışmış yüreğini açıyormuş. Arada yabancılara böyle içli laflar etmek gerek, bayılıyorlar. İstanbul'a döndüklerinde daha bir süre gidiyormuş iyiliği. Sonrası gene yavaş yavaş sessizlik. Kızı oturup bakınmayı severmiş, herkese hep bakarmış, cam kenarına oturur bakınırmış, parka gider bakınırmış, çarşıya çıkarlarmış o bakınırmış, deniz kenarına inerler o bakınırmış ama gördüklerini kendisi pek yapamazmış. Yüzemezmiş. Pek yürümezmiş. Çocukken koştuğunu bilmezmiş. Pek konuşmazmış. Merakları yokmuş. Ne olacağını bilemediği için hangi okula gideceğini de bilememiş. Doktorluk, mühendislik, şarkı söylemek, bina yapmak, bir harf öğretmek, nedense hiçbiri onun gözünde yokmuş. Olmamış. Tam buraya geldiğinde gülümsedi. Öyle icap ediyordu, devam etti. Tek arzusu oje sürmekmiş. Kırmızı ojeleri seviyormuş. Bir de tabii yemek yemek.

"Asıl melek bu, kızım," dedi yaşlı kadın. Bir kimseye kötülüğü olmamış, dünyadan alacaklı değil.

Biliyordu. Öyleydi. Ama yapamıyordu. Çünkü kocası, bu doğduktan sonra kalp krizi geçirip gidivermişti. Bu doğduktan sonra kocasından kalan maaşa talim etmiş, bu doğduktan sonra soğuk bir döşekte yapayalnız şişmanlayıp kırışmıştı. Kocası bunu görmeseydi kalpten gider miydi? Gitmezdi. Sonrasında kocasının ailesiyle didişip gençliği böyle böyle eksilir miydi? Eksilmezdi. Dünyada buna ne gerek vardı Yarabbi? Güzeller, akıllılar, ne yana gideceğini bilenler, sevilmeye değer yavrular varken, nasibine neden bu sepet düşmüştü?

Gülümsedi. Yine uzaklara gamlı gamlı bakındı. Dudaklarıyla burnu arasında birikmiş terleri elinin tersiyle iyi bir ev kadını gibi sildi. "Nasip..." dedi.

"Zor kızım zor..." dedi yaşlı kadın. Annenin gözlerinde birini kandırmanın tuhaf mutluluğu, masumu oynamadaki maharetin verdiği haz, şöyle bir görünür gibi olup terle birlikte çarçabuk kayboldu. Boynunu büktü. Yaşlı kadın devam etti, "hele ki dulluk... Çok zor." İşte anne böylece kabul gördüğünü anladı. Tamam. Olmuştu. Rahatladı. Derin bir nefes aldı. Elinin tersini dudaklarının üzerinden yine geçirdi. Şişmanlıktan bitiştiremediği bacaklarını kısa parmaklarıyla sıvazladı. Çoktan çürümüş bir kocanın alyansının şişirdiği parmak, yeterince dul görünebilmişti şimdi.

Şimdi her şey olağandı. Hava çok sıcaktı. Görüneni nemle sıvayacak kadar becerikli bir ıslaklık, ağır ve alışılmamış bir sıcaklık kumlardan yürüdü, çatılarda tüttü. Mısırcı hasır şapkasının altında yanıyor, esmer omuzlarından kavruk bir yılma geçiyordu. Çocuklar bağrıştı. Şapkalar gene kayıp, terliklerin tekini gene deniz alıp da götürmüştü. Acımasızlık her yerde, boğuk bir neşe herkesin dilindeydi. Yaşlı kadın artık istemeye hakkı olduğunu düşündü. Dert dinlemiş, aç doyurmuştu, bir insanın can sıkıntısını gidermişti. Az şey mi? Artık hakkı vardı. "Gel" dedi. "Gel beni iyice kuma göm. İyi geliyor sıcak sıcak." Anne şişman şişman kalktı, kadını boynuna kadar kuma gömmeye başladı. Sıcak kumlar yaşlı kadının sinesine doldu, memelerinden geçti. İyi geliyordu. Azmış siyatikler uslanıyordu. Yaşlı teyzenin bir tek kafası dışarıda kaldı. "İşte kızım, yaşlılık" dedi. "En zoru kadın olmak değil, yaşlı kadın olmak..." Tam birbirlerine minnetle gülümseyecekler, bir insan sıcağı aralarından yürüyecekti ki, bir keskin ses komik kumsalın ortasından boylu boyunca geçti. Sirenler bağrıştı. Bir tuhaflık geliyordu. Olmaması gereken kıpırdanmalar oluyordu. Bir şey oluyordu. Korku denizden yürüyor, kendine çekiyordu. "Çeken akıntı!! Çeken akıntı!!" diyorlardı. "Çıkın" diyorlardı. "Çabuk çıkın!!!" İnsanlık bu nemin içinde şaşkın kalakaldı bir an. Sonra ecel korkusuyla pek çabuk toparlandılar.

Annelikten yorgun kadınlar ile babalığını sirenle hatırlayan adamlar küçük çocuklarını denizden şıpın işi çektiler. Güzellikten saydamlaşmış genç kızların ifadesiz yüzlerine bile bir korku yürüdü. Delikanlılar soluk soluğa kıyıya doğru yüzdü. Omuzlarında gençliğin yaşama sevinci vardı, kaçtılar, kaçtılar. Herkes canını sımsıkı tutuyor, bir koşturmadır gidiyordu. Sirenler bağırıyor, tatilin sarı güneşine kara çalıyordu. Anne, yaşlı kadını gömmeyi bıraktı. Birbirlerine bir an kader ortağı gibi baktılar. Sonra yaşlı kadın ben demiştim, der gibi baktı, işte hepsi hayatın gerçeği. Böyle bir basitlik. Yüzünde korkunun ve kederin zerresi yoktu, silinmişti. Anne ayağa kalktı. Etrafına bakındı. Herkes kaçıyor, kaçanlar denize bakıyordu. "Orda" diyorlardı. "Orda kaldı" diyorlardı. Parmaklarıyla birini işaret ediyorlardı. "Eyvah" diyorlardı. Korkuyorlardı. Ecel teri kumsalın ortasından bıçak gibi geçiyordu.

Arkasını döndü. Kızının sırtını örttüğü havlunun ucu yerdeydi, kumlara değiyordu. Sepetleri orada duruyordu, kremleri, suları, bütün yaşadıkları. İşte öteberini oraya bırakıvermişsin. Sonra unutmuşsun. Geride bıraktığı çukur, ondan kalan boşluk. Bir yavaşlık bütün zihnini gelip kapladı. Sesler bozuldu. Hayat yavaşladı.

Hasır

Günün duvarları önünde dilsizdim
Joseph Brodsky

Ayağının ucuyla kumlarda büyükçe bir I harfi yapıp, uzun uzun baktı. İsminin baş harfi, sahiden de acınasıydı. Ne abartılı duyguların yapmacıklığını, ne coşku ve yükselişi ne de ulaşılmaz bilinmezlikle örülü çekici bir tuhaflığı tınlıyordu. Hiçbiri yoktu. Tamamen şekilsiz, sessiz ve renksiz bir varlık, yolun sonuna kadar dümdüz bir çubuk gibi gelmişti. Önünde uzanan denize, biçimlerin türlü uyumuna çoktan alışmış gözleriyle şöylece bir baktı. Birtakım hikâyeleri ve geçici anları, sonu olmayan bir durum sanarak hiç yorulmadan yaşayan birileri, onun bol ı içeren kımıltısız kalışını fark etmeden denizde oyalanıyordu. Yüzüyorlar ve nefes alıyorlardı. Gülüyorlardı. Bir soluk alıp suskunluğunu bitirmek ve etrafına akarak dağılmak istedi. Yapmadı. Kumların üstüne atıverdiği hasırına dümdüz bir I gibi yattı. Ellerini iki yanında bitiştirdi. Böyle iyiydi.

Artık görebildiği, tek tük bulutlu gökyüzü ve altından kayan martılardı. Başka bir şey yoktu şimdi. Başka bir şey yoktu. Üstüne serilmiş bir maviliğin altında kıpırtısız yatarken yükseldiğini hissediyordu. Göğüs boşluğundan martılara doğru bir hafiflik kabarıyordu. Denizin gelip gidişi, çocukların bağrışı, ahmaklıklar, sevgiler ve fedakârlıklar, kayıplar ve zorunluluklar, bütün bir gürültü, hepsi yeryüzünde kalmıştı. Çok uzaklarda kalmıştı. Gerilerde. Gözkapakları bir kum çuvalı gibi düştü. Alt dudağı üst dudağından sıyrılır gibi ayrıldı. Birer kalın ı'ya benzeyen ön dişleri güneşte parıldıyordu şimdi. Kendisinin olan her şey, neye benzediklerini bilmeden kumsalın ortasında öylece duruyordu. Onu gökyüzündeki bir martı görebilseydi, derdi ki, ne uzun bir yaşlı. Ne uzun ve ince bir yaşlı adam. Ne renksiz bir ten. Esmer desen değil, beyaz hiç değil. Martı bir şey demedi. Ama gri saçlarını bir rüzgâr yalayarak geçti. Sesler yalnızca sesler, uğuldayan bir rüzgâr gibi, çocukken annesinin kulağına geceleri bir şeyler fısıldaması gibi, bir sütün cezveden bardağa akması gibi sesler, bisikletinin boşa dönen tekerleği gibi sesler, pazar sabahları babasının çayını karıştırması gibi sesler, ayakkabısının çamura batması gibi sesler, bütün sesler ve ses olan her şey şimdi dönüyordu. Yalnızca dönüyordu. Her şey birbirinden ayrıldı ve o uykulara düştü.

Kumsaldaki hiç kimse onun bu düşüşünü fark etmedi. Mısırcı geçti. Çocuklar denizde çırpındı. İnsanlar birbirine baktı. Bazıları yüzdü. Deniz küçük kımıltılarla yaklaşıp uzaklaşıyor ve kumlar bitimsiz bir halı gibi serilmiş uzanıyordu. Üstünde koşanlar vardı. İçinde gülenler vardı. Bir canlılık vardı. Muntazam bir bütünün ortasından kayan sevinçli ve ince rüzgârlar, kimseyi başka bir yer arayışına itmeden, nedensizce sevindiriyordu. Kendisini benimsetiyordu. Havada süzülen martıların bile gecenin yıldızlarını aramadığı bu anda, gün yavaş yavaş ilerledi. Güneş tepeye kadar yürüdü.

Omzuna bir sinek konup kalktı. Yanda bitişmiş ellerinin üzerine doğru azman bir kum karıncası aceleyle yaklaşıyordu. Sonra nedense vazgeçip döndü. Her şey her zamanki gibiydi. Her şey bir gün içinde hep olacağı kadardı şimdi. Genişlemek ve serpilmek. Uzanmak. Zamanın, kendisini vazgeçilmez bir varlık olarak herkesin üzerine bastırdığı bu anın içinde bile, bir şey koşuyordu. Bir şey soluk soluğa, tüketerek, bitirerek, emerek ilerliyordu. Onu hırpalıyordu. Biliyordu. Hepsini biliyordu. Emekliliğinin, işe gidip gelmekle erimiş günlerin, neşesizliğin, ne yapacağını bilemeyişinin ve bu yüzden durmasının... Beklemenin. Dikilmenin. Biliyordu. Uyurken bile farkındaydı. Bir şey olacaktı. Yolun üzerindeki bir büyük kesinti. Uzun ve düzgün soluklar arasında birdenbire başlayıverecek nefes nefese bir yaşantı. Bir büyük yarık. Yolda bir aralık. Ayrılık. Acı. Kesif bir koku. Bütün bunlar bir anda olabilirdi. Olacaktı. Bir şey olacaktı. Bir şey gerçekleşecekti. Tehlikeli ve beklenmedik bir şey. Uzun ve düpedüzgün sabahlarda, ılık akşamlarda, insanlar gülerken, bir yılbaşına sevinirken, bir hindi afiyetle yenirken, karlar inerken, gün akşama dönerken ya da başka bir umulmadık zamanda, birdenbire oluverecek bir şeyin yoran beklentisi, tedirginliği. Onu korkutmuştu. Hep yormuştu. Soldurmuştu. Hâlâ korkuyordu. Ne olduğunu bilmediği ve ne zaman olacağını kestiremediği bir şeyi bekleme hissinden, o uzun ve korkunç biteviye bekleyişten bir türlü cayamıyordu. Hepsinin farkındaydı. Oysa çocukken, o pürüzsüz günlerde cümleler arasında bile kayan bir uyum vardı. İçinde bir müzik barınırdı. Babasıyla annesinin konuşmalarını bir müzikmiş gibi dinlerdi. Misketler bir müzikle yuvarlanıyor, etli patates tenceresi bir müzikle kaynıyordu. Okul yolunda bir ezgi vardı. Sıralarda oturan bıkkın çocuklar soluklarını bir müzikle alıp veriyordu. Tebeşir bir müzikle kayıyordu. Yağmurların şemsiyeye vurduğu tıpırtı, müzikten başka bir şey değildi. Arabalar müzikle geçiyordu. Kadınlar müzikle gülüyordu. Ağaçların fışırdaması, bir tekmenin vurduğu top, oğlanların hırçın küfürleri, rüzgârın oluklardan esmesi, denizin dalgası, hepsinde mükemmel bir ezgi duyuyor, rahatlıyordu. Büyüdüğünde, bu müziğin ortasından yürüyen, aralarda, yalnızca aralarda vuran bir davul tokmağı olacağını hayal etmişti. Önemli biri olacağına dair bir inanç, bir cam kesiğinin verdiği acı gibi kendisini hep hissettirmişti. Sonra bu inanç zamanla karardı. Ucu kıvrıldı. Çünkü böyle ilerlemiyordu. Yumurtalar haşlanıyor. Yumurtalar omlet yapılıyor. Yumurtalar tavaya kırılıyordu. Bu kadar. Başka bir şey yoktu. Ve biliyordu ki istenmeyen bir fırtına birdenbire belirecekti. İşte böyle böyle sindi. Korku, tedirginlik ve şüphe, onu kollarından işte böylece tuttu. Bırakmadı. Okullara girip çıktıkça, askerliği yapıp bir masada oturup kalınca müzikleri duymaz oldu. Ağaçlar esmiyor, artık rüzgâr uğuldamıyordu. Kuşlar cıvıldamıyor, kadınlar şakımıyordu. Ayak sesleri kesilmiş, sinema gişesinde bilet koçanından bir yırtılma hışırtısı gelmez olmuştu. Uykusunda sağından soluna dönerken yorgandan gelen o tumturaklı müzik yoktu. Bardaklar masaya vurmuyor, dolap kapakları açılıp kapanmıyordu. Bir şeyleri döke saça yaşamış gibiydi. Yolda giderken sevdiği bir şeyi düşürmüştü. Bir sevinci, bütün hayatını tek bir şeye adama arzusunu, bir şeyi tutkuyla yapma şevkini kaybetmişti. Ama nasıl? Sağırlık ve körlüğün birlikte el ele gelişinin, kalbinde soğuk bir yanma bırakması ve ritmi bozması... Bozması. Bitirmesi. Tam ne zaman olmuştu? Gülermiş gibi ve ağlarmış gibi yapması, sonra bunları bile yapamayacak kadar yorgun düşüp dümdüz bir çubuk gibi uzanması, bugünün uykusuna yatmadan elbette çok önce olmuştu.

Önce alt dudağını topladı. Sonra kımıldandı. Uyanıyordu. Kemiklerinde bir sızı hissetti. Çıtırdıyor, isyan ediyorlardı. İçeriye doğru yönelmiş bir akış ve ağrı, yaşlı ve zayıf bedeninden geçiyor, ciğerlerine batıyordu. Kalkıp oturdu. Deniz uzanıyor, her seferinde kumlara vurup geri dönüyordu. Güneş gözlerini kesti. Bakamadı. Bir nefes aldı. Sanki dalga göğsünün tam ortasına vurmuş, sertçe bastırmış ve içeride burarak çevrilmişti. Tabiatın bu yalnız kendisiyle doluluğu, bu selamsız sabahsız sereserpe uzanışı ve bir takdire tenezzül bile etmeden hallediverdiği bu intizam. Yutkundu. Gözlerini kıstı. Az ileride voleybol oynayan gençlere büyük bir imrenmeyle baktı. Onların hareket ve dirim içeren kollarını, terle ıslanmış boyunlarını hayranlıkla izlerken, düşünüyordu ki, kan onların içinden bir sıcaklıkla dönüyordur, kalpleri bir davul tokmağı gibi güm güm vuruyordur şimdi. Terleri ekşidir. Solukları serin. Onlara sonsuz bir ivme veren çocuksu bir sevincin hepsini güldürdüğünü görebiliyordu. Yaşattığını biliyordu. Babasına bir müzisyen olmak istediğini söylediğinde babası tamam demiş ve o şaşırmıştı. Bu kadar kolay olacağını beklemiyordu. Müziğe yönelik bitmez sandığı sevgisinde ilk aşınma işte böylece oldu. Babasının, bir gencin hevesini yaşamın tecrübesiyle ölçebilecek kudrette bir adam olduğunu elbette çok sonraları anladı. Mahsus yapmıştı. Öyle değil mi? Mahsus. Müzik başlamadan bitsin diye, oğlanı başlatıvermişti. Maestro! Ve kendini birdenbire bir müzik cemiyetinde buluvermişti. Bunun için evden kaçması gerekmiyor, yalanları sıralaması beklenmiyor, bir şeye sarsılmaz bir bağla bağlanması için yasakları delmesi gerekmiyordu. Bir hayal uzakta değildi. Oradaydı. İşte artık kendisi de içindeydi. Etrafına bakınıyor, ellerini yukarı aşağı büyük bir ciddiyetle indirip kaldıran orkestra şefinin ve ağızlarını aynı anda açıp kapatan, hislenen insanların haline gülüyordu. Ve böylece müzik sustu.

Delikanlılar gülüyordu. Sonra kendi kendilerinin fotoğraflarını, yüzlerine garip şekilller vererek çektiler. Neden yapıldığı bilinmeden yapılan bir dolu şey, kumları tıka basa dolduruyordu. Kenarda duran ve yanı başındaki bu cümbüşe kulak asmadan bir köpeğin ayağını yalamasına müsaade eden bir oğlan gördü. Etrafa aldırış bile etmiyordu. Ne büyük bir ayrılık, ne muazzam bir büyüklük. Güldü. O. Benzetiyor muydu? Oğlan başını denize çevirdi, bir nefes aldı. Gözlerini kısarak baktı. Oydu. Uzun ince vücudu, boyu posu, duruşu. Silikliği. Evet. O hanımın oğlu. Aşufte diyorlardı. Hafif dedikleri de oluyordu. Daha fenalarını da duyduğu olmuştu. Bugüne kadar kimsenin dedikodusunu yapmamış olmakla gururlandı. İnsanın kendisini benimsemesi bazen ne aptalca vesilelerle gerçekleşiyordu. Burnunu bir tilki gibi dikti. Oğlanın halini, otobüste yan koltukta oturan birinin gazetesini eğilerek okurmuş gibi bir arsızlıkla, alelacele bir çabuklukla okumaya koyuldu, dün geceki gibi. Onun ortalarda amaçsız bir zavallı gibi dolanmasına baktıkça, sanki kendi fotoğraf albümlerini karıştırıyor, gençliğine bakıyordu. Dün gece de, evinin karşısındaki parkta bankın üzerinde oturduğunu ve gelen geçeni seyrettiğini, ön balkonundan güzel güzel seyretmişti. Tam da bardağında çayı boşalmışken, yenisini doldurmaya mutfağa girsem mi diye düşünüp üşenirken. Muazzam bir zamanlama. Oğlan bankta oturuyor, sol ayağını yere sürtüyordu. Ne güzel bir can sıkıntısı. Bir şeyleri izliyordu. Neyi izlediğini görmek için eğilip bakmıştı, az kalsın balkon mermerindeki boş çay bardağını devirecekti. Olanlara bakıyordu. Çocukların kaydıraktan kaymasına, kadınların dedikodusuna, adamların maçına, hiç lüzumu yokken ortalığa salınan şu gülmelere. Bir kadın, belediyenin yaptığı şu spor bisikletine çıkmış, beyhude pedal çeviriyor, terlemeye uğraşıyordu. Bir yandan da anlatıyordu, vişneleri silkeledik sabah, ne yapalım nasıl toplayalım bu yaşta, yaydım altına çarşafı, çık Selahattin dedim. Çaba, çaba, çaba. Oğlana bakmış, hafifçe tebessüm ettiğini görmüştü. Ne çok benziyordu. Bir oğlu olsa, işte böyle olurdu. Kendisinin bir devamı. Bir tekrarı. Seslenmek, balkona davet etmek istedi. Şöyle karşılıklı çay içerken laflarlardı belki. Susarlardı. Bir tasarı için önüne bakmakla geçen o este, bir şey olmuştu. Kararını verip yeniden başını çevirdiğinde oğlan artık bankta değildi. Karşı çaprazdaki bakkala girdiğini görmüştü. Dondurma almış ve paketi açmadan getirip birine uzatmıştı. Sandalyesinden hafifçe kalkıp eğilip bakmıştı. Sokağın başındaki dingil emeklinin dilsiz torunu dondurmayı gülümseyerek alıyordu, nerelere götürmediler, kimlere göstermediler. Demek onu izliyordu. Seviyordu. İçinden ona bir yakınlık besliyordu. Balkonun kör noktasına gelmişti demek ki, görememişti. Neyi seyredilir ki çocukların? Çocukların ondan korktuklarını, arkasından söylendiklerini duyabiliyordu, sabahları, akşamları. O yürürken kaçıştıklarını biliyordu. Balkonunda tek başına oturan o yaşlı adam, çocukların hem merakı, hem korkusu. Burnunu çekti. Oğlan yeniden banka oturdu. Geç kalınmıştı. Geç kalınmıştı. Şimdi çayın demi kaçmış ve bardak soğumuştu. Çocuk elindekiyle müteşekkir gelmiş, banka onun yanına oturuvermişti. Ve o kalkmıştı. Giderken gülümsemeye çalışmış, yapamamıştı. Bu oğlanda sahiden de bir hal vardı. Aynı kendisi. Yalnız bir adım ilerisi. İşte şimdi de orada öylece duruyordu, akranları güle güle bir hal olsun, o bir yalnız köpeği sevip dursun. Adı da Nazlı mı ne?

Bir otobüse binmişti. Annesinin ve herkese hal hatır sormaktan yorulmamış babasının onu garipseyen bakışları önünde, haykırarak demişti ki, demişti ki. Ben gidiyorum. Hayır dememişti. Bu umulan, zamanın içinde büyüyerek değişen, anlatınca oluşandı, olması gerekendi, istenen. Ama böyle olmamıştı. İçindeki şevki büsbütün bir ödeve çevirmeyi ustalıkla başaran babasına yönelik öfkesi iyice büyümüş, bir ur gibi ele gelir olmuştu. Bıkkınlıkla gidilip gelinen musiki cemiyeti, istemeyerek öğrenilen şarkılar, artık duyulmayan sesler. Yılgınlık. Ölmüştü. Ölmüştü. Artık şair olmak istiyordu. Babasının akşamları çorbasını içerken sorması, nasıldı musikide, iyi miydi? Hep iyi olmalı oğlu ne yaparsa en iyisini yapacak. Domates çorbasının bıyıklarında kalışı, içtiği suyun hırıltılı göğsünde hüpürdemesi, ceketini illâ ki portmantoda bırakması ve orada unuttuğu o tütünlü traş kokusu. Evden çıkmak, koşmak istiyordu. Nefes nefese. Kaçmak istiyordu. Sonra annesinin o bir şeylerden hep pişman hep suçlu hep utançla bakan gözleri. Birisi yanına geldiğinde kendi içinden dışarıya öyle bir dönerdi ki, beni burda unuttular, der gibi bir çaresizlik, hep aynı uzaklık. Ve onun aman oğlumları, canım oğlumları, kanepede unutulmuş örgüsü, günün bütün bir öğleden sonrasında uzun uzun oturabilmesi, arada babannesine bakması, onun soluğunu usanmadan, korkmadan dinlemesi. Babannesi vardı. Onun yuvalarına kaçmış kara gözleri vardı, altlarındaki morlukla öylece uyurdu, pencerenin önüne getirilmiş divanda, çişini tutamayarak beklerdi, yatardı, derin soluğunda hep aynı hırıltı. Geceliğindeki diş izleri. Geceleri bağırırdı, ağlardı, çırpınırdı. Ve bütün bunları yaptığı için zerre suçluluk ve utanç duymadan, kendisini onların uysal kederlerinin üzerine boylu boyunca bastırarak, zorlamaktan hiç gocunmadan. Ben varım. Alın. İşte gene işedim. Sonra annesi hemen değiştirirdi. Sonra yine evde bir beyaz sabun kokusu. Tül perdeden öğleden sonraları evin içine kırılarak düşen o tuhaf delikler, küçük aydınlıklar. Orada uçuşan ve dağılan yalnızlık. Sessizlik. İşte bu salona bakar ve derdi ki, bir şey olacak. Beklenmedik ve ağır, büyük bir şey olacak, hepimizi tüketecek. Derin izler, korkulu bekleyişler, şairlik hayali, kaçma tasarıları. Babasının babalığından kaçacaktı. Annesinin anneliğinden. Onların ona keder veren iyiliklerinden. Annesinin beklemesi. Beklemesi. Çay demlerken mesela altına suyu illâ ki fazla koyar, ocağı da iyice kısardı. Onun çay içmek için bile beklediğini kavradığında, yıllar sonra bir deftere beceriksizce şiir yazıyor ya da yazdığını umuyor ama en çok da üstünün nasıl tırpanlandığını düşünüyordu. Iztıraplı bir sükûnetle örülmüş ölgünlük içindeki bu evde korkuyu beklerken, bütün ailesinin kendi kendilerini hor görerek, görmezden gelerek, isteklerini iterek, görevlerini eksiksiz yaptıkları bu evde, babaların baba, annelerin anne, babaannelerin yatalak olduğu bu evde büyümeye çalıştığı için, bir şair olmayı fazlasıyla hak ettiğine emindi artık. Kaçmaya hakkı olduğuna fazlasıyla emindi. Şair olamadı. Bütün bu fenalıkları yaşamaya mecali olmadığı gibi, hepsini ya da kimisini alt alta dizmeye de kabiliyeti yoktu. Müzik ve kelimeler için, ilgi kafi gelmiyordu. Arzu ve istek az geliyordu. Hayatı sevmek yetmiyordu. Bunu henüz bilmediği için, işte beklemekten yorulduğu o felaketi bizzat kendisi yaptı. Küçük valizini öteberiyle doldurmuş, kimseye bir şey demeden, bir otobüse binmişti. Gitmişti. Arkasındaydı. Her şey artık arkasındaydı. Olmuştu.

Denizin güzelliğine övgü dolu şiirler yazabilmek için çabalayıp durduğu yıllar, şimdi bir dalga gibi gidip geliyordu. Hasırında döndü. Küçük çantasından sigara tablasını çıkardı. Babasınınki gibi. Yıllar önceki o kadının armağanı. Her şeyin şiiri olabilirdi. Her şeyin müziği olabilirdi. Çıkarıp bir sigara yaktı. Çakmağındaki aleve parmağını yaklaştırdı. Her şeyin her şeyin bir ismi olabilirdi. Ama çoktan yaşlanmıştı. Derisi bollaşmış parmağı ateşi kavramıyordu. Korkulan olmuştu. Zaman geçmişti. Yakarak, emerek, tüketerek geçmişti, geride bir şey bırakmayarak, ne bir ezgi ne bir dize. Yalnızca çaydanlığın altına konan fazladan su. Ve beklemek. Bir çocuk gözlerini dehşetle açarak yanına kadar geldi. Korkulan. İşte korkulan artık bizzat kendisi. Çocuğun dünyaya batırdığı kumlu saçlarına, meraklı yüzüne, yanmayan parmağını gösterdi. Çocuk çığlık çığlığa kaçtı. İşte tam o esnada oğlanı yeniden gördü. İnce ve kemikli bedeniyle, köpeğin ardından bakıyor, denizin kumla birleştiği o muazzam incelikte, öylece duruyordu. Köpek bir bebeğin başında dururken, annesi birdenbire onu fark etmişti. Korkmuştu. Korumuştu. Köpeği kovmuştu. Bebeğini koynuna alıp bastırmıştı. Ama bebek şimdi ağlıyordu. O ve oğlan işte bunu birlikte izlediler.

Oğlan önde, kendisi biraz arkada, hasırının üzerinde, kımıldamadan. Ama bütün bu saydam resimleri, güzellikleri, kötülük ve tuhaflıkları seyir yetmiyordu. Yetmiyordu. Yetmemişti.

Oğlan denize girdi. Yüzdü. Yüzdü. Onun kafasını küçücük oluncaya kadar izledi. Sonra hasırına yeniden uzandı. Bir küçük rahatlama. Bir serpilme, uzama. Gökyüzünün olması ne iyiydi. Bir iki martı eserekle geçti. Birkaç huzursuz bulut geliyordu. Bir esinti bütün kumsalı boydan boya geçti. Sesler neşeli. Sesler gülmeli. O gece otobüste, nereye gittiğini bilmiyordu. Yanında oturan adam ona Ankara'ya gittiğini, oradan da Tokat'a geçeceğini söylemişti. Kiremit rengi bir gömleği, cebinde sigarası vardı. Hafifçe yukarı kalkmış kaşlarıyla, bir şeyler anlatıp sonra da gülüyordu. Ona köme vermişti. Kömeymiş. İnsan bazen unutmaz. Yemişlerdi. Pestil. İşte bu adamı bir şiirinde anlatmayı ne çok istiyordu, kömesini kemirirken, bunları düşünüyordu. Bu yüzden daha bir iştahla dinliyor, seyrediyordu. Saçları hafifçe alnına düşmüştü adamın. Asma yaprağına benziyordu saçları. Asma yaprağı gibi köşeli, tek bir bütün gibi, kalıp gibi, başının üzerinde. Yaşlanınca demişti, yaşlanınca ben demişti adam. Esinti büyüdü. Kuvvetli bir esiş kumlardan denize doğru esti. Kumlar yavaşça yükseldiler, hasırının üzerine geldiler. Hafifçe başını kaldırdı. Denizin içeriye doğru çekildiğini gördü. Laciverde yakın bir akıntı dipten alıp açıklara doğru gidiyordu. Siren kumsalı yakarak geçti. İnsanlar bağrıştılar. Denizden koşarak çıktılar. Gözleriyle oğlanı arandı. Otobüsteki adam demişti ki, ben yaşlanınca demişti. Sonrası bir gümbürtü. Lastik, yağ ve kan kokusu. Soğuk. Kucağına düşmüştü asma yaprakları. Yüzünün yarısında artık yanak yoktu. Dudak yoktu. Göz yoktu. Kulak yoktu. Asma yapraklarının yarısı sıyrılmış, sanki derisiyle birlikte boynuna kadar inmişti. İnsanlar denizden kaçıyordu bağrışıyordu. Kaçın diyorlardı. Çeken akıntı var, diyorlardı. Kollar bacaklar dirim içinde koşuyordu. Denizde kalanları topluyorlardı. Oğlanı arandı. Çıkmış mıydı? Çıkmış mıydı? Adamın sol kolu ve sol bacağı kıvrılmış, otobüsün dağılmış demirinin arasına karışmıştı. Kucağındaki bu yarım başı yaşamaya aç bir hevesle itmiş, sıkışmış bacaklarını çıkarmaya uğraşmıştı. Kanıyor muydu? Acıyor muydu? Şimdi ölüyor muydu? Şiir yazamadan ölüyor muydu? İşte çocukluğundan beri beklediği o şey, ne olduğunu bilemeden beklediği, beklerken harap olduğu o şey, bu muydu? Şimdi burada? Bu şekilde gerçeğin böyle bir parçası olarak. Adama bakmıştı. Bir hırıltı duymuştu. Ben yaşlanınca. Ben yaşlanınca. Deniz kuvvetlice çekti. Çekti. Ta içine kadar çekip aldı. Bir şeyleri, gerçeğin bazı parçalarını koparak aldı. Kumlar savruldu. Yüzler korktu. Genç bir çift gördü. Soluk soluğa. Kendini kıyıya atabilmiş omuzlar, korkudan azim bulmuş yürekler gördü. Oğlan? Oğlan? Tabiatın çağrısına kulak asmayan, reddeden, direnen onca insanın arasında kendi gençliği neredeydi? İşte yanındaki bir ölü, Tokat'a gidecek ve yaşlanacaktı, bir ömür köme yiyecekti, karnını doyuracak ve çalışacaktı. Ön koltuktaki bir ölü, cam kenarındaki herkes, işte burada Ankara'ya gitmekte olan herkes. Hepsi. Hepimiz. Kırık camlar, sıcak kanın kokusu, demir yığını, kusmak. Ağlıyordu. Bacakları. Bacakları. Şiirin alamayacağı kadar büyük bir korku, onun taşıyamayacağı kadar ağır bir felaketle kalakalmıştı. Sıkışmıştı. Adamın köme torbasını gördü. Oradaydı. Yemeye başladı. Kurtarılana kadar, etrafına bakarak, ölümlere bakarak, bu kokuyu duyarak tatlı yemeye devam etmişti. Oğlanı göremedi. Göremedi. Yeniden hasırına uzandı. Kumların bedenine gelmesi, doğanın bu özü, bacaklarından geçen esinti, işte şimdi her şey buradaydı. Kendiliğinden ve tarifsiz. Hepsi olacağı kadar. Ellerini bitiştirdi. Kendini uzun bir I harfi gibi bırakırken, göğsünden gökyüzüne doğru bir akışın varlığını duyabiliyordu.

Bir kum karıncası geldi. Hasırına çıktı. Bacaklarında gezindi.

Şemsiye

Geçti günler
Yalnızca bir tanesi kaldı
İçinde olduğun gün
Margaret Atwood

Kumların üzerindeki iki ayağının tam ortasına, şemsiyenin demirini bir hançeri bağra saplar gibi sapladı. Kendinden kuvvet alarak iyice ittirdi. Yerine yerleştirmişti. Şemsiye artık kımıldamıyor ve demek ki o yapabiliyordu. Kendi başına da bir şeyleri becerebiliyordu. Bir nefes aldı. Şimdi kendisinin ve annesinin tepelerindeki bu keskin güneşi, kendisi, bizzat o, kendi başına kesmişti. Bunu görmek iyi miydi? İyi miydi? Kimse önemsemiyordu. Annesi hep ne demişti? Getireceği yalnızlık. Tek başınalık. Kimse bir kadının, hem de yaşlanmaya yüz tutmuş bir kadının şemsiyesinin sopasını kumlara kendi başına gömmesini takdir etmiyordu. Görmüyordu. Bir eğlencesi yoktu ki. Bunda komik bir yan yoktu. Bunda tatlı bir boşluk yoktu. Kamaşma yok. Dünya ile alay yok. Etrafına bakındı. Sıcağın altında yumuşak bir süte benzemeye çalışan ve kendi dirimlerini saklayarak uysal uysal akmaya çabalayan kadınlar ile başarısızlık ve olmamışlıklarını bedenlerinin gücüyle kapatmaya çalışan adamlar gördü. Ne diyordu annesi? Bunlar bir oyun. Oyun. Herkes güneşin sıcağıyla yanıyor ve herkes işte bu oyunlara kanıyordu şimdi. Güzelce oynuyorlardı. Kadınların ve erkeklerin gerçekte kimler olduklarını nasıl da güzelce kapattıklarını bir bir gördü seyretti. Yanda uzanmış yatan bir kadın ve ona bakan gözler ile uzaklarda bir delikanlının ayaklarını yalayıp sevgi dilenen bir köpek gördü. Herkes olduğu gibi, hepsi olacağı kadar. Orada bir genç kız sevgilisine, kapağını, ay nedense bir türlü açamadığı gazoz şişesini uzatmış, kedi yavrularında görülebilecek türden bir mahmurluk ile, başını eğip, dudaklarını büzmüş, gözlerini dikmiş bakıyor ve bakarken, gözleriyle diyordu ki, diyordu ki. Aç. Aç benim kapağımı. Aç. O kollarınla aç. Aç. Ben sensiz gazoz bile içemem. Aç. Aç ki sayende içim serinlesin. Kızın haline acıdı. Kendi yitirdiklerine üzüldü. Ama işte böyleydi. Bu yüzden şemsiyenin sopasını kumlardan hafifçe çıkarttı. Şimdi koşacaklar. Birazdan yetişecekler. Ve eğlence işte tam burada başlayacak. Ay düşüyor. Şemsiye devriliyor. Ay nedense olmuyor. Kim, kim yapacak bunu? Kumların içine kim gömecek? Bunu buraya kim saplayacak? Kim derinlere sertçe ittirecek? Bastıracak. Hangi kol? Hangi bacak? Şimdi kim ona gölge edecek. İstediği ihsan buydu. Gölge. Ay vallahi yapamıyordu. Ah olmuyordu. Gelin. Burda bir kadın var. Koşun. Koşun. Bu şemsiyenin uzun demirini derine saplayamıyor. Yaşlanmıyor. Hâlâ genç. Yetişin.

Gün genişliyordu. Gün yakarak, bedenleri terle kaplayarak, önce yatıştırıp sonra hırpalayarak geçiyordu. Mısırcı bağırıyordu. Mısır yemek isteyen var mıydı? Bu kavruk adama acıyan var mıydı? Mısırlarını eksiltip şu fakirin cebini biraz doldurmayı düşünen biri çıkacak mıydı? Kurallar ve oyunlar. Sırası gelince usulünce söylenenler. Şimdi burada herkes başka birisiydi. Herkes iyiliksever. Herkes vakur. Herkes güneşin altında yanıyor. Şimdi herkes başka birileri, başka insanlarmış gibi, güçlü ve güçsüzmüş gibi, korumuş ve korunmuşlar gibi, bunu talep edenle, bekleyenlermiş gibi ikiye ayrılmış, bekliyordu. Kumların üzerinde, herkesin bir başkasına kendisinden övgüyle bahsedeceği bu yapış yapış terli günde, herkesin kendisini gizleyip gülümsediği, yaşamayı pek bir becerdiğini başkasına kanıtlama telaşına düştüğü bu yumuşak yerde, şemsiyesiyle öylesine bekleşiyordu şimdi. Uyuşmuş gibi duruyordu. Gençmiş gibi. Gençmiş gibi. Yardım edecek var mıydı? Var mıydı? Şemsiye durmuyor. Gelecek var mıydı? Etrafına yardıma muhtaç zavallı biri gibi bakınırken genç bir kadınla adam gördü. Yeni evliler, dedi. Belli. Çünkü etraflarına kendilerinden başka hiçbir şeyi görmeden bakıyorlardı. Kadın cesaretsiz ama özleyerek, umarak duruyor, bekliyordu. İstediğini dile getirmiyor ve sezdirmeye uğraşıyordu. Ve genç adam gelip onun omuzlarına krem sürdü. Böylece onu kurtardı. Güneşin onu yakmasından ve gel bana krem sür demenin apaçıklığından onu kurtardı. Demek onlar da öğrenmişti. Aferin. Hep yandan dolanmalar, konuşmadan anlaşmalar, imalar, göz süzmeler. İşte böylece şemsiyenin demirini yerinden iyice çekti. Sanki gençmiş gibi. Hâlâ gençmiş gibi. Genç bir kadına nasıl koşulursa öyle koşsunlar. Ay hay Allah! Düşüyordu. Kuvveti yoktu. Yapamıyordu. Kim koşacak şimdi?

Yardım edin. Şemsiye uçacak canım. Koşun. Koşun. Herkes oynasın. Oynasın. Evcilik oynamaya aşina bütün bu nesiller bir anda koşup şakısın.

İhtiyar annesi havlu elbisesiyle sandalyede oturmuş, etrafını bir çocuğun gözleriyle sessizce seyrediyordu. Denizdekilere, gökyüzüne, güneşe ilk kez görüyormuş gibi sakin bir şaşkınlıkla bakıyor, baktıkça duruluğu artıyordu. Tabiatın güzelliği en çok ölüme yaklaşmışları büyülüyordu. Onun için şaşıracak şeyler hep vardı. Hâlâ vardı. Merak ve hayranlık hep yanındaydı. Annesine sahiden de imreniyordu. Onun bu kendi halindeliğinden, çaba ve usanç içermeyen rahatlığından büsbütün rahatsız oluyor, aslında sıklıkla onu kıskanıyordu. Annesiyle kumsal arasındaki bu tıkır tıkır işleyen uyumu bozmak için birdenbire dedi ki, olmuyor anne. Yıllar içinde oluşmuş ağır karnı ve külçe kalçalarını taşımaktan, merdiven inip çıkmaktan, tıknefes kalmaktan çoktan yorulmuş yaşlı annesi dönüp sadece baktı. Dümdüz ve kayıtsız baktı. Üstü saydam bir tülle örtülmüş yeşil gözlerinden anlam, çoktan silinmiş, bebekleri yuvalarında öylesine yatıyorlardı şimdi. Mahmur ve nedensiz. Onun için bütün bunlar öylesine olağandı ki. Bütün kurallar öylesine alışıldık. Boyun eğiş ve sessiz talepkârlık öylesine yaşamın gereği, kadınların sanki ereği. İstifini bozmadan ağır ağır söylendi. Olur olur, dedi. Gelirler şimdi.

Kimler?

Yan taraftaki şezlonga boylu boyunca yayılmış orta yaşlarda bir adam gözlüğünü almak için kalktığında bu yaşlı ana kızı gördü. Biri oturuyor, diğeri şemsiye ile cebelleşiyordu. Uğraşıyor, debeleniyordu. Kadına acıdı. Kendisi için sevindi. İş düşmüştü. Kendisine iş düşmüştü. İşe yarayacak birisi olmanın verdiği heyecan, boşluğun ve işe yaramazlığın elemini ne de çabuk örtüyordu. Koştu. Kendisiyle uğraşırken bir yandan da görülüp görülmediğini ustalıkla anlayabilecek yaşa çoktan gelmiş olan kadının gözlerini güneş kesiyor, o bu parlak ışığın içinden yabancı bir adamın onlara doğru geldiğini yine de görebiliyordu. Sevindi. Olmuştu. Oyun başlıyordu. Mağdur ve narindi şimdi. O günler gibi. Adam, yaklaştıkça fark etti. Bu yardıma muhtaç kadın, gençliğini çoktan bitirip albümlere kaldırmış, o eski günlerin özlemiyle yalnızca yanıyordu şimdi. Sanki gençmiş gibi, sanki bir goncagülmüş gibi kaçamak gülmesinin üstünü örten, çizen, yaralayan bir şeyler vardı. Yaklaştıkça görülen bazı şeyler vardı. Gülen dudaklarına doğru inen derin çizgiler acımasızca yüzünü bölüyor, beyaz sedef oje ile parlatılmış tırnaklarının dizildiği ellerinde kemikler fütursuzca kıvrılıyordu. Sinesinde güneşin lekeleri diziliydi. Parlaklık ve tazelik onu bırakmış, ama o inatla hepsinin kenarlarından kavramış, çekiyordu. Hep bildiği gibi kalsın. Her şey bildiği kadar olsun. Böyle istiyordu, değil mi? O da kendisi gibi yeni bir evrenin kapı eşiğinde ne yapacağını bilemeden dikiliyordu. Bu yaşlanmaya yüz tutmuş bedendeki tazecik arzuları görünce, kim olunacağını kestirememenin verdiği korku ve sancının onun da göğüs boşluğunu bastırdığını anladı. Görür görmez anladı. Güneş herkesi yakarak ve zamanı eriterek günün ortasına geldi ve orada asıldı. Nazikçe gülümsedi. Bir nefes, kendinden bir kuvvet aldı. Eski günlerin anısı. Gemide halatı doladığı o eski günlerin güçlü kolları. Eski günlerin çevikliği. Eski günlerin gençliği. Dümeni sımsıkı tutan, çeviren, rotayı belirleyen ve peşinde dalgalarla giden o genç adamın dirimi, eski yazlarının anısı. Adam derin nefes alırken, dünde kalmış tüm bu canlılığı yeniden kendine toplamayı umuyor, geçmişi içine çekiyordu. Şemsiyeyi kumların içine işte böylece sapladı. İyice itti. Şemsiyenin kırmızı mavi çizgili gölgesinin altında şimdi bu yaşlı ana kız ile kaptanlıktan bu yaz emekli olmuş bu delikanlının gölgeleri kumlara doğru devriliverdi. Şimdi her şey sapasağlamdı.

Teşekkür etti. Gülümsedi. Saçlarını yana doğru atarken, bileğindeki ince bileziğin ucunda sallanan nazar boncuğu üçüne birden acıyarak güldü sanki. Mısırcı ardında ince bir yol bırakarak ağır ağır yürüdü. Herkes güneşin altında, her şey sıcağın içinde şimdi. Eriyor insanlık. Güneşle seviniyor. Tapınıyor. Çocuklar, gencecik kızlar, delikanlılar. Yola yeni çıkanlar. Daha yeni başlayanlar. Korunaklı kucaklardan apaçık denizlere, gölgesiz güneşlere sereserpe atlayanlar. Korkusuzlar. Asilik. Keskin kararlar. Hızlı alınan virajlar. Gençler. Şemsiye gölgesi altında dikilen bu iki akran, etrafına kaybettiklerini görme temayülüyle baktı. Bu yüzden yalnızca onları gördüler. Gördüler. Ve üzüldüler. Şimdi herkes başkası. Herkes başka birisi. Herkes gülüyor. Yaşlı anne denize dönükken hafifçe pırıldayan gözlerini tabiattan çekip aldı, onlara baktı. Korkulacak yan yoktu işte. Gelmişlerdi. Yardıma gelmişlerdi. Şaşırmadan yeniden denize döndü. Yüzenlere, çırpınanlara, gülenlere, en çok da denizin ince kumlarla birleştiği o güzelim kıvrıma bakakaldı.

Oturmaz mısınız, dedi kadın. Ona da bir sandalye açıverdi. Adam oturdu. Sandalyede oturunca göbeği daha fazla fırlıyordu. Bu yüzden arkasına yaslanıp göbeğini iyice içine çekti. Bu oturuş kendine güvenli gözükmesine neden oluyordu ve işte böylece başka birisi gibi oturdu. Kadın onu beklemiyordu. Yardım istediğinde gelenlerin yaşları nedense artık yükseliyordu. Artık yanına burnunun ucu büyümekte olanlar, göbeğini içine çekmeye uğraşanlar, şakaklarına kar yağanlar geliyordu. Bikinisini düzeltti. Kendisini sandalyeye dünyada ondan başka birisi yokmuş gibi bıraktı. Bacak bacak üstüne attı. Bir sigara yaktı. Oyun kötü başlamıştı. Şimdi ne konuşulacaktı? İki kez evlenip boşandığı mı? Havanın bu anlamsız sıcaklığı mı? Neyi anlatacaktı? İhtiyar annesine resti çekip çıkıp gidiverdiği o esrik günlerden sonra didişe didişe birbirleriyle kalakalmalarını mı? Merkez bankasından geçen yıl emekli oluşunu mu? Ya da emekli ikramiyesiyle buradan bir arsa alıp ev yaptıracağını ve hiç anlaşamadığı annesiyle bu dört duvar arasında yaşayacağını mı? Denizi olmayan bir yerde geçip gidivermiş ömrünü mü? Çocuğunun olmaması? Okumayı sevmemesi? Kahveyi sade içmesi? Her yaz bir yere gitmesi? Yoksa özlemini duyduğu şeyin ne olduğunu anlamaya çalışmaktan bitkin düşmesini mi?

Adam dedi ki, buraya ilk gelişiniz mi? İlk gelişleriydi. On iki yıl önce ikinci kocasıyla geldiğini ve bunaldığını söylemek şimdi anlamsız olurdu. Bu yüzden ilk gelişiydi. Beğenmişti. Güzeldi. Ya onun? O burada büyümüştü. Denizlerin çocuğuydu. Adam anlattıkça anlattı. Ve kadın sigarasını söndürürken, sıkıldığını çok sıkıldığını, anladı. Geçip gitmiş karman çorman bir ömürden, ziyan olmuş günlerden ve belki de alınmış yanlış kararlardan bile bahsedilecekti şimdi. Adam varlığını onun üstüne adeta bastırıyor, ona kendisini hatırlatıyor ve başka biri gibi olmasına imkân vermiyordu. Tüm bunlar onu tedirgin etti. Kumların parlak sarılığı üzerinde ayaklarını gezdirdi. Sustu. Birini tanımanın yersizliğini yeniden hatırlamıştı. Annesi birdenbire döndü. Susadım, dedi. Bu kadın bazen sahiden de hayat kurtarıyordu. Kalkıp ona merhametli ve olgun bir evlat gibi su verirken, adamın onu izlediğini hissediyordu. Olgun bir kız evlat gibi. İhtiyar annesine omuz vermiş yaşlı bir kız evlat gibi. Olduğu kişiyi vakarla kabullenmiş biri gibi. Herkes başka biri gibi. Yeniden sandalyesine oturduğunda hangi sorunun geleceğini biliyordu. Gecikmedi. Birlikte mi yaşıyorsunuz? Birlikte yaşıyorlardı. Ana-kız. İkisi de duldu. O boşanmıştı ve babası ölmüştü. Oldu mu? Tamam mı? Denize doğru döndü. Annesi, ilk kez evleneceği o günün sabahında, onu bir kenara çekmiş ve kulağına şöyle tembihlemişti. Kocanı canın çekse bile çekmiyormuş gibi yap. Önce bir nazlan ki senden çabuk usanmasın. İstemiyormuş gibi. Âşık değilmiş gibi. Uzakmış gibi. Yirmi yaşındaydı ve iktisat fakültesindeydi. Annesinin yörüngesindeydi. Annesine baktı. Elli iki yıl boyunca bir koca idare etmeyi ustalıkla başardığından sıklıkla dem vuran ve ona beceriksizliğini hatırlatan annesinin yüzüne hiç azalmamış bir öfkeyle baktı. Kadın sessizce bakınmayı sürdürüyordu. Derin ama sakin aldığı soluğu gırtlağında takılmadan geçip gidiyordu. Yıllar önce kızına bunu hiç söylememiş biri gibi. Hiç kimseye bir kötülüğü dokunmamış biri gibi. Çok bilmeyen, yeni öğrenen biri gibi.

Adam geçen yıl meme kanserinden ölen karısından bahsetmeye başlamıştı bile. Tam üç yıl sürmüştü. Bedenin bir parçasına bomba gibi düşen bir ateş, giderek yayılan, kovalandıkça kaçan, her yanı eriten bir alev, karısını da yakıp küle döndürmüştü. Hepsini tüketmişti. Yakmıştı. Onu ve iki kızını bitirmişti. Bu kederli adam ve onun derdi canını öylesine sıktı ki, dinlermiş gibi otururken, ondan kurtulmanın yollarını düşünüyordu. Ölüm her yerdeydi. Herkes ölümden bahsediyordu. Sonlardan ve tükenmelerden. Bitişten. Bıkmıştı. Bıkmıştı. Birilerine derman olmasının beklenmesinden. Birilerine destek olunmasının istenmesinden. Nazlandığı ilk kocasıyla da ve sonra annesini dinlemeyip nazlanmadığı ikinci kocasıyla da anlaşamamıştı. Yapamamıştı. Annesine ayrılmak istediğini söylediğinde, her ikisinde de, annesi demişti ki, ne var canım, duyma sen de, görme. Sen yaşamayı ne sanıyorsun ki? Yaşamayı kabullenmek sayan annesine baktı yeniden. Babasına olur, olur geçer deyip susan annesi, kim olduğunu düşünmeyi aklına bile getirmeyip arkadaşlarıyla çay içip gülen annesi, eksildiğini anlamadan yaşlanıveren annesi, şimdi havlu elbisesinin içinde tombul bir oyuncak ayı gibi oturup kalmış annesi... İşte sonunda o da yalnızdı. İçi bulandı. Adama döndü. Başınız sağ olsun, dedi. Ölüm herkesin başında. Adam kederle uzaklara bakındı. Denizde bir dalıp bir çıkan neşeli capcanlı bir kalabalık gördü, sanki herkes birilerine nispet yapar gibi. Kadın iyice sıkıldı. Ölüm herkesin başındaydı ama bunun hatırlatılmasından aslında en çok o rahatsız oluyordu. Yüzünden geçen çizgileri, çıtkırıldım oldukça artık yanına yalnızca yaşlı dulların gelivermesini, en çok o istemiyordu. İstemiyordu. Artık kimsenin sırtını sıvazlamayacak, kimseye eyvallah etmeyecek, kimseyi piyazlamayacak. Bıkmıştı. Bıkmıştı. Birdenbire kalktı. Yüzeceğim, dedi. Adam bu âni geçişe şaşırdı. Tamam, derken, utangaç bir halde sandalyesinden kalktı. Annesine iyi günler diledi ve şemsiyenin altından ayrıldı. Gitti.

Kadın arkasından baktı. Direnen, her şeye direnen bedeni üzerindeki bikinisini bir meydan okumayla düzeltti. Ellerini dümdüz karnından geçirdi. Kumlardan yürüdü ve denizin içinde kayboldu. Annesi etraftaki yabancıları izlediği gibi, bu yaşı geçkince ve hâlâ havai kalmaya çabalayan kızını da benzer bir kayıtsızlıkla izledi. Kızı yaşamayı bilmiyordu. Hep yanılıyordu. Hâlâ tökezliyordu. Yaşamayı hep başka bir şey sanarak, daha büyük ve daha anlamlı, daha zor ve daha dokunaklı bir şey sanarak sürekli yanılıyordu. Onun denizin içinde sırtüstü yatışını izledi. Hâlâ sakinleşememişti. Onun beklentilerindeki büyüklük, gerçeği kabullenmesindeki güçlük, arayışındaki tuhaflık, huzura ermesini engelleyen o muazzam yarık, hepsi hepsi sonunda onu tüketmişti. Ama onun için artık üzülmüyordu. Kendisini dünyaya bir ağırlık gibi bastıran, varlığını adeta dayatan kızı nasılsa sonunda kaybettiğini anlamış olmalıydı. Donuk yeşil gözlerinden neşeli bir pırıltı çaktı, geçti. Kızı sudan çıktı, geldi. Havlusuna sarınırken, kızına bakmadan sordu, su soğuk mu? Kızı başını hayır anlamında salladı, nefes nefeseydi. Güzel. Çok güzel. Keşke girebilsen. Yaşlı kadın, kızının soğuktan diken diken, nokta nokta olmuş derisini ve morarmış dudaklarını gördüğünde, ona karşı eksilmemiş öfkesi yeniden yüzeye çıkar gibi oldu.

Islak saçlarındaki sular tıp tıp damlarken, kana kana su içti. Boynunda adının yazdığı altın kolyesi o yutkundukça kıpırdıyor, güneşte parıldıyordu. Kolyesi de kendisi gibi sanki dünyaya adını yazdırmaya gelmişçesine bir ihtirasla, temeli belirsiz bir yaşama açlığıyla yanıp sönüyordu. Annesi dedi ki, neden yolladın adamı, belli ki iyi insandı. Bunun geleceğini biliyordu. Cevap vermedi. Oturdu. Konuşmadılar. Ve geçmişi düşündüler. Neden sonra kendini kumların üzerine bıraktı. Güneş her yerini yakıyor ve herkes gülüşüyordu. Herkes mutluymuş gibi. Herkes başarmış gibi. Derken, annesi mızırdandı. Acıktım. Kalktı. Çantadan bir sandviç çıkarıp verdi. Önünden genç bir kız geçti. Kızın bacaklarına, beline, yüzündeki, üzerinden henüz hiçbir şeyin geçmediği o dümdüz boşluğa baktı. Telefonunu çıkardı. Emlakçıyı aradı. İlanda görüp buralara gelmelerine neden olan o arsayı, dün akşamüstü annesini otelde bırakıp gidip görmüş ve beğenmişti. Bir yamaçtaydı ve aşağılara bakıyordu. Kendisi gibi. Boğazını temizledi. Sesini inceltti. Alo, dedi. Ben dün gelmiştim. Şu tepedeki ufak arsaya bakmıştık hani. Hah. Ay evet. Evet. Sesini burada iyice inceltti. Ve güldü. Beğendim. Talibim. Bir sigara yaktı. Terli alnından ellerini üstüne yıllar önce iliklediği alışıldık bir işveyle geçirdi. Yüzü düşmüştü. Aaa başka taliplller de mi var? Elinden şekeri alınmış bir kız çocuğu gibi dudaklarını yalancı bir kederle büzüverdi şimdi. Ama önce ben geldim. Dinledi. Yüzü aydınlandı. İşe yaramıştı. Güldü. Ah çok sağolun, çok teşekkür ediyorum. Sonra gerektiği kadar ciddileşti. Ama imar izni kesin var değil mi? Yani sonradan mağdur olmak istemem. Dudağını büzdü. Sesinden tatlı bir kımıldanma geçti. Dumanını hafifçe üfledi. Ben öyle evrak peşinde koşamam ki. Tapudan bir sordursak mı? Dinledi. İkna olmadı. Bir daha sorsak emin olsak. Sesi sabun gibi eridi ve şöyle dedi, çok makbule geçer, inanın. Nasıl, nasıl? Tam anlayamadım. Sigarasından bir nefes daha aldı. Yani... Benim tam bilemediğim konular bunlar şimdi. Bir yandan boynunda adının yazdığı kolyesini evirip çeviriyor, bir yandan gazoz kapağını açtıran o genç kız gibi çaresiz görünmeye çabalıyordu. Sigarasının ucundaki kül iyiden iyiye uzamıştı, ama o düşürmemekte de ustaydı. Oynamaya devam etti. Benim anladığım işler değil ki bunlar hiç. Annesi ona baktı. Gözlerine uykunun ılıklığı doluyor, gözkapakları kapanacak gibi oluyordu. Annesini hiç görmeden konuşmaya devam etti. Anlamamış gibi yaptı. Yeniden sordu. Bir daha anlamamış gibi yaptı. Yeniden sigarasından bir nefes aldı. Ve yeniden yardıma muhtaç göründü. Sonunda telefonu kapadı. Derin bir nefes alıp başını dikti, yumuşak bir süte benzeyen o halinden bir anda sıyrılıverdi. Çünkü oyun bitmişti. Sigarasını küllüğe sertçe bastırdı. Yan tarafta kendini kumlara gömmüş bir yaşlı kadınla gözgöze geldi. Çarçabuk başını çevirdi. Birdenbire kalktı, denize doğru dimdik yürüdü. Olmuştu. Arsayı o alacaktı. Hem de fazla koşturmadan. Önünde hiç bitmeyecekmiş gibi, sonu yokmuş gibi uçsuz bucaksız uzanan denize bakınca rahatladı. Oyundu. Her şey yalnızca bir oyun. Yürüdü. Yürüdükçe ürperdi.

Ve kendini sakince suya bıraktı. Denizin kokusu, serinliği onu iyice diriltti. İşte bu kendi halindelik, suyun verdiği hissizlik, inceden hissedilen bir kamaşma, rahatlama. Bu serpilme, bu kendiliğinden büyüme. Denizin içinde şimdi bu karmaşık ruhtan sıyrılıyor, arınıyordu. Yüzmüyor. Yüzükoyun yatıyordu. Bir ses duydu. Kalbinin vuruşu, kanın akışı, içindeki ritim işte en çok buradayken duyuluyordu. İşte burada. Şimdi. Kendisi. Oyunlar geride. Sahte bir oluş şimdi kıyıda. Bazı sözler sesli söylenmiyor, bazı oyunlar yazısız oynanıyordu. Kurallar belirli. Belirli. Soluğu ağırlaştı. Deniz, göğüs kafesinin üzerine kendisini büyük bir ağırlıkla bastırdı. Gövdesinin bütün dallarına, soluk mavi damarlarına, içinin yatağına, her daim içine çekilmiş gözlerinde uyuyan bu soğuk yılana dolanmış bir karmaşa, gidiyor muydu? Sular onu alıp da götürüyor muydu? Artık azalması beklenen bir heves. Başından bir türlü ayrılmayan o başıboşluk arzusu. Kuralsızlık. Ve yine bastıran aynı gerçeklik. Bir susuzluk gibi uzanan bu tuzlu su, şimdi hepsini alıyor muydu? Alıyor muydu? Bir şeylerin ahını taşırmış gibi, sonsuzluk beklentisinden yorulmuş gibi, bir duvarın dibine gidip ağlarmış gibi, utanmadan yaşamayı başarmaya çalışıyordu. Yalnızca bu. İşte gerçeklik bu, suyun ağırlığı ve onun dolanan kanı. Başka bir şey yok. Yok. Kumsalın ardından başlayan o güzelim yamaçları gördüğünde bile bir şey hissetmedi. Yalnızca bu. Yalnızca burada olmak. Yalnızca yüzünü sürdüğü deniz. Yalnızca içini yıkadığı deniz. Ve böylece emlakçıyı unuttu.

Denizden çıkıp geldiğinde annesini sandalyesinde uyurken bulmuştu. Onun sarıya boyanmış kısa saçlarına, yüzündeki engebeye, devrilmiş boynundaki derinin, soluk aldıkça sallanmasına, bedenindeki bütün yağlara tuhaf bir iğrenme ile baktı. Ve emlakçıyı yeniden hatırladı. Arsayı alacak ve üzerine çarçabuk bir ev yaptıracaktı. Emekliliğini, geceleri horlayan gündüzleri sakince soluklanan annesiyle birlikte işte bu yamaçtaki evde geçirecekti. Orda onun, ona bütün yaptıklarını bir bir hatırlayacaktı. Bütün söylediklerini. Bütün öğrettiklerini. Hatırlaması lazımdı. Hatırlaması lazımdı. Çünkü annesinin onu bir çim yumağı gibi nasıl budadığını iyice bir düşünecek, bazı kenar ve köşeler aranacaktı, sonuçları sebeplere bağlayacaktı. Annesinin ona hüner diye kattıklarını, marifet sayıp üstüne geçirdiklerini, aslında hayat boyu boynunda bir urgan gibi taşıdığını, onu tükettiğini apaçık apaçık görecekti. Bir oyun gibi değil. Bir gerçek gibi. Bir rüzgâr esti, şemsiyesi sallandı. Kalkıp bütün gücüyle şemsiyesini kumlara iyice ittirdi. Adam bunu gördü ama bu kez ilgilenmedi. Çünkü uyuyan bir kadını gözlüklerinin arkasından kaçamak izliyor ve görülmediğini sanıyordu. Karısı. Memelerinden karnına kadar gezinen, oradan beynine fırlayan habis bir urla yaşamaya çalışıp sonra ölmüş karısı da bunları oyun sanıyor muydu? Sanıyor muydu? Acı bir siren sesiyle irkildi. Sahil güvenlik sesleniyor, denizdekileri alelacele topluyordu. Bir rüzgâr esiyor, birileri denizden canhıraş kaçıyordu. Lacivert bir iç çekişin denizin ortasından uzaklara doğru bir bıçak gibi geçtiğini gördü. Annesi gözlerini ağır ağır açtı. Etrafına bir şaşkınlıkla bakındı. Rüzgâr esti. Şemsiyesi sallandı ama sapladığı kumlardan çıkmadı. Çıkıp uçmadı. Annesi etrafına bakıyor, ayak bileğinin çoktan kaybolduğu şişman ayaklarını kumlardan çıkartamadan bekliyordu. Olacakları izliyordu. Annesi, annesi... Şimdi bu gerçekliği apaçık ve korkarak izliyordu. İnsanlar koşuyordu. Bağırıyordu. Sevgilisi olmadan gazoz bile içemeyecekmiş gibi davranan o kız, omuzlarına krem sürülmesini sessizce bekleyen o genç kadın şimdi soluk soluğa kıyıya çıkmaya çabalıyordu. Bir şemsiye sapladı diye avutulmayı bekleyebilen o adam, bir küçük yardım için hazır bekleyen diğerleri, işte şimdi herkes kendi kendine. Şimdi herkes kendisiyle. Hepsi bir gerçeğin içinde.

Yamaçtaki evi düşündü. Pencereden, tepeden aşağılara baktığını gördü. Ve sonra birdenbire, birdenbire bir şey olacaktı. Bir şey başlayacak ve annesi pek şaşıracaktı. Önce arkasında bir sıcaklık hissedecekti. Dönüp bakacaktı. Duvarları, koltukları, masayı yiyormuş gibi, yutuyormuş gibi ilerleyen bir ateş, çıtır çıtır gülen bir ateş, onu korkusuyla baş başa bırakıverecekti. Kendi kendine. Kendi kendine. Bir gerçeğin içinde. Ve şeker hastalığıyla sakatlanmış ayaklarının onu koridor boyunca peşinde ilerleyen alevlerden kaçıramayacağını bilecekti. Hiç kalkamadığı, hep oturduğu sandalyesinde alevlerin önce duvarları bir yalazla sarışını sonra ikisini birden yutuşunu izleyecekti. Korkacaktı. Şaşıracaktı. Belki bağıracaktı. Ama o diyecekti ki, hadi alış bunlara anne, işte hepi topu bir oyun.

Bir rüzgâr daha esti. Martılar geçti. Üzerinden kırmızı mavi şeritler geçen şemsiye yalnızca titredi.

Gözlük

Bugün kendimi eski bir plak gibi
Öyle çok tersine çevirdim ki
Didem Madak

Ayak başparmağının yanındaki parmağı, diğer dördünden uzun olanlardandı. Suyun içinde kırılmış gibi duran ayaklarına uzun uzun baktı. O ikinci parmak sanki bir acelesi varmış gibi, bir anda çıkıp gidiverecekmiş gibi hazır ve uzun bekliyordu. Bunun şans getirdiğini ilk söyleyen, henüz evlenmemiş halasıydı. Halası... Kızıl kahve saçları, etine dolgun bedeni, merakla bakan gözleri, tatlı atan kalbi, ne çok severdi onun mavi gözlerini. Deniz gibi bakıyor bu çocuk, derdi. Ömrü kesin denize çıkacak, derdi. Kaptan mı olacak nedir. Gülerdi. Midyelerin ve çakıl taşlarının üzerinden geçerek ilerledi. Yavaş yavaş su yükseldi ve onu içine aldı. Suyun taze serinliğinin verdiği bu ilk ürpertiyi hâlâ aynı tamlıkla seviyordu. Yıllar boyunca başında kaptan şapkasıyla ne açık denizlere varmadı. Ne kıyılarda yüzmedi. Bir dümenin başında kök salmış gibi durup kendini bu denizlerin hâkimi az sanmadı. Bir gemide suların üzerinde ardında köpükler çizip de gitmek, gitmelerin en güzeliydi. Kendinden emin, başı dik. Çünkü ben bu oğlanı denizlerde görüyorum demişti halası. Şaşkınlık ve sade düpedüzlüğün iç içe geçmişliğindeki o çocuksu hal bir tek ona bu kadar yakışıyordu. Rahmetli. Onun dediği boşa çıkmasın da üzülmesin diye tutmuş denize varmıştı, kaptan olmuştu. Suya kendini bırakmadan önce, deniz gözlerini kısıp uzaklara bakındı. Deniz, biteviye uzanıyor, ufuk çizgisi yeryüzünü tam ortasından bölüp yarıyordu. Geçmiş oralarda bir yerde bir görünüp bir kayboldu. İster istemez hüzünlendi. Alamatralar denizin tek sahibi gibi gönenerek ve görkemle açıkta eğleniyor, altlarındaki deniz mağrur uzanıyordu. Suyun içindeyken mümkünmüş gibi, derin bir iç çekmeye uğraştı. Bu geçkin kızcağızın pencerenin önünde baht beklediği seneler, alesta durup kapı önündeki sandığını alıp da gidiverecekmiş gibi sıkıldığı sonbaharlar, güldüğü ve onu kucağında sımsıkı sardığı serin sabahlar, bu sabahın kahvaltısındaki kızarmış ekmek kadar yakınında duruyordu şimdi. Uzansan alırsın. Ballı bir süt gibi, bir parlak reçel gibi. Yutkundu. Bulutlar yavaşça geçtiler. Martılar habersiz uçtular. Kıyıda ter, bedenlerden yürüyordu. Kendini hafifçe bıraktı. Ayakları kesildi. Şimdi her şey kolaydı. Her şey engebeli bir geçmişten yoksunmuş gibi sereserpe uzanıyordu artık. Ama o yine de hatırladı. Yüzerken. Hepsini bir güzel. Halasının, akşamki düğünde akraba bir damada takılacak bir çeyrek altını çekmeceden alıp bir güzel koynuna sokmasını. Kahve gözleriyle gülmüştü. Yürü demişti. Neden? Çünkü o zamanlar tatilcilerin akın etmediği bu kıyı kasabasındaki bir küçük oyuncakçıya, bir tren gelmişti. Ve o pek beğenmişti. Evvelsi gün annesi alsın diye tepinmiş ağlamıştı. Annesi onu caddelerden ağlatarak, sürükleyerek yürütmüştü ve almamıştı. Üstüne bir de kızmıştı. Halbuki ayak parmağı da uzun ama... Ertesi güne halası, bir çocuğu güldürmeyi ziyanlık ömrüne vazife edinmiş halası, onu elinden tutmuş, çekmeceden aşırıverdiği altınla sokağa fırlamıştı. Sokaklardan bir yel gibi esmişlerdi. Trenle eve dönmüşlerdi. Annesi sormuştu. Çeyreklik nerede? Çeyreklik halının üzerinde çuf çuf dönüyordu. Annesini öfkeden bir güzel yakıyordu. Halası onu kolundan tutmuş ardına bir güzel saklayıvermişti. Ve annesine meydan okumuştu. Yapamazsın demişti. Kıyamazsın demişti. Yeter demişti. Gelme artık şu çocuğun üstüne demişti. Yapma demişti. Yüz bin kapıdan içeri girmişsin de küçücük bir kapıdan giremiyorsun demişti. Tren boşlukta beyhude dönüyor, anlamını duvarlara çarparak yitiriyordu. Dönüyordu. Her şey sadece dönerek geçip gidiyordu. Suyun içine iyice gizlendi. Kendini tanıyordu. Biliyordu. Kendini affetmenin, kendini kabul etmenin, kendini saymanın derdini gençken de duymuştu. Sonra sonra unutmuştu. Kaptan olup evlenince, önce büyük sonra küçük kızını kucağına alınca bunların geçtiğini, bu tuhaf sıkıntıların unutulduğunu sanmıştı. Ama şimdi kızları büyümüş, karısı ölmüş ve sonunda o emekli olup kıyıya yanaşmıştı. Evdeki mutluluk, gemideki gönenç erimişti. Gemiler uzaklarda ve evdeki odalar artık boştu. Şimdi her şeyi yeniden hatırlamak için, kendine kızmak için, varlığını duymak için ne çok zamanı vardı. Denizin içine daldı. Mavi gözlerini açtı ve deniz bu eski güzelliği yaktı. Su bedenini sıkıca sardı. Alsın onu o bitimsiz deniz ve bütün suçluluğunu dindirsin. Dindirsin. Ayakları ve kolları denizin içinde çırpındılar. Uzaklara doğru yüzüyor ve varlığı için af istiyordu. Kafasını çıkardığında nefes nefeseydi. Yaşlanıyordu. Tükenmiş her şeyin sonunda, yabancı biri gibi değil, her şeye aşina biri gibi, her şeyin tanığı biri gibi kendini bağışlamak istiyordu. Ölmeden. Yalnızlık. Boşunalık. Hep istemişti. Hep istemişti. Deniz kucağında onu güzelce avuttu, bir güzel salladı. Yumuşaklık. Hafiflik. Çok önceleri yaşanmış ve şimdi birdenbire hatırlanmış ama yine de alışılamamış o hayat, laciverdi denizin içine ince ince sızıyordu şimdi. Rahatlar gibi oldu. Uzaklarda yüzen bir kadını karısı sandı. Gözlerini kısıp baktı. Gökyüzünün bir parçası şimdi kırılarak üzerine düşse bu kadar şaşırmazdı. Özlüyordu. Kızların ağlamaları. Karısının odalardan odalara gezinmesi. Onları evde bırakarak uzaklara açıldığı o seneler artık düşünmeyi zorlaştıracak kadar, hatırlamayı ve efkârı beyhude kılacak kadar uzaklardaydı. Karısı denize değil toprağa dalmıştı. Uzaklarda, çok uzaklarda bir gemi, yürüyen bir nokta gibi geçti. Ona yine kendisini hatırlattı. Şanslı mıydı? Uzun ayak parmağı ile söyle şimdi halası, şanslı mıydı? Şanslı mıydı?

Güneş engebelenmiş yüzünü yakıp kavuruyor, kırlaşmış şakaklarından sular süzülüyordu. Ağlamak istedi. Ağlayamadı. Artık dışarıdaydı. Artık bütün bunların dışındaydı. Ev geçindiren adam, karısının beklediği koca, kızların özlediği baba, saygıda kusur edilmeyen kaptan olarak çizilmiş ve böylece idare edilmiş bu hayatın artık dışındaydı. Atıldı. Artık kızları düşünce babacım diye ağlamıyor, geceleri kâbus görünce onun koynuna yatmıyor. Büyüdüler ve gittiler. Artık ikisi de korkusuz. Karısının ne çok bekledim seni deyip onu sarması, bedenini onun bedenine yaslaması, akan kanı bile sıcacık. Hasretle kavuşmuş bedenlerindeki ter, karısının acı kahve saçlarının alnına boynuna terle yapışması, soluk soluğa söylemesi, ne çok bekledim seni. Ilık, fazlasıyla ılık nemli bir derinlikle çevrelenmek. Dalmak. Hepsi geçmişti. Artık bekleyeni yoktu. İsteyeni yoktu. Artık kimsenin ona ihtiyacı yoktu. Önemli bir adam olduğunu ona hissettirecek kimsesi kalmamıştı. Tırpanla üzerinden geçilmişti. İtilmişti. Kıyıya döndü. Kırlaşmış şakakları, içine çekmeye çalıştığı göbeği ile hâlâ genç olmaya çabalayan biri gibi yürüdü. Olabilirdi. Olabilirdi. Onu beğenen birileri, onunla konuşacak birileri, onu sevecek birileri olabilirdi. Bugün. Burada.

Kendini affetmesine, kendine acımasına gerek kalmayabilirdi. Her şey geçip gidebilirdi. Varlığını ona birileri, yine unutturabilirdi.

Kurulanıp uzandı. Ayaklarına baktı. Yine halasını hatırlar gibi oldu. Buna engel olmak için gözlerini kadınlara çevirdi. Kadınların hepsinde kendine özgü bir güzellik bulurdu. Kimisinin saçı, bazısının elleri, bazılarının çocuklarını sevişi, çiçekleri sevişi, kimilerinin hayvanları sevişi, hayvanlardan korkmaları, kimisinin güçlü duruşu, kimisinin sana muhtacım der gibi bakması, gitme deyişleri, bekle deyişleri, git deyişleri, istemem deyişleri, istiyorum deyişleri. Derin bir iç çekti. Hepsinin ayrı bir güzelliği vardı. Düşkündü. Biliyordu. Bir sonraki seferi beklerken evde geçen o zamanın sonuna doğru hep suskunlaştığından, karısı illâ ki sorardı. Senin, derdi, her limanda bir sevgilin var mı, sahiden. Anlıyordu. Kıskanıyordu. Kıskanmasında bile bir çağıldama, bir yücelme vardı. Kadınlığın gizli bilgisini onunla paylaşmıyor, sakladıklarıyla ve bazen incelikle sezdirdikleriyle onu eziyordu. Neden? Kızlar onsuz büyüdüğü, karısı onsuz yaşlandığı için mi? Ömrü dışarılarda geçtiği için mi? Karne günleri, okul temsilleri, müsamereler, düğünler... Her fotoğrafta eksikti. Yeri hep boştu. Boştu.

Güneş bulutları bile eritecek kadar yandı ve onun yanından bir kadın sıcaktan adeta kavrularak geçti. Onu güne uyandırdı. Unutması lazımdı. Unutması lazımdı. Yaşayabilmek için burada olması lazımdı. Kadını seyretmeye koyuldu. Kadın etrafına bakınıyor, yerleşebileceği bir şezlong arıyordu. Uzun boynu, dik yürüyüşü, kibirli duruşu, bu birleşim nazik bir seyri sahiden de hak ediyordu. Çünkü onun da üzerinden yine saklanmış bir bilgi sızıyordu. Acıktıran bir estetik. Onu izledi. İzledi. Ve bütün geçmişini adeta unuttu. Halasının saf neşesinin ve karısının eriyerek solmasının ve annesinin onu bir türlü sevemeyişinin, yani bütün ölülerinin üstü toprakla kaplandı. Nefes aldı. Dünya bırakıp da gitmeyi hak etmeyecek kadar büyük bir güzellikle, derin bir haksızlıkla parıldıyordu şimdi. İzledi. Kadın şapkasını çıkarıp kısa kızıl saçlarından ellerini bir edayla geçirdi. Ve böylece tanıdı. O kadın... Yalnız kendisiyle dolu olan ve hakkında konuşulan kadın. Dedikodusu orda burda edilen kadın. İki yetişkin oğlunun peşinde koşturmayan kadın. Yutkundu. Sahiden de bir havası vardı. Kadın elbisesini görkemli bir gösterişle çıkardı ve onu eritti. Selamlaşmak ister gibi yerinde hafifçe doğruldu. Büyüdükleri bu yer hakkında, bu yaz, sıcağın fena bastırması hakkında ve emekli olmak hakkında konuşabilmeyi isterdi. Ama kadın başını çevirdi. Derin bir nefes aldı. Mısırcı bağırarak geçti ve çocuklar peşinde koştu. Baş parmağının yanında uzadıkça uzamış parmağına baktı. Ve güneş gözlüklerini takıp saklandı. Kör olması lazımdı.

Hüzünlü bakan kadınlara, ağlayanlara, yarası olanlara ve mağrurlara oldum olası dayanamazdı. Sevilmek için doğanlar işte böyleleriydi. İnsana kendini yabancı değil de yakın hissettirirdi. Önemli hissettirirdi. Bir kibrit çakıp sigarasını yaktı. Yeniden başlamıştı. Sigara kokusundan tiksinen ve dudaklarına izmarit değdirmeyen karısı kanserden ölünce şu meretten mahrum kalmanın boşunalığını kavramış, gidip bir paket alıvermişti. Tüttürdü. Gün en çok ölülerle pıhtılaşıyordu. Güzelliğini dünyanın, en çok onlar hatırlatıyordu. Ölünüyordu. Ölünüyordu. Gözlüğünü çıkarmadan, etrafına bakınmaya devam etti.

Yaşlanmakta olduğunu görmek istemeyen bir kadının bir şemsiyenin demirini kumlara saplamaya çalıştığını gördü. Bir yardım çağrısı. Bir hüzünlü davet. Koşmalıydı. Koşmalıydı. Onu çağıran birisi vardı. Çekilin. Çekilin. Ben varım. İşte buradayım. Kadının etrafına bir küçük kız gibi bakan gözleri onu bir sonsuzluğun içine, sapasağlam bir gençliğe çağırıyordu şimdi. Orada olmalıydı. Bir yabancı ona gel diyordu, gel diyerek ona, varsın diyordu. Koştu. Gülümsedi. Kadının yüzündeki engebeleri çoktan çözmüştü. Akrandılar. Eski yazlarının anısıyla şemsiyeyi aldı. Dümeni döndürmüş kollarıyla kumlara sapladı. İşte bir gönenç, bir yücelme, sağlamlık, dirim... Şemsiye artık uçmayacaktı, onun sayesinde. Onun. O bir erkek. Kadına baktı. Yüzünde annesinden takdir bekleyen bir oğlan çocuğunun haklı gururunun asılı olduğunu, kadın acaba görebiliyor muydu? Sanki hayata hazırmış gibi baktığını sezebiliyor muydu?

Kadın ona gülümsedi, akranlar arası bir ahbaplık artık başlayabilirdi. Kadının yanındaki annesine de selam vermeyi ihmal etmedi. Annenin ayak bileklerinde şişman bir atkı dolanmış, uyuyordu. Bacaklarını hareket ettiremiyordu. Ah şu yaşlılık, şu işe yaramazlık. Kadın buyrun dedi. Beklenen davet. Özlenen. İkiletmeden oturdu, göbeği çıkmasın diye arkasına iyice yaslandı. Kadının oturuşu da onunkine benziyordu. Bir meydan okuyuş. Dünyada kendisinden başka biri yokmuşçasına bir sereserpelik, değişimi kabullenememezlik, katılık. Adam işte bunları izleyerek ve tedirginliğini bastırmaya çalışarak oturdu. Arkasına iyice yaslandı. Yaşlı ana-kızın tepesinde şemsiye, ihsan edilmiş bir gölgeyle sallanıyor, onların bu hali adamda bir türlü bastıramadığı tuhaf bir acıma uyandırıyordu. Bu acıma az kalsın ana-kıza fütursuz bir sevgi duymasına neden olabilirdi. Biraz lafladılar. Sevinçliydi. Hayatını kısaca özetledi. Kaptanlık, babalık, dulluk. İşte hepsi bu kadardı. Zaman güzelce geçiyor, güneş onları yakarak tepelerinden kayıyordu. Dünyanın aynı zamanlarında doğmuş olmak büyük ortaklıklar getiriyordu. Benzer aileler, benzer üniversiteler, benzer evlilikler, benzer pişmanlıklar... Aşina oldukları kayıplar.

Yaz arkadaşını bulduğunu sanmış, coşmuş anlatıyordu. Bir anda ve hiç çekinmeden özetliyordu. Her şeyini bu kadın bilsin istiyordu. O kadar yalnızdı ki. Birileri onu sevsin, sevsin artık. Avutsun. Zaman geçmeyecekmiş gibi eğlesin. Üçünün de üzerinden akan tuhaf bir şey vardı. Neşeli kumsala doğru yayılan, savrulan hüzünlü bir şeyler. Kadının saçının esen rüzgârla yüzüne gelmesi, saçlarını çekerken bileğindeki zincirde sallanan nazar boncuğu, annesinin dünyayı uyuklayarak izlemesi, kendisinin oturuşu ve ayak parmaklarındaki çaresizlik... Hepsi havaya dağıldılar. Her şey işte böylesine parçalı bir burukluk ile doluyken birdenbire beklenmedik bir şey oldu. Kadın ayağa fırladı. Yüzeceğim, dedi. Şaşırmıştı. Dışarıda bırakılmıştı. Yüzeceğimde bir davetin olmadığının farkında olacak yaştaydı. Ve dip dibe olmayı üstelemeyecek olgunluktaydı. Diretmeden ama şaşkın, kalktı, "Tabii" dedi. "Özür dilerim, vaktinizi aldım." Annesi ona kaçırılan bir trenmişçesine bakıyor, kızının fevriliğine anlam veremiyordu. Şemsiyenin altından çıktı ve yerine döndü. İçinden fazlasıyla aşina olduğu bir duygu çizerek geçiyor, avutulmadan postalanmış olmanın verdiği cılız keder göğüs boşluğunu eziyordu. Şezlonguna oturdu. Etrafına bakındı. Herkes gençti. Herkes gençti. Kimse emekli olmamış gibi, kimse ölülerini gömmemiş gibi, kimse pişman olmamış gibi, sakince oturuyor, neşeyle ve kedersiz yüzüyordu.

Taşlar... Taşlar dizilmişti. Taa yukarılara kadar, yamaçtan aşağılara kadar. Birinde karısı yatacaktı. İşte bütün bunların arasında herhangi birisinde. Bahar gelmişti. Çiçek bitmişti. Ot bitmişti. Toprak gülmüştü. Taşı güldüremeyecekti. Sonsuz uykusunun yalnız yatağında. İşte sonsuzluk. Sonsuzluk. Ayaklarına bakmıştı. Kanserle parça parça çürümüş bir bedeni, çukura indirip de gömmüş bu ayaklar söyle halası, söyle şimdi, şanslı mıydı? Toprak bu incecik bedene bir serin yorgan gibi örtülürken her şey uzaklaşıyordu. Nefes alan her şey. Yüzler, ağaçlar ve hatta deniz. Kızları beride ağlıyordu. Ana hasretiyle yanacak bu ergen kızları eğlemek, artık ona düşmüştü. Payına bu kaptanın halası görüyor musun, işte bunlar düşmüştü. Ayak parmağı da uzun halbuki. Bazı olaylar olmuştu, bazı yaşantılar bitmişti, bazı sevinçler çoktan yaşanmıştı, bazı pişmanlıklar olmuştu ve her şey ötedeydi artık. Daha ötelerde. Denizin ardında. Karşı kıyılarda. Görülüyorlar mıydı? Eşini kaybetmiş bir koca, annelerini kaybetmiş yavrular, işte bu canlar, şimdi nefes alacaklar, ne olursa olsun yaşayacaklar, tüm bunları görüp de anlayan var mıydı? Gören var mıydı? Başsağlığı. İyilik dilekleri. Ateş düştüğü yeri yakarak başkalarından uzaklaşıyordu. Bunların onlar için kifayetsiz olduğunu bilen yok muydu? Bu iki kız ve babanın arasına kımıltısız bir kaybedişin artık yerleştiğini, geceleri hareketsiz bir kasvetle yanacaklarını, uyumadan önce ve uyanınca her şeyin sahte bir düzenle sürdürülmeye çalışılacağını biliyorlar mıydı? Biliyorlar mıydı? Halbuki öğretmeni de söylemişti. Okulun duvarından aşağı düşmüş ve ağlamıştı. Ayak bileğinin çıt edip kırıldığını henüz bilmiyordu. Öğretmeni koşmuştu. Ayakkabısını, çorabını çıkarıp bakmıştı. Şimdi doktora gideceğiz demişti. Geçecek demişti. Sen şanslı bir çocuksun demişti. Neden? Çünkü, parmağın uzun.

Bekledi. Bir şeyleri bekledi. Kızıl saçlı kadın da, şemsiyesi için yardım isteyen kadın da yüzüp döndüler. Onların ıslak bedenlerini izledi. Gençleri izledi. Sular onların bedeninden daha hızlı kayıyor, güneş onları daha yüksek bir ateşle yakıyordu. Genç kızların kumsal üzerinde koşmasında, şezlonga boylu boyunca uzanmasında, büyük kahkahalarla gülmesinde, hep tazecik bir şey vardı. Varlıkları bir meyvenin ağızda kütürdemesine benziyordu. Ağızdan kulaklara kadar varan sulu ve mayhoş bir tazelik. Sulu bir salatalıktan bir bıçağın kütürt diye geçmesi gibi, kesilmiş şeftalinin serin suyunun tabağa parlakça süzülmesi gibi. Lezzetli ve taze.

Güneş gözlüğünün ardındaki gözlerini kapadı. Rüzgârı duymayı denedi. Rüzgâr kuvvetli bir süpürüşle esmeye, altındakileri hızlanan bir güçle zedelemeye başlamıştı. Anladı. Gözlerini açmak istemedi. Neyle karşılacağını iyi bildiğinden yummaya devam ediyordu. Sirenler bağırıyor ve bu onu irkiltmiyordu. Dağılan bir tazeliğin, canlı bir resmin ortasında bozulmadan kalabilmiş kuru bir sakinlik. Kuvvetli bir can korkusunun kumsalın ortasından canhıraş geçtiğini işte bu tuhaf ruhuyla duyuyordu. Karanlık ve yok edici bir oluşu istifini bozmadan dinlemeye devam etti. Bağırıyorlardı. Çıkın diyorlardı. Çeken akıntı diyorlardı. Denizlerin şahini bu adam, engin ve esintili bir hırçınlığın neye mal olabileceğini bilerek sakince oturuyordu şimdi. Geriye kalan buydu. Yalnızca bu. Kestane karasından, alargada fırtınanın kabarıp yuvarlanışından, alaboralardan, dizilmiş taşlardan, geriye işte yalnızca bu kalmıştı. İsyan yok. Pişmanlık faydasız. Belki biraz hevesli ama kuru, kupkuru bir soluk. Korkusuz. Yaklaşan ecelden kaçan canlı, capcanlı kalabalığın seslerinde gördüğü, inanmayacaksınız ama, bir karpuzdu. Sert ve beklenmedik bir darbeyle ve muazzam bir ses çıkararak karpuz, mükemmel bir kırmızılıkla yarılıyor, süzülen suları önce iştah uyandırıyordu. Sonra kırmızılık, ani bir kaybedişle içine çekilerek bütün suyunu yitiriyordu. Ortasına doğru çöküyordu. Kendi içine kapanıyordu. Kuruyordu. Kuruyordu.

Sirenler kumsalı yarmaya devam etti. Gözlüklerini düzeltti ve ardındaki mavi gözlerini hiç açmadı. Denize bakmadı. Karpuzun çürüyüşünü izlemeye devam etti.

Kum

Fezanın
Lacivet bir serap gibi insanları sardığı bir gün
Dağınık hafif bir uykudan kalkar gibi
Teyelleyeceksin kendini
Lâle Müldür

Ayak tırnakları uzamış, bir cadının ayağına benzemişti. Uzun uzun baktı. Bir süpürgem eksik diye düşünüp güldü. Kendisine ve başka her şeye gülme alışkanlık ve rahatlığını yıllar içinde edinmişti, neyse ki. Müzedeki bir taş kadar ağır ve ciddi olduğu yıllar, bir şeylerden feragat etmesi beklenen, talepkârlığı büyük bir ayıplanma ve utandırma ile başlamadan bitirilen yıllar sertçe örtülmüş bir kapının ardında kalmıştı. Ve işte böylece dünya gözlerinin önünde alaylı bir yere dönüştü. Yaşamakta bir şey yok. Herhangi bir ağırlığı yok. Artık her şey komik. Kocası ne komik ölmüştü. Yıllar ne komik geçmişti. Yaşlı bir kadın, ne de komikçe olunuyordu. Bacaklarını ağır ağır kuma gömdü. Kalın ve etli pembe beyaz bacaklarından kumlar, elmalı kurabiyenin üstüne serpilen pudra şekeri gibi neşeyle zıplıyordu. Kumlara gömülmek komikti. Toprağa gömülmesi bile komik olacaktı. Arkasından ne komik ağlayacaklardı. Dua edeceklerdi. Kalıbı dinlendiriyor diye, yedisinde oturup etli pilav yiyeceklerdi. Sonra kırkını da çıkarıp komikçe dağılacaklardı. Haydi tak sepeti koluna. Herkes kendi yoluna. Çünkü o da böyle yapmıştı. Tedirgin eden ve aslında korkuyu da içeren bir mizah, yasa girmesine hep engel olmuştu. Yapamıyordu. Rüzgâr estiğiyle, güneş kavurduğuyla kalıyordu. Ve geriye kalan her şey sapasağlam.

Hazır nefaseti henüz sağlamken, bir güzel şeftali yedi. Çocuklar bağrışıyor, torunları yanına gelmiyordu. Denizdeki çırpınmalarını görüyordu. Kolları ince, omurgaları sağlam, yüzleri meraklı. Tüten bir güneşin altında, dalgalanan bir denizin içinde kabarıyorlar. Şimdi müşfik bir babaanne gibi torunlarının sevinçlerine sevinmesi gerek. Ama iki çift lafa hasret bırakıyorlardı insanı hep. Çocukken çocuk olduğu için, yaşlıyken yaşlı olduğu için atıl olması, hep bir kenarda unutulması, sesinin duyulmaması komik bir haksızlıktı. Komikti. Çünkü çocukken de aynısını yaşamış olması, yaşlılığında buna katlanmasını bir bakıma kolaylaştırıyordu. Onu güldürüyordu. Dünyanın sonsuz tekrarında, bir şeylerin önceden düşünülmüş olması gibi bir hal vardı sanki. Önceden ayarlanmış, insanlık zorda kalmasın diye önceden tasarlanmış, birileri tarafından önceden yaşanarak onaylanmış, tekrarı ise işte şimdi ona bırakılmış. Tecrübe denilen zorlu illeti etmesi beklenmiş. Ve etmişti. O yoldan geçmiş ve sırasını savmıştı. Öyle değil mi? Öyle. Şeftalinin çekirdeğini kumların arasına gömdü. Kendi kendine güldü. Yasak bir şeyler, ayıp bir şeyler yapmakta hep çekici taraflar bulmuştu. İşte bir kendini tekrar daha. Ama vazgeçmekle hata ettiğini çoktan kavradığı o tehlikeli günlerden, kuma çekirdek gömmeye varacak kadar düşmesinde acınası bir yan vardı. Acımak. Acımak. Bütün kötülüklerin anası. Çünkü zavallı bir kibir içeriyordu. Bir iğnenin topuzunu sertçe içeri bastırmaya benziyordu. Terledi. Çekirdek kayboldu. Güneşin bütün insanlığı yakması iyiydi. Herkesi terletiyor, aptallaştırıyordu. Gülümsedi. Bacakları kumun altında artık görünmez olmuştu. Şimdi yalnızca üst bedenden, kollardan ibaretti. Etrafına bakındı. Başkalarının gözlerinden kendine bakmaya çalışıyordu. Denizde debelenen azman torunlarını kumsalda bacaklarını kuma gömerek bekleyen, önüne açtığı taze ceviz ve şeftaliyle, bacaklarında varis ve gözkapaklarındaki düşüklükle, beline dolanmış et simiti ile, kısa saçlarındaki kırlar ile, açık teni ve ela gözü ile münis ve tatlı bir babaanne gibi görünmeyi ne de güzel başarıyordu. Şimdi nihavent makamından bir sazlı söze girse yeri vallahi. Güldü. Herkes tanıyor bu babanneyi canım. Bayramlarda eli öpülen, sarkmış memelerini sallayarak torunların acayipliklerine gülen, birkaç yıla kulakları ağır işitecek olan, dili yanıyor diye çayı sıcak içemeyen... Yatarken terliklerini yatağının yanında muntazam çıkaran. İlaçlarını başucundaki komodininde bir sepet içinde saklayan. Evine yaşlılığın o tuhaf kokusu dolan işte o da o sevimli babaannelerden, cumartesileri pazara giden. Herkese benzemeyi becermişti. Herkese benzesin. Daha da benzesin. Daha da benzesin. Ve böylece onun, zamanında, bir kadına meftun olduğunu kimseler sezemesin.

Yutkundu. Leopar desenli mayosunun şekillerindeki büyümeler, açılıp kapanmalar, eprimeler bile diğer yaşlı kadınlarla aynıydı. Beyaz bacaklarında dolay dolay gezinen morlu mavi damarlar, kumla örtülen azmış siyatikler, ağrı, sancı, sızı. Her şey tamamdı. Bu onu fazlasıyla rahatlattı. Kimse anlayamazdı. Üstünde annesinin diktiği lacivert keten etek-ceket takımla, babasının aldığı siyah alçak topuklu pabuçlarla kendisine hiç uymayan bir kasavet içinde o ağaçlıklı yoldan yürümeye çalıştığında, yatılı okuduğu hemşirelik okulunda son sınıfa geçmişti ve yalnızca on yedi yaşındaydı. Bir kız çocuğuna kadın olmanın en fazla öğretildiği ve olmasının en fazla yasaklandığı o sipsivri yaş. Tene batan, yoran, o karmaşık ruhun bir türlü uyamadığı o demirden bedene en sonunda pes edip boyun eğeceği yaş. Nasıl yürüneceğini bilmeden yürürken, büyük gelmiş bir kazak gibi kollardan uzayan büsbütün bir fazlalık, tuhaf bir kamaşma içeren ama açıkça gösterilmeye fırsat tanınmamış kişiliğinin üstünden pespayece sarkıyordu. Uzun saçlarını kestirmeye gideceklerdi. Annesiyle parkın köşesinde buluştuklarında, annesi merhabadan önce ona şunu söylemişti. Dizlerini kıvırmadan yürü. Karşıya bak. Nazik bir kız gibi ilerle. Gibilerin yeteceğini zamanla öğrenecekti. Olmaya gerek bile yoktu. Görülmek kafi. Her adımında dizlerini kıvırmamaya çabalarken, birer şeftali gibi asılmış memelerini göğsü içine çekmemeye çalışarak yürürken, yoruldu. Atatürk parkının etrafından dolanmışlar, ana caddeye çıkmışlardı. Nezaket içermeye çalışan bir ağırlıkla yürümeye uğraşıyordu. Bir hemşire olacaktı. Yaşlılara iğne yapacağı, veremli kederlilere rahat bir ölüm döşeği sağlayacağı, öksürüklü çocuklara şurup yutturacağı uzun upuzun bir ömre hazırlanıyordu. Çok kısa kestirmeyeceğiz, demişti annesi. Yalnızca uçlarından. Tabii. Çünkü kızların uzun saçları olur. Rüzgârda havalanması, geceleri vecd halinde taranması, gündüzleri bir hemşire topuzuyla sımsıkı toplanması gereken kalın bir kıl yumağı, belli ki dünyaya çok lazımdı. Yapılmaya çalışıldığı kişinin altında kalan o cılız ses, içini buruyordu. Yürüdüler. Yürüdüler. Köşedeki kasabı dönerlerken içerideki adam, bir kuzunun bacağına büyük bir satır indiriyordu. Alçak topuğu, kaldırımın kenarına sıkışınca sendeledi.

Kumların üzerinde herkeste bir yavaşlık vardı. Çocuklar yavaş, kadınlar yavaş, erkekler yavaş. Herkeste tuhaf bir kırılma, bir göz aldanması vardı sanki, sonsuzluk gibi uzanan deniz, dünyaya dair yeni bir kavrayış getiriyordu. Ağır ve alışılmamış bir yanma herkesin omzunu yalıyordu. Bu boğan sıcağın altında otururken, o günün esintisi yüzüne vurdu. Bir anlığına serinledi. Ağaçlar vardı. Ağaçların altından geçerken, onlara tutunmak istemesi vardı. Kollarını ağaçlara dolayıp orada sımsıkı dikilmek arzusu vardı. Kenarı kıvrık bir fotoğrafa bakar gibi kendine bakıyordu şimdi, kumlar ve güneşin arasında büsbütün sıkışarak. Ama hangisine? Kendisi bütün bunlardan hangisi? Önünden şişmanca bir kız geçti. Herkesin sevinçli, herkesin şımarık, herkesin başka biri gibi ama herkesin ağır çekimde olduğu bu yerde, kızın yüzündeki ümitsizliği gördü. Gençliğin çaresizliği onu omuzlarından tutmuş, sarsıyor gibiydi. Kıza acıdı. Kız yürüdü geldi, hemen yanındaki şezlongta memelerinden birini sağa, öbürünü sola doğru salmış şişman bir kadının başında durdu. Uzun uzun yüzüne baktı. Belli ki annesiydi. Kıza bir daha acıdı. Acıdı. Çünkü o da onun gençliğinde ümitsizce yaptığı gibi annesine, beni neden böyle kabullenmiyorsun, beni neden bir şey kılmaya uğraşıyorsun der gibi bakıyordu. Meydan okuyamayan sessiz bir hesap sorma. Kızın üzerinden dünyada nasıl beğenileceğinin, kabul göreceğinin bilgisizliği akıyordu. Bir kayıtsızlık ve hayatın nasıl işlediğine yönelik büsbütün bir cahillik kumlara bulanmış kocaman poposundan okunuyordu. Bilmiyordu. Belli. Kendisini nasıl göstereceğini o da bilmeyenlerden, bunun bekleniyor olmasını bir türlü anlayamayanlardandı. Yalnız değildi. Tek başına değil. Hiç olmadı. Sonsuz bir tekrar, sürekli bir devinim, bir dalga gibi gidip geliyor, üzerlerinden geçiyordu. Kısaca rahatladı. Lacivert keten etek-ceket takımı içinde sıkışarak büyük bir kederle kaldırımda yürümeye çalışan o ince kızla, kumsalda etrafına nasıl bakınıp nasıl durup bakışları nasıl toplayacağının bilinmezliğini yaşayan o dambıl dumbul tuhaf kız arasında bir kardeşlik bağı vardı. Kimsenin bilmediği bir alınyazısı asılıydı. Ona bir şey söylemek, bir dostluğa davet etmek istedi. Ama yapmadı. Birbirlerine benzeyenler birbirlerine benzediklerini bilirler. Ama bunun hakkında konuşmazlar. Çünkü o da konuşmamıştı. Bu konuda hiç konuşmamıştı. Ona ikisinin hamurunun nasıl da aynı mayadan geldiğini sezdirmiş, hep hissettirmiş ama ağzını açıp tek kelime etmemişti. Kuaföre girdiklerinde güneş kuaförün kapısının karşısında asılıydı. Kapı eşiğinde göründüklerinde, güneşin çaprazı, annesiyle onu nurlar içinde yeryüzüne indirmiş gibi olmuştu. Öyle olmuştu değil mi? Evet öyle olmuştu. Hatıralara mistik bir yan yüklemekte üstüne yoktu. Yoktu. Ama ne yapsın ki? Tam kırk beş yıldır aynı anıyı hatırladığından birazcık süslemek için, bir roman sayfasına benzetmek için fazlaca zamanı olmuştu. Onu gördüğünde, kaşlarını inceltirmek için bir koltuğa oturmuş bir kadının üzerine eğilmiş, işini yapıyordu. Beyaz bluzunun düğmesi arasından memeleri sallanıyordu. Başını kaldırmıştı. Kısa saçları alnına düşmüştü. Onun kısa ve şekil kabul etmemiş saçları... Ve böylece hayatında ilk kez etrafında gördükleri gibi, olmasını bekledikleri bir kadın gibi davranmayan, öyle olmayan bir kadın gördü. Güçlü, temkinsiz, heyecansız, iddiasız ve hüzünlü ve kibar görünmeye çalışmayan. Kendiliğinden güzel, kendiliğinden büyüyen bir ağaç dalı gibi, kontrol altına alınanamamış bir çağlayan gibi yeryüzüne kendiliğinden düşüvermiş. Çalı gibi dikenli bir güzellik, kaba saba bir incelik dükkânın ortasına yığılmış, duruyordu. Hoş geldiniz demişti. Birazdan sizi alacağım demişti. Oturmuşlardı. Küçük bir oğlan çocuğu onlara çay vermişti. Çay bardağında bir dudak boyasının silinememiş kalıntısı vardı. Onun dudaklarından olup olmadığını anlamak için dudaklarına bakmıştı. Ve görmüştü ki, onun dudaklarında dünyayı kemirmeye tenezzül etmeyen bir soluk var, dünyanın nimetine tamah etmeyen bir kibir var. Kadının kaşı üzerinde bir ileri bir geri giden ipli elleri, öyle çabuk, öyle kendiliğinden, sanki bu işi öğrenmek için hiç çabalamamış, sanki hiç doğmamış, sanki hep varmış ve hep kaş inceltmiş gibi, elleri kemikli, elleri kararlı, elleri kaba, öyle birinin elleri nasıl olacaksa öyleydi işte. Varlığı bir sonsuzluk gibi uzanıyor, ileri geri gidip geliyordu. Onu üstüne yaz güneşinin düştüğü bu bekleme koltuğunda eziyordu. Yalnızca on yedi yaşındaydı.

Kumsalın ortasından sevinçli bir esinti yürüyerek geçti. Ona içli bir nefes aldırdı. Törpülenmiş, beyaz sedef ile ojelenmiş, yüzüklenmiş ve kibarlığı yıllar içinde edinmiş orta yaşlı zayıf bir kadının eli, önünde bir sigara yaktı. Kadını izledi. Kadın sigarası dudaklarındayken alnındaki terleri işveyle sildi. Çocuksuz dedi, belli. Kadının dünyaya kendini sereserpe bırakışı ve varlığını hiç bozulmamış bir tamlıkla sever halinde, bir çocuğa can vermek için kemikleri çıtırdayana kadar çırpınmış kadınlara has o ılık hal hiç yoktu. Diğer eli kulağındaydı. Telefonda belli ki bir emlakçıyla konuşuyor, almak istediği arsanın imar izninin olup olmadığını bir süredir anlayamıyordu. Hayatı boyunca fazla zeki olmadığı için yardıma ihtiyacı olacağı düşünülen ama aslında zekâsını, işleri kolaylaştırmak ve yalnız kalmamak için itinayla gizleyen kadınlardandı. Kadın telefonu kapatıp kalktı. Eğilip sigarasını söndürdü. Bikinisinden ortaya çıkmış karnında doğurmuş kadınların karnında olan o hafif yumuşama, ortasından beyaz ve gümüşi çizgiler geçen o sütlü anaç iz hiç yoktu. İşte dümdüz ve yalnızca kendisiyle dolu bir karın. Alayla güldü. Bilmişti. Kadın artık yaşlılığa dönmüş poposunu kıvırarak kumlardan yürüyüp denize doğru gitti. Ve orada kayboldu. Arkasından, arsayı alacaksın korkma, dedi, yeterince aptal olduğuna ve kendi başına bir iş beceremeyeceğine emlakçıyı ikna edebildin. Eğlendi. Dünya sahiden de komik bir yerdi. Şişman kız ise annesinin başından ayrılmış, önüne bir sepeti çekmiş tıkınıyordu. Ama ne tıkınma. Kimse onu görmüyor gibi yiyordu. Kimse onu fark etmiyor gibi bütün börekleri içine yolluyordu. Yaşlı kalbinden kıza doğru bir sevgi yürüdü. Plastik bardağa bir su doldurup kana kana içti. İçi yanmıştı. Sıcak herkeste aynı harareti yapıyor, yaz bütün bedenleri kurutuyordu. Koltukta annesiyle oturmuş, sersem gibi ve derin bir sessizlik içinde onu izlerken ve sıralarını beklerlerken, yanlarındaki bir başka müşteri elindeki cam bardaktaki suyun son yudumunu çekmiş ve eğilip gözlerini kısmış, sesini alçaltarak şöyle demişti, sanki hayatın anlamını fısıldar gibi: Kocası evde ölü bulunmuş. Polis çok sorgulamış onu ama bir şey çıkmamış. En sonunda ecele hükmetmişler. Peşinden çok geçmedi bu dükkânı açtı. Malzemeleri Almanya'dan getirtmiş. Parayı nerden buldu bilmiyoruz tabii. Artık günahı boynuna. Ama çok becerikli. Ondan iyisi buralarda yok vallahi. Dehşete düşmüştü. Kocasını öldürmüş. Kocasını öldürmüş. Gözlerinin önünden bir adamın kanlı, kansız, yerde, balkonun altında, banyoda, yatakta, mutfak masasının altında, bir nehrin dibinde, bir ormanın kuytusunda kıvrılıp kalmış türlü türlü ceset halleri birer fotoğraf gibi sırayla çakarak geçti. Ona baktı. Kadının kaşlarını bitirmiş, bıyıklarına geçmişti. Kadın bıyıkları alınırken ah ah inliyor, o önemsemeden işine bakıyordu. Ellerindeki ip bir sağa bir sola bir aşağı bir yukarı inip kalkıyordu. Kendinden emin, zerre kuşkuya düşmeden, can yaktığını görmeden devam ediyordu. Sahiden öldürmüş müydü? Öldürmüş müydü? Nasıl öldürmüş olabilirdi? Kafasını sıra sıra uzanan komik yumurtalardan birinin içine sokmuş ve orada ondüle için beklemekte olan bir kadın, sıcaktan pişiyor, elindeki mecmuayı bağrına bağrına sallıyordu. Kadının yerinde kocasının kömüre dönmüş bedenini görür gibi oldu, kafası yumurtanın içinde. O, başında, yumurtanın yanındaki düğmeyi çevirdikçe çeviriyor. Adam ızgaradaki bir tavuk gibi kızarıyor. Vuruyor kırbacı kadın. Vuruyor kırbacı. Boğulacak gibi oldu. Gözlerini kırpıştırdı. Yeni dikilmiş ceketini bir hışımla çıkardı. Annesi onun bu eserekli ve kontrol edilmemiş, sınırlandırılmamış halinden, her zaman utandığı gibi yine utandı. Gözleriyle, kibar ol, dedi. Yoksa evde görüşürüz. Terliyor, kadına bakıyor ve ona büyük bir saygı duyuyordu. Çünkü onda bir hal vardı. Tanımlayamadığı ama hep arzuladığı korkusuz bir cesaret, alışılmamış bir başına buyrukluk vardı. Sonra mutfak taşında bir muz kabuğu, banyo taşında bir kalıp sabun gördü. Bir adam gelip bütün bunlara basıyor ve kafasını vurup oracıkta ölüyordu. Güldü. Annesi dirseğiyle dürttü. Olabilirdi. Olabilirdi. Birileri güçlü olabilirdi. Birileri bir suç işleyebilirdi. Birileri yaptığından hiç gocunmadan, hiç suçluluk hissetmeden dünya üzerinde kendine güvenle kaş ve bıyık almaya devam ediyor olabilirdi.

Şişman genç kız, doyduğuna hükmedince sepeti önünden ittirdi. Ellerini önce havlusunun kenarına şöylece bir siliverdi, sonra da dudaklarıyla burnu arasında kalan o terli aralıktan işaretparmağını geçirdi. Belli ki alınmamış bıyıkları terliyordu. Sonra da devrilip yattı. Böylece kumların yapıştığı koca kabası, güneşin altında kıpkırmızı yanmış geniş omuzları kumsala doğru kendilerini hiç sakınılmadan sunuverdiler. Öylesine çirkindi ki, kıza acıdı. Ve onun çirkinliğini güzel kılmak için çabalamamasına, kurallara aldırış etmemesine bakarak sevindi. Oluyordu işte. Oluyordu. Dünyada kendi halinde yaşamaya direnenler de bir şekilde kalıyordu. Bunu başaramayan yalnızca kendisiydi.

Ve yıkama koltuğuna oturmuştu sonunda. Başını arkaya yasla, diye buyurdu. Hemen yasladı. İyice arkaya uzan. İyice arkaya uzandı. Bu teklifsiz buyurganlığında muazzam bir sadelik vardı. Doğru düzgün ılıştırılmamış su, kafasını önce yaktı sonra soğuttu. Aldırış etmedi. Onun ellerinin altında canı yanmıyordu. Hisleri ölçüsüz bir kabullenmeyle çağıldıyordu. Kadın, onun arkaya doğru esnemiş uzun boynunu kırsa, ses etmezdi. Öldürse ölürdü. Vursa vurulurdu. Kaçırsa kaçardı. Gel dese giderdi. Kadının, başında gezinen hoyrat elleri onu kendine doğru o kadar çekiyordu ki, geriye sanki hiçbir şey kalmamış, dünya sonunda eksiksiz ve mükemmel bir pınara dönüşmüştü. Demek aşk buydu. Tesadüfi bir karşılaşmanın ardından gelen aydınlanma ve gönüllü bir tutsaklık. Uzun saç tutamlarının ve kadının yol yordam bilen ellerinin arasından kayan sular, kendi sessizliğinin sesi oldu, kalbinden gelenleri bastırdı.

Tam burada ağlaması lazımdı. Ama aradan geçen uzun seneler ağlamasına engel oluyordu. Defalarca izlenmiş bir filmin en güzel sahnesini, artık ağlayamayacak kadar ezbere biliyordu. Bu yüzden şişman kızın uyuyuşuna sakince bakmayı sürdürdü. Ve sıradan bir şekilde terledi. Güneş tepeye asılmıştı. Anılara aldırış etmeden, gün uzamaya devam ediyordu. Derken, çirkin kızın çirkin annesi uyandı. Ağzının iki kenarından bir yol olup süzülmüş tükürüklerini çarçabuk topladı. Ağır ağır kalktı. Başına şapkasını geçirdi. Sonra da kana kana su içti. Neden sonra kızına baktı. İşte o esnada kadının kızının dertop edilmemiş uyuyuşunu, içinde hiç sevgi ve merhamet içermeyen bir bıkkınlık ve tahammülsüzlükle izlediğini gördü. Kadın kızının üstünü bir havlu ile örttü. Şemsiyeyi üstüne doğru kaydırdı. Kendi kendine yine güldü. Ah her şey nasıl da komikti. Çarçabuk oyuna başladı. "Evlat değil mi? Hiç kıyılamıyor." Bunu söyleyerek bir kadına hâlâ aşık bir kadın gibi değil, evlatlarına düşkün bir babaanne gibi davranmayı becermişti. Kadının evladına yönelik bitmez öfkesinin, onu bir türlü kabul edip benimseyemeyeşinin öylesine farkındaydı ki, kadının nasıl bir vefakâr ana rolü oynayacağını merakla bekliyordu. Çok gecikmedi. Kadın adeta şakıdı. Arada bir, ellerini dudakları üstünden bir ev hanımı gibi geçiriyor, repliklerini perçinliyordu.

Sular başından akarken ve kadının kolları başında dolanıp dururken, çoktan teslim olmuştu. Bilinmedik bir gerilimle sıktığı avuçları yavaş yavaş gevşedi. Kadının becerikli ve çalışkan kuaför kollarının arasından, ekşi ve tuzlu bir taze kekik kokusu geliyordu. Yaz başlarında yağan yağmurdan sonra dağlardan esen türden, serin serin. Kendini bu kokuya bırakmıştı. Önündeki şişman kadına şeftali ikram ederken, bu anıdan sıyrılması zor oldu. Kadın çarçabuk geldi, teklifi tekrarlatma gereği duymadı, düşünme payı istemedi. Hemen yanaştı. Kadın şeftalisini yerken, kendisiyle ilgilenildiğini düşünüyor ve bu yaşlı kadının her hafta pazarda taze kekik koklamayı neden sevdiğini elbette ki bilmiyordu. Gülmemek için kendini zor tuttu. İkisinin de başka biri gibi davrandığı ya da bazı büyük sırları gizledikleri bir tuhaf oyunu karşılıklı sürdürmeye devam ettiler.

Saçlarının nasıl olmasını istiyorsun? Nasıl olmasını istiyordu? Kısa olmasını istiyordu. Taranmamasını istiyordu. Dünyaya birer diken gibi batmasını istiyordu. Öylece dağılmış olsun istiyordu. Savrulsun istiyordu. Onu sıkarak kuşatan keten eteği ve kibar bluzu içinde nefes almaya çalışarak, annem uçlarından olsun dedi, diyebildi. Kadın kendinden emin bir biçimde onun bu haline baktı ve güldü. Dudağını aşağı doğru kıvırarak gülmesinde, ne olacağını kestirememiş, kadere nasıl karşı çıkılacağını öğrenememiş bu zavallı kız çocuğuna yönelik bir alay vardı. Kadın makası aldı ve saçlarını büyük bir tutam yaparak bir hamlede kesti. Kesip attı. Kendi kısa saçlı başından önce arkadaki bekleme koltuğunda oturan annesinin aynada yansıyan dehşet, şaşkınlık ve öfkeyi aynı anda içeren yüzüne bakabilmişti. Anlamıştı ki, yörüngesine girdiği bu kadın ona hem korkuyu hem cesareti aynı anda gösterecek. Ona içindeki o tuhaf sesi duymayı öğretecek, bilmediği ama sürekli gerçekleştiğinden emin olduğu bir şeye, bir güce, bir gerilime, bir hakikate ermesine el verecek. Çocukluğundan beri süren o tek ve sürekli bir endişe hissinden, bir şeylerin olacağına, tuhaf bir şeylerin ortaya çıkacağına yönelik korkulu bekleyişinden onu koparacak. Onu kıyılara kadar getirecek ve ne olduğunu bilemediği ama yalnızca sezdiği bir kuvvetin akışına kendisini bırakmasını sağlayacak. Aynanın üzerinden bir şeyler sıyrıldı. Kum gibi... Kum gibi bir şeyler uçuştu. Bir hafiflik ve rahatlama ile aynadaki kısa saçlı yüzüne baktığında gördüğü artık başka birisi değildi. Kendisiydi.

Kadın, arkasında uyuyan kızının önünde şakımaya, durmadan yemeye ve zavallı bir mağdur gibi görünmeye devam ediyordu. Ona uyum sağlamakta bir sakınca görmedi ve bir yandan bacaklarındaki kumlarla oynarken bir yandan da hayatını kısaca özetledi. Emekli hemşireydi. Devlet demir yollarından emekli rahmetli kocasıyla birlikte sağlık ocağı ve istasyon bulunan kasabaları gezmişlerdi. Gezerlerken de iki oğlan ve bir kız doğurmuştu. Doksansekizde bu yazlığı almışlar, sonra da torunlanmışlardı. Buraya kadar her şey beklendiği gibi, olacağı şekildeydi. Kadın olanca yalancı mağduriyetiyle ona kadın olmak zor, çok zor dediğinde, ona uygun karşılığı bulmakta gecikmedi. Zor kızım zor, dedi. Ama en zoru yaşlı kadın olmak. Her şey yeterince komikti artık. Çünkü böylece ona, dolma doldurup börek açtığını, harçlık verip, kazak ördüğünü ama torunlarının buna rağmen onu görmediğini, kendi evinde arka odalara yollandığını, yanında konuşmadıklarını, hatta durmadıklarını bile ve gelinlerinin onu görmezden gelerek ittiklerini söylemiş oluyordu. Beklenen bir yaşlılık sıkıntısı önlerine serilerek açılmıştı. Serilmeden gizlenenler ise, yıllar boyunca kocasını pencereden itmek, adamın üstünde çalıştığı rayların altına ayağı kayıp düşmesini hevesle beklemek, banyo taşına bir parça sabun bırakmak, ondan saç kurutma makinesinin fişini yerler ıslakken çıkarmasını istemek gibi eğlenceli tasarılarıydı. Bunları ve bir başka şeyi daha gizlemişti. Bu yazlığa taşındıkları o yaz başında, bir strikninle bu işi bitirecek cesaret ve gücü kendinde sonunda bulduğunda –tıpkı onun gibi– kocasını aç aç yollamaya gönlünün elvermediğini, akşam yemeğinin bitmesini beklediğini ama kocasının sanki sezmiş gibi tereyağlı pirinç pilavı ve etini yedikten sonra birdenbire elini göğsüne götürüp yere yuvarlandığını söylememişti. Hayatın garip ve komik sonları vardı. Kocasının yerde ıztırap çekişini ve canını teslim edişini izlerken, kullanmasına lüzum kalmayan zehirden nasıl kurtulacağını düşünüyordu. Bunları itinayla gizledi. Gizledi. Bazı şeyler vardı. Kendisinin yalnızca sezdiği bazı şeyleri, bir seviyi, bir kadına yönelecek fütursuz bir tutkuyu, onun daha saçını keserken bildiğini, sonunda o akşam anlaması vardı. Bildiğini, bildiğini, bildiğini... Ve konuşulmayan benzerlikler. Bu vardı. Aynı hamurdan karılmış olup sonra bu duvar dibinden korkup vazgeçerek uzaklaşmak, başka bir şeye benzemeye çalışmak hep vardı. Hep olacaktı. Benzesin. Benzesin. Bir babaanneye benzesin. Güneş tepelerinde herkesi kavurarak sakince yürüyordu. Sıcağı hissetmek onu rahatlatıyor, yabancılara bakmak yüreğini dinlendiriyordu. Az önce gördüğü ve bir arsayı satın almak uğruna aptalı oynamaktan gocunmayan o korkak kadının denizden ıslak ıslak çıkıp gelişini seyretti. Zordu çok zor. Sonra durmadan yiyen ve konuşan kadının çirkin ve bu dünyada bir başına bırakılmış gibi duran kızı uyandı ve denize doğru yürüdü. Kızın, çok benzediği çirkin annesinin son taze cevizi de midesine indirişini iğrenerek izlerken, yakınarak ve sızlanarak şöyle söyledi. Gel dedi, gel beni iyice kuma göm. İyi geliyor, sıcak sıcak. Siyatikli yaşlıların beklediği türden bazı sıradan şeyler işte. Kadın kendisini dinlediği için minnet duygusuyla ve acınası dulluğuna inandığından emin olduğu için yanına gelip oturdu. Onun beyaz karnını, göğsünü, kollarını kumlara gömmeye başladı. Sonra birdenbire bir şey oldu. Bir şey başladı. Kuvvetli bir rüzgâr çıktı. Kumları dağıttı. Bütün tozları ve kum tanelerini boşlukta savurarak denize doğru hevesle koşsunlar ve kavuşsunlar diye fırtına üfledikçe üfledi. Birdenbire. Birdenbire. Çirkin kadın çirkin yavrusuna bir pişmanlık ve rahatlamayla koştu. Tabiatın işte bu kendi halindeliği, bu sırasızlığı... Bu kadar. Bu kadar. Fazlası değil. Kumların üstünde yatan kısa saçlı başı bir mutlulukla parıldadı. İşte böyle oluyordu. Bu kadar. Kabullenmenin ve teslim olmanın o eski anısıyla kumların içinde hiç kıpırdamadan yatmaya devam etti. Yeryüzünün sessiz ama güçlü esişine, dalgaların büyük iç çekişine, başkalarının korkusuna, ecel terine ve can taşıyanların bağrış çağrışına zerre aldırmadan kabullendi. Biliyordu. Çoktan anlamıştı. Köşesine büzülmüş, hayattan korkanların, içindekini görmezden gelip herkese benzemeye çabalayanların o alışıldık teslimiyeti işte bunu gerektiriyordu. Bu yüzden diyordu ki, yalnızca diyordu ki, düşünüyordu ki, ölüm işte böyle bir basitlik.

Şapka

Çok eskiden günlerden bir gün
Bir kadın ve bir adam
sevmiyorlardı birbirlerini seven kadın ve adamı
Robert Desnos

Karısının ayağındaki fırlamış kemiğe baktı. Tam başparmağının yanında belirmiş sanki ayrı bir topuk. Ayaklarımız. Yıllar içinde böyle yuvarlanıyor. Ayakta durmak işte adım adım zorlaşıyor. Ağrılar, sızılar. Bazı geride kalmalar. Yavaşlık. İşte orda oturuyor karısı. Hemen yanındaki sandalyede, şemsiyenin altında, elinde bir gazete. Arada denize bakıyor. Gelip geçeni, denize gireni, üstüne gözkapaklarının kıvrıldığı bal rengi gözleri baksa da görmüyor. Yine tasasız. Meraksız. Hayatın içinden ne geçerse geçsin, o yine kendisinin. Olsun. Oracıkta. Çocuklar yüzsün. Kadınlar gülsün. An hepsinden üstün. Resimlerin böyle renkli kalabildiği bu günde, ince bir toz gibi her anın üzerinden süzülüveren bu ince keder, karısının da üzerinden yürüyüp geçiyor. Çünkü yaşlandı. Zaman onu da yakıyor. Yıllar boyunca. Yavaş yavaş saçları beyazladı. Önce alnına oturan çizgi, zamanla bütün bedenini dolandı. Yanındaki berjerde, pencerenin önünde, fabrikanın yemeklerinde, mutfak masasında, emekliler gecesinde, bayram yemeklerinde, torunların doğumlarında, akşamüzerleri balkonda, çocukların tasalarında işte böyle birer birer eksildi. Şapkasını düzeltti karısı, öğlen oluyor, güneş keskinleşiyor, karısının üzerine düşüyor. Onu yakıyor. Dünyanın bu sıcağını kesin. Kesin. Bir serinlik verin. Karısı bunalıyor. Gazetesine biraz daha eğildi. Kaymış gözlüklerini düzeltti. Kaşlarını çattı. Bazı üzücü şeyler okuyor. Dünyayı durdurun. Durdurun. Bütün kötülüklere bir son verin. Karısı üzülüyor.

Gözlerini alamıyor. Gözlerini bu kadından alamıyor. Yıllardır alamıyor. Onu ilk gördüğü o günden, şımarık ablasının limonatalı yaş pastalı yaş gününden bugüne, kolejli günlerinden babanneliğine, aradan geçmiş tam kırk yedi yılda, saçlarının kahvesi griye beyaza akarken, yüzünden süzülen tüm yaşlarında, hep seyrediyor. Durmadan izliyor. Akşam güneşinden kızıl. Ormanların sisinden serin. Suların soğuğundan derin. İşte muhteşem bir seyir. Uzun parmaklar, kemikli uzun bir beden, sert bakışlar soğuk ve mesafeli, omuzlara düşen beyaz saçlar ve boynunun dikliği. Bir kadın daha ne kadar sevilebilir ki? Şimdi ayaklarını ovaladı karısı. Yüzünü ekşitti. Ağrısı var, ayakları sızlıyor. Sanki onun bu ezberlenmiş bedenine böyle bakınca nazarı değdi. Hemen telafi etmeli. Yamacına geliverdi. İşte böyle anlıyor neyi istediğini. Senelerdir. Sanki birlikte geldiler, birlikte gidecekler. Sanki öncesi yok. Bekârlığı silindi. İşte bir rüzgâr gibi, yamaçtan aşağı şöyle bir bakıp geri çekilmişsin gibi, bir ürperme gibi üzerlerinden esip geçti bir ömür. An gibi, dün gibi, trendeki saydam bir cam gibi, her şeyi geride bıraktılar.

Onlar bir günün içindeler. Nefes alıp nefes veriyorlar. Bazı şeylerden korkuyor adam. Tepelerinde bir bıçak gibi sallanan o keskinlikten. Bir çarşafa sarılıp vedalaşıvermekten. Topraklarının belirli günlerde evlatlarınca sulanıp öylece bırakılıvermesinden. Bir yaz günü? Bir kış günü? Sonbaharın başı? Ama bu sabaha da birlikte uyanabildiler. Yaşıyorlar. Çavdar ekmeğiyle kahvaltı ettiler. Bahçedeki ağaçlar başlarına gölge ettiler. Kuşlar hep ötüyor. Karşıdaki evin penceresinde bir yüz gülümsedi. Ona günaydın dediler. Kocası günün güzelliğinden, havanın sıcaklığından söz etti. Karısı dinledi. Öğlen sıcağı hep evde geçer, biraz uyku, biraz sudoku. Öğleye kadar yüzüp de gelmek için havlularını ipten alıp çıktılar. Yaşlılığın yaşama biçimi, bir patikadan yürüyüp geçmek gibi. Ağır, köstekli, küçük şeylere gülümsemeli. Kocası yolda ona bazı güzellikleri gösterdi. Böğürtlenler kızarıyor, kavaklar çoktan pamuklandı. Hayat daha ne kadar sevilebilir ki? Karısının yüzünde uzanan hep aynı duruluk. Coşku içermiyor. Kedilere, köpeklere ana-babalık ede ede kol kola kumsala geldiler. Beller ağrıyor. Önleri karanlık. Yolda kızlarından ve oğullarından söz ettiler. Kızlarının üçüncü kocasını da bırakıp yollara düşmesine, oğullarının bir barı daha kapatıp başka bir yerde yenisini açacak olmasına yine bir anlam veremediler. Hayata yeni baştan başladıklarını söylüyordu çocuklar. Oysa onun sık sık başlanabilen bir şey olmadığını, başladığını ve sonra bittiğini göstermek için daha ne yapmalılar? Sonra dedi ki karısı, olabilir, her şey olabilir. Yeter ki iyi olsunlar. İşte ondaki hep böyle bir kabul. Sonra buraya gelip oturdular. Her günkü gibi. Yaz günleri. Yüzdüler. Çıktılar. Şimdi biraz kurumayı bekliyorlar. Denizin mavisi yerinde, torunlarıyla akran gençler kumda böyle bağırışıyor, gökten bulutlar çekilmiş, hadi biraz gülün demiş. Böyle bir günde karısının gül yüzü neden buruluyor? Çünkü ağrısı var. Sızısı var. Onları dermansız bırakan bu haksız yavaşlık acaba bu güzelim hayatın içinde yürekleri neden hep böyle boşuna yoruyor? Değer miydi? Gereği var mıydı? Evde süt bitti, uçakta hiç yer kalmadı, gittik evde yoklar, yol bitti, köprü yıkık gibi bir sadelikle bu hayatın içinden birer birer azalıveriyor insanlık. Sıradaki! Kocası, denizin mavisinin üstüne düştüğü mavi gözleriyle ona yine gülümsedi. İçindekileri bir bir gizledi. Karısının varislerin sardığı pörsümüş bacaklarını, yuvarlak kemikli ayaklarını güzelce ovdu. Sızısı dinsin. Güzel yaşasın şu güzel kadın şu güzel âlemin üzerinde, yolun sonuna kadar, canı hiç yanmasın. Onu bir şey yormasın. Karısı ayaklarını iyice uzattı, yattığı yerde gerindi. Kısaca sevindi. Demek ki iyi gelmişti. Şimdi karısından bir büyük gülümseme gelmesi icap ederdi. Bir teşekkür. Bir şükranlı bakış. Gelmedi. Kesik gülümsedi. Kocası şaşırmadı. Alışkın. Yıllar beklentilerini çoktan törpüledi.

Onların da genç olduğu seneler vardı uzaklarda, arada sisli sisli beliriyordu, adamı yoruyordu. Yeni evlendikleri kış, adamın saçları canlı siyah gözleri ferli maviyken, apartmanın bahçesine çiçek tohumlarını taze karısının adının sırasınca dizmişti. Bahar geldiğinde karısı güneşli sabahlarda uyanacak, pencereden bakacak, adı gibi açmış çiçekleri görünce sevinecekti. Gülümseyecekti. İçinden bir güzellik geçecek, ona belki biraz tutunacaktı, bir rüzgârlığa nasıl tutunursa güneş. Bu tutukluğu, bu duruluğu geçecekti. Boynuna sarılacaktı. Canım, diyecekti. Ne hoş bir incelik, ne büyük bir sevda bu sendeki diyecekti. Yani ben senin için bu dünyada açmış bir çiçek miyim, diyecekti. Tazecik bir menekşe miyim? Bir serin sümbül, bir morlu akşam güneşi miyim? Sevinecekti. Dili tutulacaktı. Kocasını oracıkta, dilsiz dilsiz sevecekti. Yıllar sonra çocuklarına, çocukları olduğunda yani, bu güzel anısını anlatacaktı. Tabii bu sırada güzel geçmiş bir ömürle yaşlanmışlar. Ama ne güzel yaşlanmışlar. İnsan gençken bilmiyor başına gelecekleri. Hepsi bir haklı ümit, bir alacaklı niyet, yazlık sinemadaki o mutlu son diye biliniyor. Gözlerinin içi gülerek diyecekti ki çocuklarına; ah bu babanız, diyecekti. Derken de ona hürmet, sevgi ve hiç eksilmemiş bir bağlılıkla bakacaktı. Yanına yarım asırlık bir çeyiz gibi işlenmiş o mahçup gülümseyiş. Ne incedir diyecekti. Böyle olacaktı. Hiçbiri olmadı. Olmayacaktı. Olmayacağını bilmeyecek kadar gençti. Hayatın cahiliydi. Henüz tasalanmamış o genç memur, hayatın neşesinden bile daha çok sevilmiş taze bir eşe nasıl bakarsa bir âşık, öyle bir ümitle, eli böğründe baktı, o günün sabahı. Karısı pencerenin altındaki nergislere, serin sümbüllere baktı. Baktı. Baktı. Ve bahçede çiçeklerle yazılmış adını görünce sadece utandı. Konu komşunun penceresi önünde adının sereserpe çiçek açmasını, boylu boyunca yatmasını çok garipsedi. Utandı. Utandı. Böyle şeyler uluorta yapılmaz. Sevgi gizlidir. Saklanır. Ortalara serilmez. Şimdi onun bu sakınılmamış sevgisini üst kattaki Albay Adnan Bey ve onun hanımı Handan Hanım ve hiç evlenmemiş kocaman oğulları da gördüler. Alt kattaki dul Letafet Hanım ile bakıcısı da gördüler. Kaldırımdan yürüyüp geçenler de gördüler. Eyvah! Bir tiyatro, bir müsamere, bir sahne mi canım evlilik? Herkesin gözleri önünde okunmuş bir şiir mi? Yıllarca birlikte yaşayacakları bu insanların yüzlerine nasıl bakacaktı şimdi? Hepsi adının önünden geçip gittikçe, müstehzi güldükçe, o dairesinde nasıl oturacaktı? Zaten evlenmiş olmaktan bile utanıyordu. Bir kocasının olmasından, birbirlerinin ailelerine akşam yemeklerine gitmekten. Gizlenecek ne varsa hepsini cümle âlem biliyor. Nikâhlarını kıymış belediye, yüzü gri eli kemikli devlet biliyor. Eyvah! Kocasının babası oğlunun koynuna girip de o işi yapan bu kızı gelinim deyip seviyor. Utanç! Bu bile fazlaydı onun üstü tırpanlanmış sadeliğine. Heyecansız sevincine, gözyaşsız acısına. Kalkıp bir de böylesi taşkınlıklar. Sevdim diye haykırmalar. Kocasının görülmekten imtina etmesini dilerdi. Göstermeden yaşamasını. Yalnızca sezdirmesini. Gizli. Sessiz. Yasaklı. Heyecanını tutsa. Dilini bile tutsa. Sussa. Yorulmadan yaşasa. Olmuyordu. Nasıl geçecekti bu ömür birlikte, dip dibe, yan yana? Gürültüler içinde koyun koyuna? Sevinçten eriyeceğinin beklendiği yerde işte o gün, o böyle kalakaldı. İşte sadece yaşayacaklardı, bu kadar basit. Ne bu tantana bu sonsuz sevinç. Daha önce ne yaptıysa insanlık, nasıl olduysa öyle yaşayabilirlerdi. Zor değildi. Bulandırmaya, göstermeye, büyütmeye lüzum var mıydı? Yoktu. Kocası ona baktı. Baktı. Baktı. Karısının yüzünde açılmamış bir mektup buldu. Gönderilmemiş bir söz. Akmaya hazır gözyaşı. Dile gelmemiş bir utanç. Hepsi evliliğin bu aylarında içli içli yandılar. Bu taze yuvanın bahçesindeki çiçekler sorgusuz sualsiz soldular. Sonra her şeyin üzerinden bir ömür, hiçbir şey olmamış gibi sakin sakin aktı. Onları yine de birbirine kattı. Aynı anda acıktırdı. Aynı zamanda susattı. Aynı geceler ikisinin de yüzünden aynı uykular aktı. Torunlar aynı öğleden sonraları özlendi. Gelsinler diye beklendi. Pencerelerde yollar gözlendi. Aynı sofralara oturuldu. Patikalardan böyle yüründü. Güzelliklere böyle bakıldı. Kumsallara böyle varıldı.

Kimileri işte, uzanmış bu gerçek içinde birbirine böyle denk düşemedi.

Kocası bu hatırayı kendi kendine andı. Denizdekilere baktı. İnsanlık yüzüyor. Suda simitler hep aynı şekilde kayıyor, tekneler hep böyle diziliyor. İnsanlık binlerce yıldır yaşıyor. Hep yaşıyor. Her şey olağan. Her şey olacağı gibi. Önüne baktı. Karısının bacakları tam önünde. Derisi sallanıyor, ayağında fırlak bir kemik, ellerinin üzerinde inatçı damarlar yatıyor, aman Allahım bu ne güzellik. Nasıl uyunur ki hiç uyanmadan? Nasıl veda edilir? Üzüldü. Onu kaybetmenin ihtimali gençliğinden beri uykularını bölüyor. Karısı, yatağın sol yanındaki çukurluk, hep aynı koku, dağlardan esen bir kekik yeli, bir sümbülün seli. Gözünü hep aynı çukura açtı. İşte karısı. Evinin hep orasında. Bir lütuf gibi, bir hediye gibi, bir müjde gibi elini eline vermiş bu kadın, işte içini hep böyle acıttı. Yaşamak işte böyle öğreniliyor. Gençken bilinemeyen o yollardan hep el yordamıyla geçiliyor. Kumsallı bir yaşlılığa, belki son yazlara hep böyle varılıyor.

Arkalarında kıvrım kıvrım uzanmış tepelerden kumlara doğru tatlı bir keder indi. Karısının ayaklarına tutundu. Çıkmış kemiğini sevdi.

Kadın ayaklarını oynattı, kocasının elleri böylece kaydı. Şapkasını düzeltti. Eline bir kalem aldı. Kaşları hep aynı, çatık. Nasıl da gamsız, sanki rastık çekiyor, elinde gazetesi. Yazdı. Kelimeleri yukarıdan aşağıya, soldan sağa sıraladı. Kocasına bakmadan sordu. Nasılsa orada, biliyor hep yanındaki nefesini. Ezberlemiş. Soluğu içine çoktan düşmüş. Bir çınarın gölgesine, bir dağın yamacına yıllardır aşina. Dört harfli, dedi kadın. Baş harfi r. Neydi? Kocası denizden emanet gözlerle içine doğru gülümsedi. Kulağına fısıldadı. Kadın yazdı. Ne hoş bir kelime. Birlikte bulundu. Birlikte yazıldı. İçi rahatladı. Hiçbir kelime eksik kalmasın bulmacalarda. Hayattan yarım geçilmesin. Her şey yerli yerinde, her şey eksiksiz. Muntazam. Bütün görevler tamamlandı. Çocuklar yapıldı. Büyütüldü. Bu hayata bırakıldı. Bulmacalar çözüldü. Havlular kurutuldu. Beyaz saçlar nemli. Rüzgâra salındı. Daha başka ne istenir ki?

Yaşlanana kadar hayatı bir musikinin mimarı, bir köprünün bestekârı, bir şiirin kâtibi, bir ezanın yazarı gibi içlenerek ve dolu dizgin sevinerek yaşayan kocasına doğru içinden hep serin bir su akıttı. Bu durgunluğu onun sevgisini, telaşını, heyecanını uslandırsın da onun coşkuyla hırpalanmış yüreği huzura ersin istedi. Şair değildi ki bu adam. Neden elmaların kırmızısına, güneşin kızıllığına, gün batımlarına, pişirdiği yemeklerin kokusuna böyle eriyordu? Durduk yere coşup kendini yoruyordu? Hayat işte böyle sağlam. Böyle bir düzlük. Neden içinde boş yere kaybolunuyordu? Bu yüzden yemekleri hep tuzsuz yaptı. Ona verdiği, hep peynirin yağsızı. Kıymanın danası. Gülümsemenin azı. Sesin kısığı. Günün sabahı. Nemin azı. Çünkü bu sevinciyle hayata kalbinin dayanmayacağını çoktandır seziyor. Azaltıyor, eksiltiyor, ateşin altını hep bu yüzden kısıyor.

Tam kırk yedi sene önce önlerinde bir yol uzandı. Herkesinki gibi. Salondaki koltuklar, vitrindeki bardaklar, beyaz masa örtüleri. Taşınmalar, emlak vergileri. Terfiler, evlatlar, onların büyümesi, işte hayat geçiyor. Nasıl kurulmuşsa sofralar binlerce yıldır onların etrafına yine aynı biçimde sıralanılıyor, gelmeyenlere yine aynı şekilde güceniliyor. Aa ayıp etti, hiç ummazdım doğrusu! Büyükanneler nasıl yoğurdu köfteleri, işte kıymalar ellerde yine öyle yuvarlanıyor. Her şey alışılmış, aşina, tatlı bir tanışlık. Çocukların veli toplantıları, çizgili defterlerin kaplanması. Yaz başlarında karnelerin sıralanması. Yeni bir şey yok, arkasında insanlık ona hep yol gösteriyor. Okullar, mezuniyetler ve çocukların kim olacakları birer birer çiziliyor. Yollar açılıyor. Uzuyor. Hiçbiri ona dirhem keder vermiyor. Nikâh törenleri için dikilmiş döpiyes takımlar, bir kahve içimine uğrayan dostlar, hep aynı sadelik, hep benzer düzlük. Kuşların ötüşüne sevinmek, palamutlu kasımlarda gülümsemek, kavakların pamuklanmasına dalmak bu kurallar içinde ne gereksiz bir ayrıntı, ne çocuksu bir yakarış. O böyle. Onun kavrayışı böyle, sakin ve dokunaksız, sevinçsiz ve kedersiz ama sağlığı hep yerinde. Çünkü kurallar muntazam, sıralı, hepsi belirli, önceden yazılı. Ne olacaksa o olacak. Büyütülecek bir yanı yok. Gelindi ve gidilecek. İşte bundandı yaşama karşı bu muazzam körlük. Işık kendini gösterdi, hikmet parıldadı. O görmeden yaşadı. Çünkü her şey olduğu gibi. Olacağı kadar. İşte bundandı bahçedeki çiçekleri birer birer çapalayıp yolan kocasını tülün ardından izlerken hiç üzülmemesi, toprağa eğilmiş genç bedenine bakıp da hiç iç geçirmemesi. Çünkü aşkın kuralı önceden belirlenmişti. Gizli yaşanacak.

Şapkasını düzeltip dedi ki kadın: "Öğlen sıcağı basıyor, gidelim artık." Kocası çocuk gibi döndü, dedi ki: "Bir daha yüzüp geleyim. Son." Oysa yaşlılar kumsala yalnızca sabahları iner. Bu bir kesinlik. Başına güneş geçecekti. Ama şu âlemin güzelliğini bırakıp da bir türlü evine çekilemiyordu. Tıpkı bir çocuk. Ne yapıyorsa ona kendi içini de akıtarak yapan bir koca çocuk. Yaşlı adamın arkasından baktı. Beli bükülmüş, bedeni yamuk. Yine de hep aynı duruş omzunda. Gözlerinde hep aynı kabuk. Hep yanılıyor. Kendini boşuna yoruyor. Yaşamayı bambaşka bir şey sanıyor.

Yaşlı kocası denizin içinde kayboldu. Bulmacadaki son kelime kısaca uzanıyor. İlk harfi m, sonunda i yatıyor. Her şey her günkü gibi. Eski yazlar gibi. Kocası birazdan çıkacak. Yaşlı bedeninden sular inecek. Gülümseyecek. Su, diyecek. Su müthiş. Yaşadığına yanacak kavrulacak. Her şeyi hep aynı sevinçle beğenecek. Zeytinyağlı tazefasulye dolapta onları bekliyor. Eline sağlık diyecek kocası, işte bunların tam mevsimi soğuk soğuk. İçi serinleyecek. Sonrasında bir karpuz. Aman ne iyi gelecek. Her şey hep her günkü gibi. Bulmacaya bakıyor kadın. Sanki zihninden bütün kelimeler teker teker silinmiş. Bu da olması gerektiği gibi, şaşkın değil, üzülmüyor. Çünkü hep böyledir. Yaşlılar unutur. Kocası çıkınca ona soracak. Deminki gibi. Her şey aynı. Ama bilemiyor ki yaşlı kadın, ip birdenbire kesilir. Nefes birdenbire biter. Bir rüzgâr esti. Bir ürperti bütün yüzlerden geçti. Bir çığlık kumsalı boylu boyunca kesti. Başını kaldırdı. Bir şaşkınlık gördü. Çok büyük bir korku dalgalardan geliyor. Her şey hep birdenbire olur. Ateş birdenbire yanar. Koru birdenbire düşer. Ayağa kalktı. Çıkıntılı kemikli ayaklarıyla kumlarda koşabildi. Koşabildi. Ağrılar hissedilmedi. İnsanlık kıyıya koşuyor. Koşar gibi yüzüyor. Sirenler hep kesik. İnsanlık kaçarak yaşıyor. Tutunuyor. Kıyıdakilerin yüzleri o geniş boşluğa dönük. Diyorlar ki, "Biri orada kaldı. Orada kaldı. Denizin içinde. Denizin içinde." Nefesi sanki artık bir hıçkırık. Boydan boya koşuyor kumlarda, kemikleri çıtırdıyor. Ağlıyor. Bağırıyor. Çağırıyor. Yalvarıyor. Göstererek korkuyor. Haykırarak yaşıyor. İşte bu hiç alışılmadık.

Bir rüzgâr daha esti. Bir kısa esinti. Şapkası uçtu, bulmacası kumlara uzandı. Ucu kıvrık. Üstündeki tek eksik kelime, eski dilde balık.

Terlik

Geçti bütün günler
Su üstünde yürüyebildiğinde
Yürüyebildiğinde
Margaret Atwood

Ayaklarına baktı. Üzerinde nazar boncuğu bulunan terlikleri, pek az kıymet verdiği, kendine ait olan her şey içinde en sevdikleriydi. Çünkü bu terlikler onu bütün fena bakışlardan koruyacak. Çünkü düşman ayağa bakar. Mavi boncuk ve deri kayışların altında yatan uzun ve yorgun ayaklarını adım atarken seyrederken, işte bunları düşünüyordu. Koruyacak. Bu boncuklar kendini kendinden bile koruyacak. Sonra birdenbire hatırladı. Hep karşıya bakılacak. Dik yürünecek. Güçlü olunacak. Tek başına. Biraz uğraşı, biraz inat, biraz da telkin, geriye kalan hep aynı rahatlama. Çünkü sonunda oluyordu. Sonunda tüm varlığıyla baştan başa bir heykele dönüşebiliyordu bir insan. Çaba. Solmadan durma. Eriyemeden kalma. Arınma. Ona değmeden geçiyor yanından hikâyeler. Sürtünme yok. Ellerinde hissin olmadığı, dokununca hiçbir karın yakmadığı bir beden olmayı sonunda o da başardı. Baştan başa bir hissizlik. Boydan boya bir evhamsızlık. Garip olan, bunu yapanın başkalarının bakışları olmasıydı. Bakış yalnızca bakış. Ve onun bıraktığı derin çukurda başlamış muazzam bir yangın. Saydamlık. Kibirle gülümsedi. Artık bunu yapabiliyor. Şapkasını takacaktı. Vazgeçti. Bir elinden diğerine aldı. Yürüdüğü ağaçlıklı yol önünde, yerlere gölgelerini dökerek kıpırtısız uzanıyordu. Kendini bu intizama teslim ederek rahatladı. Birazdan keskin bir deniz önünde, ışıltılı kumlar ayaklarının altında serilecek ve o kendini kumlara bırakarak, güneşin altında sereserpe uzanacaktı. Bakışlar üzerinde olsun isteyecek yine. Daima. Olsun ve ona güzel olduğunu söylesin. Olsun ve ona bir ayna gibi keskin olduğunu hatırlatsın. Yalnızken yalnız olunmuyordu. Tek başınayken başı boş olunamıyordu. Güçlüyken kudret gelmiyordu. Bunların tasdiki hep başka gözlerin mühründe. Hep başkası gerek, onu kendisi yapan daima başkaları. Ona acıkarak baksınlar. Ona bir portakalı soyar gibi baksınlar. Ona karanlığı yırtar gibi baksınlar. Ona memelerini koparmak ister gibi baksınlar. Onu yesinler. Ve hiç doymasınlar. Kendini sevmeyi işte bu hoyrat bakışlarla sağlayabildi. Nezaket ve şefkatten hiç sebeplenemedi. Yıllar bir ateş gibi hızla yanıyor ve en sevdiği tek şeyin, kendi bedeninin, etinin üzerinden bastırır gibi geçiyordu. Bir alev içini yakarak geçti. İncelik ve azlık nedir bilmeyenlerdendi.

Terliklerini topuklarına pıt pıt vurarak, poposunu kıvırarak yürüdü, elinde kocaman hasır şapkası, omzunda çantası. Yılın herkesi, bir taze gölgeye, bir serin nefese hasret bırakan bu gününde 6.01 numara akşam kızılı ile boyanmış kısa saçlarında güneş, sentetik ışıklar yakıp geçiyordu. Beyazlar kapatılacak. İlla ki. Kusurlar hep başkalarının. O yaşlanmayacak. Onun için artık her şey, tel bir çubuğun üzerinde sallanan basit bir sabun köpüğü, kolaylıkla havalanan. Istıraplar, çaresizlik, bir karanlık tünelin ucunda ışığın bile belirmediği o derin umutsuzluk ve tutukluk... Bunların hepsini geride bıraktı. Saydam bir camın üzerinde yürür gibi, düşe kalka edinilmiş büyük bir ustalıkla bütün bu yılların içinden bir şekilde geçti. Artık his yok. Ve ona bakıyorlar. Seyrediyorlar. Durmadan bakıla bakıla edilmiş, çizilmiş, bitirilmiş o parça, hani bir bütünün içindeki, hevessiz, ilgisiz ve kaygısız duran o kişi, işte artık bizzat kendisi. İki oğlunu birden öyle veya böyle tek başına büyütmek, önceleri kımıldanıyordu. Bir korku olup bir iz bırakıyordu, onu ürkütüyordu. Onu üzüyordu. Yoruyordu. Artık hepsini unuttu. Unuttu. Hatırlamıyor. Bunları düşünen şimdi bir başkası. Kendisi artık, bu çok susuz bırakmış o eski çöl rüzgârına başını çevirebilen biri. Çevirdi. His yok. Hayret ediyor. Orada uyuyan bu yılan yuvası gibi kalabalık geçmiş, lekesiz bir pencere gibi dümdüz duran taş bir duvara nasıl çevrildi? Başındaki kırmızı kurdele ve yüzündeki lohusa aptallığıyla kocasının kucağına iki oğlan vermiş ve. Ve.. Ve kocası yürüyüp gitmişti. Bir yaz öğleden sonrasıydı. Ve o gün, saflık ortalara saçıldı. İyilik kaybedildi. Pürüzlü ve çıplak bir maraz, üstünden kırmızı kalemle geçilmiş her kadın gibi onun da rahminin ortasına gelip yerleşti. Yine de yaşayabildi. Çünkü bir karar vermişti. Hatıra biriktirilmeyecek. His olmayacak. Zaten her ne yaşanacaksa yaşanmasında bir fenalık yoktu ki. Her şey oluyor ve sonra olmuyordu. Geçiyordu. Zor olan hatırlamaktı. Bu yüzden kaynadıkça yakan o çukurun üstü örtüldü. Örtüldü ve his öldü. Öldü. Sonra erkekler geldi. Ve erkekler gitti. Açlık ve kamaşma. Doyma. Gülümsemeler. Donukluk. Yalan ve öfke. Eksiklik. Öfke. Bakışlar. Yine bastıran öfke. Bakışlarla dinen öfke. Öfke. Bu öfke ile çocukluk mahallesinden sürüldü. Genç kızlık yurdundan atıldı. On sekiz yıl öncesinin o yaz öğleden sonrasında elinde bir mektupla salondaki tekli koltuğa yığıldığında üzerinde lohusa sabahlığı vardı. Yan odada uyuyan büyüğü iki yaşındaydı. Küçüğün kırkı çıkmamıştı. Sehpanın üzerindeki meyve tabağının içindeki şeftalinin tüylü kabuğu üzerinde beyaz ve saydam bir kurtçuk geziniyor ve ona aramıza hoş geldin diyordu. İşte artık sen de böyle başıboş ve terli gezineceksin. Güneş tül perdenin çiçekli işinde geziniyor, gölgeleri yuvasının içine düşüyor, her şeyi parçalıyordu. On sekiz yıl olmuştu.

Önünde genç bir çift aheste aheste yürüyor, aynı anda aynı adımları atıyordu. Güneş yapraklar arasından kaydıraktan kayar gibi neşeyle üzerlerine düşüyor, ikisini de yakıyordu. Yeni evli bunlar, dedi. Belli. Göreceksiniz siz. Size daha güneş doğmadı. Etinizi yakmadı. Hızlandı. Çünkü mutlu aile hayallerini gördükçe bu hayali kuranlara yıllardır acıyordu. Güneş yakacak bizi. Hepimizi. Külleri boşlukta uçuşacak olan, kimse bilmiyor ki, hepimizin geçmişi. Genç adam ve kadını geçti, ardında bıraktı. Hızlı hızlı yürüdü. Nazar boncukları ayaklarında. Güneş kızılı saçlarında. Şimdi her şey iyi. Yenilgi yok. Gerçeklik şimdi esiyor. Güçlü. Ve o hep karşıya bakıyor. His yok. Hepsi çoktan eridi.

İşte kocaman bir deniz. Ve kumsaldakiler. Kumsaldaki erkekler, denizin dibindeki balıklar gibi birazdan onun etini kemirecekler. Bakışlar. Bakışlar. Ve o gülecek. Davetkâr ve iştahlı. Söyleyin şimdi. O şarap kaç yıllık? Karar verdi. Bu gece dans edecekti. Ve adamın donuk gözleri ona sen ölmeyeceksin diyecekti. Zaman sana değmiyor. Sen hep böyle canlı. Ve gökyüzündeki yıldızlar kartondan sanki, hepsi asılmış, yalancı, dandik ve taklit... Hepsini balkondan izleyecekler, herkes onu balkonunda dans ederken izleyecekti. Sonra bu sezonlukçu ter içinde bırakan bir hazla bir hançeri bağrına saplayıp sabah çekilecekti. Onun olacak. Onun. Onun arzusu. Onun isteği. Yalnızca onun. Düşünceler, sözler, sesler ve sonunda yine hep aynı aldırmazlık. Tek bir hatıra olmadan her şey silinecekti.

Boş bir şezlong bulma ümidiyle avare ama bakışların kendinde olduğunu bilerek şöylece bir bakındı. Uzaklarda oğlunu gördü. Küçüğü. Hep yalnızdır. Kalabalıkta durur. Ve kenarda bekler. Babasızlığın kederi sanki iki oğlundan en çok bu küçüğün omuzlarına inmiş. O gün, gün akşamüzerine dönmüştü. Şeftalinin üzerindeki kurttan gözlerini koparır gibi ayırıp odalarına gitmişti. Büyük, uyanmış ağlıyordu. Kim bilebilir ki, ne zamandır. Küçüğü uyuyordu. Karınları açtı. Sorumluluk. Onlar doyurulmalı. Bu oğlanların ikisi de açtı. Aç ve babasız. O gün... Duvarlara... Islak ve nemli duvarlara bakmıştı. Ortasından miki farenin siyah kulaklarının geçtiği, terli duvarlara büyük bir korkuyla bakarken anlamıştı ki... Demişti ki... Oğlu kendisini görmedi. Yine dalmıştı. Bir şezlonga yayılmaya başladı. Anlamıştı ki. Anlamıştı ki. Duyulacaklardı. Görüleceklerdi. Onlar hakkında konuşulacaktı. Saydam bir duvar etraflarında hep çevrili olacaktı. Çünkü o yalnızca yirmi üç yaşında ve iki oğluyla bir evin içinde yalnızdı. Diploması yoktu. Kendisi yoktu. Sanki kendi ayakları bile yoktu. Kız çocuklarını dünya önce ayaklarından buduyordu. Ayaklarını kesiyordu ki, fazla uzaklara koşa koşa gitmesin. Kız çocuklarını dünya önce sesinden buduyordu. Sesini kesiyordu ki, fazla bağırmasın, hırçın sesi uzaklardan duyulmasın. Kız çocuklarını dünya yalnızca iyi bir yaver olsunlar diye, bir adamın yanında şık ve kibar yürüsünler diye, kendi başına hiç olmasınlar diye kesip biçip işte böyle vasıfsız bırakıveriyordu. Yarım ve eksikli. Eşlikçi, uysal, nazik, sevecen ve aynı zamanda melankolik olsun diye aşkın en acıklı halleri kendisine ezberletilen, bekleyen, susan ve sabırla arzulayan, çocukları doğurup bırakan, yemeklerin dumanını mutfak duvarına yalatan, kocasıyla davetlere gitmesi için okullara yollanan, öfkelenip isyan etmesin diye içinden birkaç teli koparılıp alınan işte o da o kız çocuklarından. Yani... Başka kim olabilirdi ki? Miki farenin kara kulakları duvarda dizi dizi sıralanıyor ve ona kısa bir süre içinde olacakları işte böylece sunuyordu. Tehlikelere açık. Dedikoduya müsait. Acımalara uygun. Elbisesini görkemli bir gösterişle çıkardı. Omuzlarından kırmızı bir şerit geçen siyah mayosu bedenini nasıl sarıyor, gördünüz mü? Uzandı. Sereserpe yattı. Güneş sanki en çok üst dudağının kıvrımıyla burnunun ucunu yakıyordu.

Haksızlığa uğramıştı. Haksızlığa uğramıştı. Mektupta yazanlar iki nokta üst üste: Mutlu olabileceğimize inanamıyorum. Yapamayacağım. Seni daha fazla üzmek istemiyorum. Oğullarımıza iyi bakacağına şüphem yok. Seni canımdan çok seviyorum. Nokta. Yalancıktan bir evcilik oyunu. Öğlen yemeği yiyeceklerdi. Ama ekmek ve yoğurt yoktu. Kocası tekli koltukta oturmuş, güneşin gölgelerini düşürdüğü salondaki kıvrımlı boşluklara bakıyordu. Uzun zamandır, hep yaptığı gibi. Suskunluk. Uzaklık. Bir yerlerde düşürülüp kaybedilmiş o mutluluk beklentisindeki zavallılık en çok konsolun üstündeki nikâh fotoğrafının üzerine yerleşmişti. Ve o fark edememişti. Görememişti. İki kez yüklenip doğurmaktan, ağrısından sızısından, memesindeki sütünden, kasığındaki sancıdan, pazar poşetlerinden, patates ile kıymadan yani aile olmanın büyük temennisi ve ağırlığından başını kaldırıp da bazı tuhaflıkları herkesçe görülen kocasının bu tasarısını sezmeye vakti olmamıştı. O gün büyüğe şeftali püresi yedirip yatırmış, küçüğü emzirip beşiğine bırakmış, sonra mutfağa girmişti. Çoban salata ile zeytinyağlı fasulye yiyeceklerdi. Kavun da kesmişti. Ah her şey nasıl da dün gibi. Tadına bile bakamadığı taze fasulyenin o serin kokusu sanki şimdi burnuna geldi. Mısırcı bu tadın ve yıllanmış kokunun üzerinden ağır ağır geçti. "Süt mısıııır" Memeleri dolgun, memeleri süt dolu. Bereketli ve faydalı... Her zerresiyle kadın. Her hücresiyle doğurgan. Onun ve bütün doğurmuş kadınların ataları müzelerde taş olmuş bekliyor şimdi. İşte öylesi bir bereket ana, ekmek ve yoğurt getirmeye çıkmış kocasını evde kendi halinde beklerken, tekli koltuğun üzerinde bir zarf buluvermişti. Dünyanın en uzak bakkalı, dünyanın en uzak bakkalı söyleyin şimdi ona, hangi cehennemin dibinde ve terk edilmek ne muazzam bir basitlik. Kocayı alkışlayın!

Bunlar unutuldu. Bunlar unutuldu. Çocuklar mısırcının başında bekleşiyordu. Hep bekleşecekler. Birilerinin aptal, birilerinin kaçak olduğu bir dünya hep olacak. Temenni. Gökten üç elmanın düşmesi. Elmaların kurtlu çıkması. Kadınları cırcır etmesi. Yuvaların köşelerinde bekleşen o tuhaf ağırlık hepimizi tüketecek. Ter boynundan süzülüp geçti, geçmiş yazların güneş lekeleri bıraktığı sinesinden indi. Sıcak üzerlerinden kavurur gibi geçiyor, balıkçı teknelerinde tütüyordu. Kalktı. Çantasından kremini çıkardı. Şakakları kırlaşmış bir adam ona baktığını göstermeme çabasıyla yanından geçerken, göbeğini içeri çekmeye çalışıyordu. O kadar güzel nefret ediyordu ki herkesten, bu zavallılık onu güldürdü. Görüldüğünü anlayıp, uzak durduğundan, birdenbire daha da güzelleşti.

Başkaları gerek ona başkaları. Onların gözleri, elleri, aptallıkları ve istekleri. Şezlonguna yayılırken, kendini seven ve şımartan insanlara mahsus bir dalgalanma geçti bedeninden. Bu kadını sevmeyin. Sadece bakın. Seyredin. Ona yelpazeler sunun. Onu serinletin. Ve sonra alkışlayın. Çünkü munis olmamayı başardı.

İlk hafta şaşkınlık ve umutla geçmişti. Döner canım. Elinde ekmek ve yoğurtla gelir illâ ki. "Biraz geciktim karıcım." "Bugün neler yaptın karıcım." Dönmüyordu. Ümit yerini sapasağlam bir öfkeye bırakmaya başladığında artık başka birisiydi. Dışarı çıkmış, köşedeki bakkaldan büyükçe karton kutular istemişti. "Taşınıyor musunuz?" demişti meraklı bakkal. Anlıyordu. Artık hep böyle olacak. Meraklılar. Sorular. Ona bunaltı verecek bir seyrin nesnesi olmaya hazır mıydı? Hazır mıydı? Acıyacaklar ona. Suçlayacaklar. Dul ve namuslu oğlan anası gibi eteği diz altında dolanmasını isteyecekler, akşam karanlığında eve tıkılmasını bekleyecekler, hiçbir yerine hiçbir erkeğin değmediği bir çoraklık içinde mağrur ve tek başına uyumasını sessizce tembihleyecekler. "Hayır" demişti. Hepsine hayır diyordu. "Evde çok çöp birikmiş. Onları atacağım." Çıkmıştı. Eve girmişti. Ne kadar gömlek ve kravat varsa evde –aman Allahım bunlar da kimin?– don, çorap ve pijama ve bazı saçma sapan ayrıntılar, hepsini kutulara doldurmuştu. Masal bitmiş, gökten üç karton kutu düşmüştü. İçi bazı anılarla dolu.

Şapkası kayıyordu, düzeltti. İşte güneş gözlüğünden sonra gelen en güzel korunma. Boşluğa bakar gibi görünürken aslında kimi izlediğini fark ettirmemekte iyice ustalaşmış o uzak ve soğuk kadın. Geceleri işvelenen kadın. Dedikodusu orda burda edilen kadın. Konuşsunlar. Herkesin dediğini çoktan bıraktı. Şapkasını biraz daha önüne doğru kaydırdı. Küçük oğlu sevmiyor bu şapkaları. Çok konuşmaz, söylemiyor ama o seziyor. Annesinin şapkasını da kahkahasını da kendisini de sevmeyen küçük oğlu. Gözleriyle oğlunu arandı. Orada durur gibi durmadan orada duruyordu. Bir şeylerin olmasını bekliyordu. Bu dünyada yer kaplamaktan yine suçluluk duyuyordu. Sevmesin. Zaten duygular yok ki. Hiçbiri yok. Hepsi dünyanın sahte bir icadı.

Gökyüzüne baktı. Yalnızca martılar. Tek bulut yok. Güneş kavuruyor. Yakıyor herkesin derisini. Nereye sığınabiliriz ki kendimizden başka? Kendi kendine güldü. Güneşte kavrulan terliklerini kayışları kopmasın diye şezlongunun altına doğru çekti. Nazar boncukları onu buradayken de korur. İçi rahatladı. Güneş kremini aldı, eline bolca döktü. Azlığı sevmez. Omuzlarına kendini sevip okşar gibi sürerken yan tarafta bir bakışın kendisinde olduğunu biliyordu. Birazdan adamın karısı denizden çıkıp gelir, ona ıslak bir öfke yöneltir. Bu adamlar hep birilerinin kocaları oluyor. Ne hoş bir tesadüf. Yine güldü. Kremli ellerini bacaklarının arasından geçirdi. Baldırları güneşten yanıyordu. O sezonlukçu adamın yüzünü aklına getirmeye çalıştı, olmadı, çıkaramadı. Kasıklarından kımıltılı bir yılan sürünerek geçti, hatırlanan tek şey buydu. İşte uçmak. İşte bir başına. İşte herkese karşı. İşte orada.

Soranlara bakkala gittiğini söyledi. Yalan değil ya. Damat yok mu kızım? Bakkala gitti baba. Bir gün mutfak masasının üzerindeki karpuz biçimindeki kapaklı porselen içindeki para bitti. Parası bitti. Alo baba, dedi. Benim param yok. Babası şaşırdı. Damadın işleri mi bozuk kızım? Bilmiyorum baba, bakkala gitti o. Ve felaket böylece yayıldı. Gitmiş. Gitmiş. Gitmiş. Miş. Miş. Miş. Babası ona para verdi. Onu bir muhasebecinin yanında işe soktu. İki torununu okuttu. Yaşlandı. Yazlığı ona bıraktı ve öldü. Yazlar öyle muhteşem ki... Kalabalıklar ve gülmeler. Yemek yapmıyor. Gülüyor ve dans ediyor. Büyüdükçe gitgide babalarının unutulmuş birer hokkasına dönen ve ortalarda dolanan iki oğlu olduğunu arada sırada hatırladıkça dehşete düşüyor. Denizin tuzunun teninde biriktiğini görünce yine ikisini de unutuyor. Yazlar. Yazlar... Bütün yazlar ve hazlar onun olacak. Bütün sezonlukçular. Kısa süreli ve gidici. Bir çöl gibi hatırasız serili. Bir sigara yaktı. Dumanını kumsala verdi. Yaşamak öyle güzeldi ki. Babası ve annesi dehşet içinde eve gelmişlerdi. Sanki kapısının önü ayakkabılarla dolmuş bir cenaze evine koşarak ve acıyla gelmişler. Nereye gitti, nasıl gitti, kavga mı ettiniz, ona bir şey mi dedin, yemekleri kötü mü pişirdin, avarelik mi ettin, çocuklara mı bakamadın, bir suç mu işledin, maaşını çarçur mu ettin, gönlünü mü kırdın deyip deyip onu suçlamışlardı. Gülmüştü. Ağlamamıştı. Kabahatin kendisinde aranacağını da izleneceğini bildiği gibi biliyor, önemsemiyordu. Duvarlar yıkıldı. Kulakları tıkandı. Burnu artık dik. Zaten çoktan kutuları doldurmuş, traş takımlarını, atkısını, terliklerini, tırnak makasını, çocukluk resimlerini, nişan hediyelerini, bir adamın hayatta sahip olup olabileceği neyi varsa hepsini çoktan ortalıktan kaldırmıştı. Ondan kalan iki şey vardı, kucağında duruyordu. Kutular almıyor. Başkalarına verilmiyor. Atsan atılmıyor. Satsan satılmıyor. Gardıropla duvar arasına saklanmıyor. Ortalıktan bir türlü kaldırılmıyordu. Onlara bakıyordu. Burunlarına bakıyor, ellerine bakıyor, pipilerine bakıyor ve şaşırıyordu, kocasının giderken unuttukları, geride bıraktıkları. Yıllar geçebilmişti. İşte ikisini de bir şekilde büyütmüştü. Ama çalakalem, ama hıçkırıklı, bazen bıkmalı, belki biraz yarım. Şaşırmalı. Zaten sevgi hep sözü edilen ama varlığı görülmeyen bir şeydi. Dünya muadilleriyle dönüyordu. İtinalı gizlilikle herkes ne güzel oyunlar oynuyordu. Fedakârlık. Vefa. Acıma. Kıyamamak ve sonunda görünen yine aynı bencillik. Kurtuluşumuz yalnızca bencillik. Onlar da başlarının çaresine bakacaktı işte. İki yetişkin adam olup düşe kalka yürüyecekler. Hepimiz gibi. Öyle değil mi. Öyle. Esirgenerek. Tamamlanmadan. Eksik.

Büyük oğlu kan ter içinde, önünde lımbırdayan gereksiz göbeğiyle geçti. Annesini görmedi. Küçük oğlunun yanına gitti. Bir şeyler söyledi. Ne söylediğini biliyor. Çünkü kendisi tembihledi. İşte oğulları... Biri şişman ve kısa, öbürü uzun ve zayıf. Hayata karşı yenik, herkese karşı çelimsiz. Kolları budanmış, pipileri kesik. Bir sigara yaktı. Yüzük parmağındaki ojesi kenarından soyuluyordu. Sigarasını üflerken başparmağıyla tırnağını kazıyıp defoyu biraz daha büyüttü. Sonra da unuttu. Güzeldi. Her şey güzel. Saydam. Ve ilgisiz. Başkalarının olduğunu sandığı kişi gibi dolanıp durmak. Bazı kötü sıfatlarla anılmak. Bunları duymamak. Değmeden geçmek. Sonunda olmuştu. Herkesle alay eder gibi. Basmadan yürür gibi. Bordo ojeli ayaklarına baktı. Ayaklarının ardında deniz sonsuzluk gibi uzanıyordu. Derin bir nefes aldı.

Arkasını dönüp uzandı. Erkeklerin arkasında gözleri yoktur. Ama kadınların var. Omuzlarından başlayıp ayak bileklerine kadar uzanan o teni izlediklerini işte bu gözleriyle görüyor, biliyor. Ezberledi. Şimdi neyi beklediklerini biliyor. Bu yüzden oyuna başladı. Ensesinden elini tatlı bir kamaşma ile geçiriyor, diğer elinden kumları akıtıyor. Bakın bana diyor. Bakın. Ben nasıl da hayatı içime çekerek ve orada kaybolarak yaşıyorum. Ben yaşıyorum. Varım. Ondan önce yaşamış ve ölmüş tüm bedenlerin içinde onun bedeni bu işte, uygunsuz ve yakışıksız bulunan. Sufli. Ve lezzetli. Öyle görülmek, bomboş sanılmak, öteki yoldan yürümek ve hiçbir şeye değmeden yaşamak için zorlu merhaleleri geçmeyi becermiş kadın. Bakışlar altında oluşmuş kadın. Kendisi. Ken... Sıcaktı. Güneş altındaki insanlığı hararetiyle eğiyordu. Bedeni iyice gevşedi. Hatıralar onu yormuştu. Gözkapakları yavaş yavaş kapanıyor, uyumaya geçerkenki o yumuşak aralıkta bile kendisine bakıldığının bilincini taptaze koruyabiliyordu. Sesler ve bakışlar. Birilerinin kocaları. Kadınlar. Çocuklar. Sevgi. Bağlılık. Yalnızca korunmaya ve korumaya duyulan o ürkütücü sevgi hepimizi buralarda dolandıran. Açlık. Eksiklik. Yelpazeler. Gülmeler. Çırpınma. Çırpı...

Dalıp gitti. Rüyasında deniz çekiliyor, birileri çırpınır gibi yüzüyordu. Korku önlerine dikilmişti. Herkesi sıra dayağı için yokluyor, ferahlamamış yürekleri tıknefes bırakıyordu. Kalkıp bakmıştı. Denizin gerilere doğru gittiğini, koştuğunu görmüştü, hem de kucağında herkesi sürükleyerek. Büyük bir açıklık. Deniz gidiyordu. Kaçıyordu. Altındakileri açıkta bırakarak ve birilerini çekip alarak kayboluyordu. Bağrışmalar duyuyordu. Ama o korkmuyordu. Korkmuyor. Çünkü her şey geçiyor. Şaşırmayın. Her şey oluyor ve sonra olmuyor. Geçiyor. Şezlongunun altından diyor ki ona terlikleri. Nazar sana değiyor. Ama boncuklarım seni onlardan koruyor. Konuşan bir terliğin dehşetiyle uyandı. Mahmurluk. Gerçeğe açılmanın güçlüğü. Güneşin pırıltısı gözlerini karartmıştı. Hiçbir şey göremedi. Keskin bir aydınlığın yarattığı körlük. Ama sesleri duydu. İnsanlık bağırıyordu. Koşun diyordu. Kıyıya çıkın diyordu. Sesleniyordu. Gelin diyordu. Herkes canhıraş şimdi. Her şey çırpınıyor. Martılar sessiz, deniz dalgacı. Terlikleri kumun üzerinde kıvrılmış, üzerindeki göz boncuklarıyla gölgede sakin sakin uyuyordu. Olacakları görmüyordu. Bir şey oluyordu. Bir şey başlıyordu. Bir an için görüldüğünü unuttu. Yerinden sanki atladı. Fırladı. Ayakta öylece dikilirken dünya etrafında kötü bir şaka gibi döndü. Arkasına baktı. Oğlu voleybol oynayanların arasındaydı. Demin. Oradaydı. Öylece dikiliyordu. Dünyayı görmeden bakınıyordu. Şimdi. Daha demin. Göremiyordu. Güneş gözlerine bir perde gibi inmiş, kalkmıyordu. Bulanık bir karanlıktan başka bir şey göremedi. Resimler yarım, ışığı üzerlerinden alınmış. Görüntüler karlı. Karanlık. Alıcılar çürük. Körlük. Top havada mı? Havada mı? Söyleyin. Orda mı? Gözlerini kırpıştırdı. Aydınlık hiç gelmedi. Gerçek kendini ışıksız gizledi.

Canını kurtaranlar onun yanından ona hiç değmeyerek geçti. Güneşin ışıltısı saçlarında parıldadı. Kumları yaktı.